古代文史名著选译丛书

主编 章培恒 安平秋 马樟根

顾炎武诗文选译

修订版

译注 李永祜 郭成韬
审阅 刘烈茂

凤凰出版传媒集团 凤凰出版社

图书在版编目（CIP）数据

顾炎武诗文选译 / 李永祜，郭成韬译注. -- 南京 ：
凤凰出版社，2011.5
（古代文史名著选译丛书）
ISBN 978-7-5506-0355-4

Ⅰ．①顾… Ⅱ．①李… ②郭… Ⅲ．①古典诗歌－诗
集－中国－清代②古典散文－散文集－中国－清代 Ⅳ.
①I222.749②I264.9

中国版本图书馆CIP数据核字(2011)第042638号

书　　名　顾炎武诗文选译
译 注 者　李永祜　郭成韬
责任编辑　郭馨馨
出版发行　凤凰出版传媒集团
　　　　　凤凰出版社(原江苏古籍出版社)
　　　　　南京市中央路165号　邮编 210009
　　　　　发行部电话025-83223462
集团网址　凤凰出版传媒网　http://www.ppm.cn
照　　排　江苏凤凰制版有限公司
印　　刷　江苏凤凰通达印刷有限公司
　　　　　南京市六合区冶山镇　邮编 211523
开　　本　960×1304毫米　1/32
印　　张　11.125
字　　数　180千字
版　　次　2011年5月第1版　2011年5月第1次印刷
标准书号　ISBN 978-7-5506-0355-4
定　　价　23.00元
（本书凡印装错误可向承印厂调换，电话：025-57572508）

《古代文史名著选译丛书》编委会

《古代文史名著选译丛书》修订版出版说明

呈献在读者面前的这套《古代文史名著选译丛书》是2011年的修订版。全书共134册，包括了中国从先秦至清末两三千年间的著名典籍。每部典籍都选其精粹(《论语》《老子》则全文收录)，收录原文，加以简明的注释，力求准确地译为现代汉语，并于每一篇之前写有对该文的提示性说明。这是近一个世纪以来，规模最大、收录种类相对齐全、译注质量较高的一套普及传统文化的今译丛书。

这套丛书，原在1992年—1994年由巴蜀书社分三批出齐，印行过万套；不久，又由台湾的出版机构买去海外版权在台湾及海外发行，可见这套丛书当年在两岸受欢迎的程度。时隔17年，丛书编委会决定重新修订，改由江苏凤凰出版集团所属的凤凰出版社出版。

这套丛书是由教育部属下的全国高等院校古籍整理研究工作委员会（简称古委会）于 1985 年策划的。古委会组织了全国 18 所大学的古籍整理研究所的所长任编委会编委，由我们三人任主编，在全国范围内选请学有专长的学者承担各书的译注。从 1986 年—1992 年，历时 7 年完成。当时，编委会制订了严明、可行的体例和细则，译注者按要求完成书稿。每部书稿完成后，都在全国范围内请编委会之外的专门研究这一学术领域的两位专家初审，合格后再请两位编委参照初审意见审改，然后退还原译注者改正。待原译注者改正后，再由编委会集中常务编委和部分编委、相关专家在一地将每部书稿从头至尾审改。这样的集中审稿会一般都在 8—15 天，7 年中开了 12 次审改会。审改后，三位主编再集中在一起逐一审定，交付出版社。这一工作程序，使得这套丛书的译注质量有了一定的提高。所以，这套丛书，在一定程度上是个人与多人合作的结果。关于这套丛书的编纂始末，我们曾在 1992 年 4 月全书交稿后写有一篇文章，这次附在修订版书末，便于读者了解。

这次修订，是交由原译注者自己修改。少数译注者已去世，则书稿一仍其旧。个别译注者已联系不上，也保持原貌。

1992年—1994年出版时，书前有当时古委会主任周林先生写的序。周林先生是这一丛书的发起者。他已于1997年6月去世，至今已14年了。为了尊重历史，也为了纪念他，修订版仍用他的序。

我们三人在1985年—1992年主持这套丛书工作时，年龄大的是从51岁到58岁之间，年龄小的是从44岁到51岁之间，那时尚有精力组织、参与这一工作，今天我们都已年逾古稀。全书修订版出版之际，心情似乎比当年更惴惴不安地期待着读者的评头品足，期待着不要对读者贻误太多。

回想这套丛书，真应该感谢我们的祖先为我们留下了这样深厚、丰富的思想、文化遗产，使我们今天仍然受用无穷。应该感谢这套丛书的全体译注者、审阅者、编委和当年的出版者巴蜀书社、今天的出版者凤凰出版社，是他们的学识、辛勤与真诚使得这套丛书得以面世。

章培恒　马樟根　安平秋

2011年3月15日

序

《古代文史名著选译丛书》与广大读者见面了。这是丛书编委会的同志与众多专家学者通力协作、辛勤耕耘的结果。

中华民族在五千年漫长的岁月里，创造了光辉灿烂的文化，给人类留下了丰富的精神财富。“观今宜鉴古，无古不成今”。今天，以马克思主义的科学理论为指导，整理研究我国古代文化典籍，做到汲取精华，剔除糟粕，古为今用，推陈出新，使人们在正确认识民族历史的同时，得到爱国主义的教育，陶冶道德情操，提高全民族的文化素质，促进社会主义文化的繁荣，使文明古国的历史遗产得以发扬光大，这是我们每个炎黄子孙的责任。而要做到这样，对古籍进行整理与研究是重要的基础工程。但是，整理与研究古籍仅作标点、校勘、注释、辑佚还不够，还要有今译，使老年人、中年人、青年人都愿意去读，都能读懂，以便从中得到教益。

基于以上认识，全国高等院校古籍整理研究工作委员会于1986年5月组成了以章培恒、安平秋、马樟根三位同志为主编的《古代文史名著选译丛书》编委会，确定了以全国十八所大学的古籍整理研究所为主力承担这一看似轻易、实则艰巨的今译任务。在第一次编委会议上，拟定了《凡例》、《编写与审稿要求》、《文稿书写格式》和一百余种书目。以每一种书为十万至十五万字计算，这套丛书大约有一千余万字，应该说是一项大工程。经过一年的努力，完成了第一批三十六部书稿的译注任务。在各研究所的专家与所长把关的基础上，于1987年5月和7月，先后在复旦大学、北京大学召开了部分编委参加的审稿会，通过了二十五部书稿，作为《古代文史名著选译丛书》与广大读者见面的第一批作品。与此同时，在1987年7月6日，邀请了在京的十几位专家教授与编委会十几位编委一起座谈这套丛书与古籍今译的问题。专家们肯定了今译工作的必要性与深远意义，并以他们数十年的教学科研和创作的经验，说明今译是一项难度很大的工作，是培养人才，使之打下坚实基本功的一种有效方法；专家们还对《古代文史名著选译丛书》提出了宝贵的建议，这对当时的审稿工作和保证《丛书》的质量起了很好的作用。

实践证明，古籍的今注不易，今译更难。没有对作品的深入、透彻的研究，没有准确、通俗、生动的语言表达能力，要想做好今译是不可能的。两年多来，全国高等院校古籍整理研究工作委员会在探索古籍的今注、今译的道路上，做了一些工作。这部丛书的出版，是系统今译的开始，说明古籍整理研究工作有了新的进展。更可喜的是，一批中青年学者参加了今注今译工作，为古籍整理增添了新生力量，相信他们会在实践中，在学习中，成长成熟。我希望，这套丛书的编委会和高校各古籍整理研究所要敞开大门，加强同国内外专家学者的联系，征求他们和广大读者的意见，并向有真才实学而又适宜做今译工作的专家学者约稿，以提高古籍译注的水平，使《古代文史名著选译丛书》的第二批、第三批作品的质量更上一层楼。

这是一套以文史为主的大型的古籍名著今译丛书。考虑到普及的需要,考虑到读者对象,就每一种名著而言,除个别是全译外,绝大多数是选译,即对从该名著中精选出来的部分予以译注,译文力求准确、通畅,为广大读者打通文字关,以求能读懂报纸的人都能读懂它。我希望这套丛书能成为中小学教师的语文、历史教学的参考书,成为大专院校学生的课外读物,成为广大文史爱好者的良师益友。由于系统的古籍今译工作还刚刚起步,这套丛书定会有不少缺点、错误,也诚恳地希望读者批评指正。

巴蜀书社要我为这套丛书写序,我欣然接受了。我相信这套丛书不仅会使八十年代的人们受益,还将使子孙后代受益,它将对祖国的繁荣昌盛起到点滴的作用。最后借此机会向曾给予我们支持、帮助的专家学者和巴蜀书社的同志表示衷心的感谢!并殷切地希望台湾同胞、港澳同胞、海外侨胞和我们一同做好祖先留给我们的文化遗产的整理工作,为中华民族灿烂的文化再放异彩而努力!

周　林

1987年10月于北京

目　录

前　言

清朝初年，集思想家、学问家、爱国诗人于一身的顾炎武，是中国历史文化长河中的一颗巨星。

顾炎武(1613—1682)，江南(今江苏省)昆山人。初名绛，字忠清。明亡后更名炎武，号亭林。在清初流亡各地时，又曾署名顾圭年、蒋山佣。当时的学者多称他亭林先生。

顾炎武出生于江南世家大族。在幼年时，他的祖父就以关心国家大事、注意社会实际问题，对他进行教诲[①]；刚进入中年，又接受了嗣母临终时“勿

①《亭林余集·三朝纪事阙文序》。

仕异朝”的遗训[①]。先辈的言传身教，对他的人生道路有深刻的影响。顾炎武的家乡，属于明无锡、苏州为中心的江南腹心地带，是明末爱国、正直的东林党人士的活动地区。顾炎武成年后参加的复社，则是继承了东林党人爱国、议政传统的文学社团。这个社团的广大成员，彼此以学问相砥砺，以气节相勖勉。在抗清斗争中，它的一批领袖人物和普通成员献出了自己的生命。顾炎武从中受到鼓舞，汲取了精神力量。顾炎武生活的明末清初，是一个被称为“天崩地坼”（黄宗羲语）的剧烈动荡的时代。政治腐败、经济枯竭的明王朝，在农民大起义和清兵铁骑长期进击的双重打击下覆灭。清兵入关下江南对人民进行疯狂的屠杀和掠夺，种种严酷的现实，推动着顾炎武对社会问题进行反复思考，促使他走上了一条积极从事政治活动与学术研究、诗歌创作紧密结合的独特道路，从而成为一位杰出的思想家、学问家和爱国诗人。

顺治元年(1644)清王朝建立之后，本已对科举八股取士制度极为厌恶的顾炎武，更绝意仕进，积极投

① 顾炎武:《答次耕书》。

身于江南苏州、昆山等地的抗清斗争。随着清王朝对江南加强统治，顾炎武在当地进行反清活动变得十分困难，因而他把目光转向了华北、西北地区。顺治十四年(1657)秋，顾炎武离江南北上。从这时起，在二十余年的时间里，他的足迹遍历鲁、冀、辽、晋、陕、豫六省。所到之处，他一方面访问先朝遗老和爱国人士，密商抗清复明的大计，凭吊明朝陵墓和历代忠烈人物的遗迹，窥探清廷的虚实，观察用兵作战的地理形势，并在山东章丘县购置房舍田产，在山西雁门关造房垦荒，将这两处作为长期进行反清复明隐蔽斗争的活动据点。另一方面，顾炎武又随时注意调查各地的历史、文化、物产等实际状况，并与古人的记述相勘对。这种严谨、认真、踏实的治学态度，为他后半生撰写的大批政治、文史等论著，奠定了深厚的基础。顾炎武高深的学术造诣，为世人所敬佩，清朝统治者也把他视为笼络的对象。康熙十七年(1678)前后，一些人多次要推荐他应试博学鸿儒和参加纂修明史，但他坚定地表示：若以此事相逼，自己“非死即逃”，断然拒绝[1]。他始终保持了自己的节操。顾

[1] 顾炎武《答次耕书》。

炎武六十七岁时，定居于陕西华阴县，七十岁病逝于山西曲沃县。

顾炎武青少年时就有诗歌创作，但明亡之前的诗作没有保存下来，现存的三百余题、四百多首，全部是明亡以后的作品。长期以来，人们对他的诗歌缺乏了解，主要是他的思想家、学问家的盛名掩盖了其诗歌创作的成就。实际上，顾炎武的诗歌，不仅数量可观，在艺术上也具有相当高的水平。其反映明末清初动乱的社会现实之深刻，展现爱国文人的精神面貌之真切，同时代的诗人是罕有其匹的。

顾炎武的诗歌注重描写国家民族兴亡的大事，具有深刻的社会内容和鲜明的时代特点。现存诗集的开篇之作《大行皇帝哀诗》，写的就是崇祯皇帝自缢、明朝覆灭的大事件。二十年后，作者游览骊山，触景生情，联系历史，写的《骊山》一诗，进一步提出“败亡未必皆荒淫”的看法，这种认识是他原先认真探索朝代兴亡原因的继续。南明弘光、隆武、永历等几个抗清政权的成立，江南人民风起云涌的抗清战争，在顾炎武的诗歌中都作了充分的反映。《感事》、《千里》、《秋山》等诗篇描写了江南军民举旗抗清的浩大声势和前仆后继、宁死不屈的战斗意志，揭露了清军残酷杀戮、焚烧造成的城邑残破、田园荒芜的惨状和清军劫掠美女财物的暴行。这些艺术地再现国家民族危亡年代大事件的诗篇，形象地反映了当时社会的真实面貌。前人评论顾诗如同评论杜（甫）诗一样，也称作“诗史”[①]，如果把他的上述诗篇与他追述明朝兴起、发展的其他诗篇（如《帝京篇》、谒明孝陵、十三陵等）合并起来看，他的诗的确犹如朱明王朝二百七十年的兴亡史。“诗史”的评价是当之无愧的。

当然，顾炎武的诗歌绝不是纯客观地反映现实，也不是空泛地表示褒贬。顾炎武信奉传统的“诗言志”的观点[②]，所以他的诗歌无论各种题材都有着鲜明的爱憎倾向，而爱故国、爱民族，坚持反清复明大志的思想感情，则是鸣奏在他的诗歌中的主调。在抗清斗争的初期，诗人慷慨悲歌、投笔从戎，誓死报国的昂扬斗志和胜利信心，洋溢在字里行间。在抗清的主战场由江南转移到东南沿海和西南地区后，诗人的心思时刻关注着远方战场的前途

① 顾云臣：《顾诗笺注序》。 ②《日知录》卷二十一“作诗之旨”。

和命运。听到唐王在福州即帝位的消息(《闻诏》)、亲自接到唐王的御札(《李定自延平归赍至御札》),他感到如温暖的春风吹来,喜悦之情难以抑止,流下了激动的热泪。在获知郑成功高举抗清义旗,连克东南沿海许多州县以及李定国大顺军与南明政权联合作战,出兵收复湖南大片土地的喜讯后,他欢欣鼓舞地庆幸所取得的巨大胜利(《赋得秋鹰》、《传闻》)。当南国传来反正将领金声桓失败的消息后,他对抗清军的挫折深感痛惜,同时还精研兵书,认真思索和总结永历政权失利的原因和教训(《春半》)。在《赋得越鸟朝南枝》中,诗人以“越鸟”自喻,表达了自己甘冒险阻、忍受摧残,也要“向阳”、“随日”的一片深情。最集中的表现出诗人这种坚贞不渝的深恋故国热诚的是《精卫》一诗,在诗中诗人以精卫自况,庄严地宣布:

> 我愿平东海,身沉心不改。
> 大海无平期,我心无绝时。

正是这种为故国终生献身的精神,推动着诗人顶风雪、冒酷寒,遍历北方各省,进行深入隐蔽的反清活动；也正是本着这种精神，在几个南明政权屡遭挫折以致最终失败后，诗人仍然信心常在，坚贞不屈：

合见文公还晋国，应随苏武入长安。

（《十九年元旦》）

三户已亡熊绎国，一成犹启少康家。
苍龙日暮还行雨，老树春深更著花。

（《又酬傅处士次韵》）

直到逝世前两年，他在悼念亡妻的诗中，还自豪地吟咏："地下相烦告公姥，遗民犹有一人存。"诗人凛然的气节，一直坚持到最后一息。

与忠于故国民族的思想感情紧密相联，顾炎武有不少诗篇对抗清牺牲的志士和遇害的文人表达了深切悼念，对变节分子作了辛辣的讽刺和严厉的鞭挞。诗人以饱含深情的笔墨，描写了他的许多友人英勇献身的悲壮行为，表达了沉痛而又敬佩的心情。在《汾州祭吴炎、潘柽章二节士》诗中，对吴、潘二人因文字狱牵连惨遭杀害，表示了强烈愤慨和悲痛，对他们著书立说的成就和临危不苟的风范给予了高度评价。对晚年贫病而死的挚友归庄，诗人既刻画了他磊落孤高的个性，又突出歌颂了他一生坚持气节，宁肯贫贱自守，也决不为金钱禄位的诱惑而变节奉事新朝的高尚品质。对于变节败类，诗人则报以极端憎恶的感情。在《传闻》(其二)、《淄川行》中，诗人描写了听到孔有德、孙之獬被抗清军民处死的消息后喜悦振奋的心情，讽刺、嘲笑了他们可耻的下场。对于奉事新朝的文人，作者以“分题赋淫丽，角句争飞腾”痛斥他们苟且迎合，以求加官进爵的卑劣行为(《寄次耕时被荐在燕中》)；以“蓟门朝士多狐鼠，旧日须眉化儿女。生女须教出塞妆，生男要学鲜卑语”，揭露他们谄媚邀宠的丑恶心态。其语言之尖锐、锋利，真可谓达到了诛心砭骨的地步。

顾炎武的创作态度是严肃的，他从不写淡淡的哀愁，莫名的惆怅和泛泛的应酬之作。但他的创作题材也并不狭窄。他的诗还有一批描写交友、亲情和山水的作品。顾炎武敦重道义和友情，他与友人的赠答之作，总是坦诚相见，出语感人。《又酬傅处士次韵》，取譬设喻，对傅山进行委婉劝慰和热情激励，表现出君子之交以道义相砥砺的风范。与屈大均邂逅相逢，“何期绝塞千山外，幸有清樽十日留”的诗句，道出了有幸相会的欣喜眷恋之情(《屈山人大均自关中至》)。与程先贞重会,用“未论千里事,一见且衔杯”的诗句,写出了好友相见,摆脱常套所表现出的特有的亲热、豪爽气氛(《德州过程工部》)。而与好友李子德的相会,则通过描写眼神,将主客相互注视,彼此感到无限欣慰的情态和精神交流,表达得十分出色(《过李子德》其一)。《悼亡》诗是诗人仅有的一组描写夫妻之情的作品。诗中追忆新婚时白首偕老的誓言,回顾妻子支持自己从军杀敌、款待宾客的情景,联想自己久留他乡使妻子独居闺房的寂寞、清冷的心境,嘱托妻子告慰公姥于地下的话语等等,感情深挚,凄恻动人。在顾炎武的诗歌中,山水诗不多,但颇具特色。《金陵杂诗》其一,作者夜晚登楼眺望,不写满目万家灯火的景象,却从下楼后看到“江空悬孤月”又回首窥望危楼下笔,构思新颖而隽永。《济南》一诗,借波光粼粼的水面衬托,将城外的山峰描绘成似出水芙蓉一般,亭亭而立,色彩艳丽、令人神往。《劳山歌》是一首描写山水景物的较长诗篇。诗中描绘了巍峨的山势,姿态各异的群峰,谧静的神仙洞府,刻画出了劳山高峻、幽静和奇异之美。

顾炎武的诗歌在艺术上也有相当高的成就。

首先，有鲜明的艺术风格。纵观顾炎武的全部诗歌可以看出，尽管其作品的风格在他的中年、老年不同时期有所差别，但雄放、凝炼、刚劲是最基本的特色。他的诗善于从大处落笔，描绘事物，表达感情。如“白羽出扬州，黄旗下石头。六双归雁落，千里射蛟浮。”（《京口即事》）“春风一夕动三山，使者持符出汉关。万里干戈传御札，十行书字识天颜。”（《李定自延平归赍至御札》）“千里吴封大，三洲震泽通。”（《千里》）“长看白日下芜城，又见孤云海上生。”（《海上》其四）“劳山拔地九千丈，崔嵬势压齐之东。”（《劳山歌》）等等，都是高瞻远瞩、纵横自如地概括了时间和空间的大跨度，因而无论写时局、人心，还是大地山川，都开阔雄伟，具有一种雄放的气概。但诗人却并非刻意铺张扬厉，故作壮语。他笔下的题材，都是经他精心选择，概括着现实和历史的实在内容，渗透着他对人生的体验，饱含着丰富而深沉的感情，并通过精炼的语言表达出来，因此诗歌的意蕴丰富而深厚。如《海上》其一写登临海边的感慨，把对现实苦难的悲伤，对南明政权的遥念和对它的前途的忧虑不安这样复杂的思想感情，浓缩在八句诗中，就表现出既雄放又凝炼的特点。刚劲是顾炎武诗歌风的又一特色。顾炎武壮年时期的诗歌，就具有一种慷慨悲歌的阳刚之气，在经历抗清战争和走南闯北，饱尝人间艰难辛酸之后，更加百折不回，坚韧不屈。诗人把自己比喻作“立雪凌寒”的柑桔(《颜神山中见桔》)，能经受任何风霜的摧残。与人谈到自己的个性时，曾申述说：“嗟我性难驯，穷老弥刚棱。”(《寄次耕时被荐在燕中》)一种刚劲凛然的气概充溢于诗中。清人沈德潜称赞顾诗“风霜之气，松柏之质，两者兼有”①。顾炎武自己也主张“诗主性情，不贵奇巧”②，他的诗的风格就是他的性情的艺术体现。

顾诗在以雄放、凝炼、刚劲为基本风格的同时，又表现出多样性的特点。如《淄川行》浅近、明快，富有民歌风味。《桃叶歌》在轻柔、舒缓的节奏中，表达出凄婉的情调。《桃花溪赠陈处士梅》热情洋溢。《劳山歌》语言夸张，气势奔放，具有浓郁的浪漫主义色彩。

顾炎武诗歌的另一艺术成就，是善于提炼语言，描摹景物，表达感情。顾炎武虽然不以诗人自命，但他总是对诗中的语言精心选择和锤炼，使之

① 《明诗别裁》卷十一。 ② 《日知录》卷二十一“古人用韵”。

富有表现力。“居庸突兀倚青天，一涧泉流鸟道悬”，上句的“突兀”和“倚”字，写出了居庸山峰拔地而起上接云天的高峻，与下句谷底的流泉一高一低，形成强烈的反差，表现出居庸关地势的险要。“车穿峡谷鸣禽里”，“穿”字点出了峡谷的狭窄，“烽点重冈落雁前”，“落雁”的衬托，更增加了高峻的烽台、重冈的飞动之势（《居庸关》）。“枕石且看云，悠然得所遣”（《春雨》），“一窥西华顶，天下小秋毫”（《关中杂诗》其一），两者的语言看似平淡无奇，然而前者准确地抒发出作者摆脱掉清王朝羁绊的轻松、舒畅、悠然自得的心情，后者则传神地表现出诗人居高临下，傲岸不俗的胸襟。《又酬傅处士次韵》中，“苍龙日暮还行雨，老树春深更着花”二句，画龙点睛地揭示出全诗激励傅山振奋精神，积极投入反清斗争的主题，诗句意蕴精警醇厚，造语新奇而又贴切，是诗人爱国心灵迸发出的火花，也是他在语言上千锤百炼结出的硕果。它与曹操的“老骥伏枥，志在千里。烈士暮年，壮心不已”的千古名句有异曲同工之妙，但比后者更具有形象生动之美和韵律悠扬之美。顾诗在语言上的另一成就，是善于推陈出新。由于顾炎武是一位博通古籍的学者，特别是因为他生活在文网严酷的年代，有无法直抒其意的苦衷，而不得不较多用典，但他反对依傍和模仿前人[1]。他的“陵阙生哀回夕照，河山垂泪发春花”（《又酬傅处士次韵》），前句用的是李白《菩萨蛮》词中的“西风残照，汉家陵阙”的词意。李词是吟咏怀古之情，顾诗则是抒写自己对故国败亡的悲哀；后句是由杜甫的《春望》“感时花溅泪”化用而来，杜诗以拟人化的手法单纯写人们在国破家亡中的痛苦，顾诗则深入一层，写人民在哀痛中仍与敌人奋力拼斗，两句诗都推出了新意。“相看仍慰籍，均不负平生”（《过李子德》），显然是受了李白《独坐敬亭山》中的“相看两不厌，只有敬亭山”的启发，李诗强调的是“两不厌”，即彼此兴致高，顾诗则是喜悦、欣赏、宽慰、庆幸交友得人等各种复杂的感情交织在一起，蕴藉更为丰富。顾诗中也有些典故没有推出新意，但却非简单袭用，而是经过精心选样、组织，使其充分表达自己的思想感情。《十九年元旦》诗中用了晋重耳、汉苏武经历十九年的流亡苦难终于回国和庖丁解牛所用之刀十九年刃锋常新三个典故，与明朝灭亡十九年联

① 《日知录》卷十九“文人模仿之病”及《与人书》（十七）。

系起来，借以表达作者反清斗志常新不衰和恢复故国必将取得最后胜利的热切愿望，这三个典故运用得贴切、自然，显示出诗人取譬用典上的艺术技巧。

顾炎武诗歌的爱国忧民的思想内容和反映社会现实的深刻性，是我国古代现实主义优良传统，特别是杜甫诗歌的现实主义传统在清初的继续和发展，他的诗歌在思想上和艺术上达到的成就，使他成为清初的一位杰出的诗人。

顾炎武同时是一位文章大家，而且就数量而言，其文章远远超过了诗歌。他的文章，除现存的文集六卷之外，在大批专著中也不乏精彩可读的篇章。顾炎武的文章主要论述社会的政治、经济、思想文化、治学方法等问题，此外，还有一批书信、序记和少量传记。顾炎武著书为文的最基本的指导思想是致力于经世济民的“当世之务”，具体地说，就是要“厚民生，强国势”（《郡县论》一）。正是从这一基本思想出发，顾炎武的目光既回顾过去，探索历史上王朝的兴灭治乱的经验教训，更注重对现实社会状况的剖析、研究，以为自己期望中出现的“新君”提供治国安民之策。他的许多进步的思想主张，就是在对历史和现实的研究中阐发出来的。顾炎武严肃地批判了宋明理(道)学曲解孔孟等“先圣先贤”有关心性言谈的原义,“置四海之穷困不言”,而终日空谈“危微精一”之说的空疏无用的恶劣学风(《与友人论学书》)。他自己则身体力行,在博览史籍和游历四方进行实际调查的坚实基础上,对社会的现实状况进行深入地剖析和批判。他猛烈地抨击“人人而疑之,事事而制之”的封建专制主义造成了“民穷国弱”的局面,主张扩大地方郡县的权力,以调动地方官吏的积极性,加强他们的责任感,从而达到“厚民生,强国势”的目的。这种地方分权的主张,当然并非否定封建专制制度,但作者以发展变化的观点为依据①,无疑是符合历史发展趋势的进步主张。在《钱粮论》中,主要的矛头是揭露朝廷向农民征收银两和官吏乘机贪污自肥,造成农民的贫穷破产的惨状并提出解决办法,但作者也已看到“廿(矿)人既停,海舶既撤”,“商贾绝迹”,亦即缺乏商品经济在客观上使社会上银两匮乏,造成的征收困难。作者对商品经济作用的认识虽然是初步

① 《郡县论》一:“知封建之所以变而为郡县,则知郡县之敝而将复变。”

而粗浅的，但在当时的条件下，却是难能可贵的。科举取士制度到了明代，已经日趋腐败。顾炎武身为生员（秀才），参加过科举八股文考试，又生活在生员密集的江南地区，深知其中内幕。在《生员论》中，他尖锐地揭露和批判科举制度“败坏天下之人材”而制造出一批又一批“蠹政害民”的特权分子的严重弊端。作者大声疾呼：“废天下之生员！”同时提出了地方荐举和朝廷征召的取士办法，这实际上就是废除科举制度的主张。值得注意的是，作者对科举八股取士制度的抨击，并不是以生员们个人的辛酸痛苦遭遇为出发点，而是从人才的得失，国家的兴衰着眼，这充分显示出作者宏大的胸襟和深思远虑。当然，顾炎武的这些政治、经济、文化等方面的观点、主张，没有也不可能从根本上触动封建制度，但是却渗透着一定程度的民主精神，在当时具有进步意义，在今天仍然是弥足珍贵的。而最集中体现作者思想主张的民主精神的，是在《正始》一文（《日知录》卷十三）中提出的“天下兴亡，匹夫有责”的思想。这个思想冲破了几千年以来“民可使由之，不可使知之”（孔丘语），“劳心者治人，劳力者治于人”（孟轲语）等传统思想的桎梏，也摆脱了士大夫“先天下之忧而忧，后天下之乐而乐”（范仲淹语）的有限圈子，而是充分肯定了普通平民百姓的个人价值、对国政的参与权和对国家社会应负的责任。这个思想是在封建社会的夜空中一束耀眼的火花。在近百多年来国家民族危亡的时期，先进的人们总是以“天下兴亡，匹夫有责”这一响亮口号自我勖勉和激励民众，在振兴中华的今天，它仍然显示出巨大的生命力。清代乾嘉以来的学者，只片面的看到顾炎武的某些著作（如《日知录》等）中的考证功夫，而不理解或不敢正视顾炎武治学的根本目的，他们脱离国家兴亡、社会治乱的“当世之务”，埋头故纸堆中去大做考据文章，却又以膺服顾炎武相标榜，其实是与顾炎武治学的目的南辕北辙的。

在顾炎武的文章中，有一批书信和笔记性短文（如《日知录》）阐述了有关治学方法和文章写作方面的见解。在《与友人论学书》中，在批判空谈心性的同时，着重申述了孔子的博学多识的主张，在《与人书一》中，又提出“博学审问，古人与稽”，即要把广博地学习知识和实际调查、精审考核结合起来。这种注重实际，实事求是的治学方法和勤奋刻苦的态度，不仅使他撰写出了造诣高深的等身著作，更重要的是影响所及，一扫明代的积习，开创了清代求实的朴学学风和文风。在文章写作方面，提出“文章无定格”、“毋拘之以格式，而俊异之才出矣”（《日知录·程文》）、“终不脱依傍二字，断不能登峰造极”（《与人书十七》）的见解，强调独辟蹊径，贵在独创。针对人们关于文章的简繁孰优孰劣的争论，认为应因文制宜，以“辞达”为衡量标准（《日知录·文章繁简》）。显然，这些见解都是切中肯綮的警策之言。

顾炎武的文章，政论文材料与观点紧密结合，布局谋篇有着精心的考虑。文章善于将立与驳、理与事、古与今、正与反结合融会成一个整体，把揭露弊端、探索原由、分析形势、申述利害和提出主张等几个环节周密组织，使文章结构完整，逻辑严密，观点鲜明，论述透辟，气势畅达，具有极强的说服力。其书信、笔记则不拘一格，要言不烦，往往一语破的，发人深省，新人耳目。他文章的风格在总体上是谨严、练达、朴素，具有一种阳刚之美。

我们选译顾炎武的诗文，是从全面的角度着眼，即力求能从所选的诗文中反映顾炎武作为一代思想家、学问家和爱国诗人的全貌，能体现他的诗文的思想、艺术成就及其内容、风格的主体性和多样性。诗歌部分由李永祜译注，文章部分除《与友人论学书》、《与人书》一、十八之外，其余由郭成韬译注。在工作过程中，我们吸收了学术界的某些研究成果，得到了校内外的有关专家的帮助，尤其是北京大学孙钦善教授对诗文的译注提出了许多具体的宝贵意见，在此一并致谢。由于我们的学识所限，加之时间紧迫，书中难免存在着缺点和不足之处，我们恳切欢迎专家和读者不吝指教。

李永祜（中国人民大学文学院）
郭成韬（中国人民大学文学院）

诗歌

大行皇帝哀诗[①]已下阏逢涒滩[②]

本诗作于清顺治元年(1644),是一首哀痛明王朝覆灭的挽歌。明朝后期,灾荒频仍,边患严重,农民起义此伏彼起。朝廷内部,宦官与权臣在相互倾轧的同时又相互勾结,排斥、迫害忠良正直的朝臣和在野人士,致使朝政日败,国势日衰。信王朱由检(崇祯)即帝位后,采取断然措

---

① 大行皇帝:皇帝新崩,尚未确定谥号时的称呼。大行:逝去,喻指皇帝死亡。 ② 已:通"以"。阏逢涒(è péng tūn 鄂朋吞)滩:这是古代的岁阳、岁阴纪年法,相当于"甲申"。详见《尔雅·释天》。崇祯帝崩逝的1644年为夏历甲申年。顾炎武因不承认清政权,故用这种方式纪年,诗文中此类情况尚多,后面不再列出及注明。

施，铲除擅权的宦官，整顿朝廷纲纪，表现出一定的政治魄力。但是，明王朝到朱由检当政时，崩溃之势已成，这是任何个人努力所不能支撑和挽救得了的。顾炎武这首诗，通过抒发期望，批评时弊，描写危难，倾诉哀痛，表达了上述认识，而哀痛明王朝的覆灭，尤其是哀痛一个无力回天的有为君主的悲剧命运，则是本诗丰富复杂的思想感情的核心。

本诗分三部分：第一部分从开始到“心似涉春冰”，写崇祯帝的登位和为政的慈惠、勤俭、谨敬；第二部分从“世值颓风运”到“时艰恨股肱”，写崇祯帝面临的衰颓世风、腐败朝政和艰难的时局；第三部分从“哀同望帝化”到全诗结束，抒发作者对崇祯帝崩逝的哀痛和对明宗室继承者所抱的期望。诗中强烈的爱国忠君思想，浓厚的天命论意识，既使我们可以从中找到顾炎武坚持气节、立志抗清的思想渊源，也使我们看到作者作为一位封建时代的知识分子所存在的历史局限性。

神器无中坠①，英明乃嗣兴②。紫蜺迎剑灭③，丹日御轮升④。景命殷王及⑤，灵符代邸膺⑥。天威寅降鉴⑦，祖武肃丕承⑧。采垩昭王俭⑨，盘杅象帝兢⑩。泽

① 神器：皇帝权位的代称。 ② 嗣（sì 四）：接续，继承。 ③“紫蜺”句：喻崇祯帝铲除魏忠贤及其党羽。紫蜺：乱精淫气，即邪恶云气。剑：诛邪之剑，喻崇祯帝的君权。 ④“丹日”句：喻朱由检登帝位。古代神话传说认为，太阳乘坐六龙驾的车子在天空运行。 ⑤ 景：大。殷王及：殷代君王沃丁死后，其弟太庚继承了王位。及：通“继”。这里借殷王代指朱由检于 1628 年继承其兄朱由校为帝。 ⑥“灵符”句：借典写朱由检被迎接登帝位事。灵符：象征皇帝权力的玺符。邸（dǐ 抵）：贵族或高级官吏的住宅。代邸膺：指刘邦之子代王刘恒，在吕太后死后被大臣周勃、陈平迎接到长安登皇帝位事。膺（yīng 英）：承受。朱由检是由信王府被迎登帝位的。 ⑦ 寅：敬肃。降鉴：监示下民，明察善恶。这里指上天明察崇祯之德，降示天命。 ⑧ 祖武：祖先的行迹。武：足迹，引申为功业之意。丕：语助词，无义。 ⑨ 采：栎（lì 力）木，亦即柞木。这里指用未经削刮的柞木做屋椽。垩（è 饿）：白土粉。这里指宫室仅作粉刷而不饰采绘。昭：昭示，表明。 ⑩“盘杅”句：写崇祯帝重视圣人的业迹与遗训。作者原注引《墨子》中的一段话说：古代人把尧舜等圣主贤君的事迹铭刻记载在金石盘盂等器具上，以示不忘他们的遗训。

能回夏暍①，心似涉春冰②。世值颓风运③，人多比德朋④。求官逢硕鼠⑤，驭将失饥鹰⑥。细柳年年急⑦，萑苻岁岁增⑧。关门亡铁牡⑨，路寝泄金縢⑩。雾起昭阳

---

① 泽：恩泽。暍（hè 贺）：中暑。 ②“心似”句：写崇祯谨慎勤政。春冰：春天即将融化的薄冰。 ③ 颓风运：颓败的社会风气和国家命运。 ④“人多”句：指宦官魏忠贤与朝臣、外省都抚结党营私之事。比：勾结。德：品性。朋：朋党。 ⑤“求官”句：指崇祯帝选臣失误，所重用的周延儒、温体仁、薛国观等都是贪婪自私、碌庸无能之辈。硕鼠：大老鼠，喻榨取百姓，贪婪自肥的官吏。语出《诗经·硕鼠》。 ⑥“驭将”句：指崇祯帝对左良玉、贺人杰等骄悍跋扈的将领驾驭无方，失去控制。失饥鹰：三国时，陈登与曹操谈论待将之道，认为养将如同养虎，用肉喂饱，它才不伤人。曹操答道：“并非如此，比如养鹰，它饥饿时能为你所用，它若吃饱，就要飞走”。见《三国志·陈登传》。 ⑦ 细柳：细柳营。汉初名将周亚夫驻扎细柳营（故址在今陕西咸阳市南渭河北岸），以治军严明著称。这里借指抗清的明军兵营。 ⑧ 萑苻（huán fú 环符）：本为水泽之名，因盗贼多于其中劫略，后世遂称萑苻为盗贼出没之处。语出《左传·昭公二十年》。这里指明末的农民起义军。 ⑨“关门”句：指边关失守。门牡：即门闩（shuān 拴）。亡铁牡：喻指把守居庸关等关塞的将领对农民军不战而降，使国都北京失掉门户。 ⑩“路寝”句：指皇宫泄露出不祥的秘文。路寝：正寝，即寝宫正室。金縢（téng 腾）：用铜条封缄。

镜①,风摇甲观灯②。已占伊水竭③,真遘杞天崩④。道否穷仁圣⑤,时危恨股肱⑥。哀同望帝化⑦,神想白云

① “雾起”句:喻后宫皇帝眷属遭受灾难。据徐鼒《小腆纪年》载:崇祯十七年三月十八日夜,北京外城破,帝入后宫,见皇后已自缢,即挥剑砍伤长平公主,并杀死昭仁公主(六岁)及袁贵妃等妃嫔数人。天亮时,“天忽雨,云雾四塞。”农民军入宫,宫人魏氏、费氏又死去。昭阳镜:代指后宫妃嫔。昭阳为汉武帝宫殿名,镜为妇女用品。 ② “风摇”句:喻太子处在危急中。甲观:太子宫。《小腆纪年》载:崇祯闻外城已破,召太子及永、定二王进宫,令改换敝衣,告之曰:“汝今日为太子,明日为平人,在乱离之中,匿形迹、藏名姓,万一得全,来报父母仇,勿忘我今日戒也。” ③ “已占”句:指自然界出现了预示国家将亡的征兆。伊水竭:《国语·周语》载:“昔伊、洛竭而夏亡,河竭而商亡。”《明史·五行志》载:崇祯十四年,山东临清县境黄河干涸。 ④ 遘(gòu 够):遭遇。杞(qǐ 起)天崩:天塌下来,借用杞人忧天的故事,见《列子·天瑞》。 ⑤ 否(pǐ 痞):闭塞不通。穷:困厄,危难。 ⑥ “时危”句:崇祯帝在情势危急时,恨周延儒、吴甡两辅臣负己(《明史·吴甡传》);怒斥连失城池的陈演“一死不足蔽辜”(《明史·陈演传》);痛骂“文臣个个可杀”(《烈皇小识》)。股肱(gōng 工):大腿和胳膊,这里比喻朝廷重臣。 ⑦ 望帝:相传西周时蜀王杜宇,号望帝,死后其魂化为泣血的杜鹃,鸣声凄哀。见《华阳国志·蜀志》。

乘①。秘谶归新野②，群心望有仍③。小臣王室泪④，无路哭桥陵⑤。

【翻译】

皇朝的帝位不会中途坠落，

英明的天子继位重兴。

紫色的蜺虹迎着凛然的剑气消灭，

鲜红的太阳乘着车子冉冉上升。

先皇留下大命兄终弟继，

① 白云乘：《庄子·天地篇》："乘彼白云，至于帝乡。"这里借指崇祯帝死后灵魂升登天界。 ②"秘谶（chèn 衬）"句：指按迷信家预言，明宗室朱由崧应当继崇祯登帝位。谶：图谶，符谶，是古代巫师或方士制作的一种隐语或预言，作为吉凶的符验或征兆。归新野：《后汉书·光武帝纪》载：刘邦后裔刘秀，居于新野（南阳郡），宛（今河南南阳）人李通，以刘秀上应天命的图谶，鼓动刘秀起兵反王莽。这里借指明末福王朱由崧，他的封地在南阳，后被明南京的大臣迎立登帝位。
③"群心"句：借典寄复兴明室的希望于南明政权。有仍：古国名。夏代国君帝相之妃后缗为有仍氏之女。帝相被有过国君灭掉，后缗怀孕在身，逃归有仍而生少康。其后少康在夏遗臣的辅佐下，将有过灭掉，复立夏国。见《左传·哀公元年》。 ④ 小臣：作者自称。顺治元年十二月，顾炎武受荐，被任命为弘光政权兵部司务。 ⑤ 桥陵：黄帝陵墓的名称，在今陕西黄陵西北。

灵符显示如今的代王应承接大统。

上天明察当今天子之德降示天命，

今上肃敬地将祖先的功业继承。

房椽不削刮、宫室只粉刷不饰彩绘，明示崇尚节俭，

尊奉铭记着圣王业迹和遗训的盘盂，象征着君主的谨敬。

普施恩泽，使炎夏中暑之人死而复生，

心思谨慎，犹如在融化的春冰上前行。

可惜啊！世道正碰上衰颓的时运，

人们多好拉帮结党谋私钻营。

选求辅臣得到的都是卑庸贪婪的大鼠，

指挥将校无奈飞走了饱餐的饿鹰。

北塞兵营的军情年年告急，

揭竿起事的民众岁岁添增。

边关的大门失掉了坚牢的铁闩，

不祥的秘文泄露出了君主的寝宫。

迷雾遮掩了后宫嫔妃的明镜，

狂风摇晃着太子宫殿的华灯。

占卜伊水枯竭已经应验，

真正遇到了杞人忧虑的高天塌崩。

大道闭塞，仁主圣君遭受困厄，

时势危急，愤恨股肱重臣腐败无能。

无比哀痛，如同望帝幻化成泣血的杜鹃，
我想象君主他已乘白云飞升到天帝宫廷。
神秘的图谶预示大位应归当今新野的亲王，
人心寄希望少康据以中兴夏朝的有仍。
小臣我为王朝的大难流洒下悲伤的眼泪，
无路申述报国的心志，我只能遥哭黄帝的桥陵。

感　事(七首选四)

其　二

这一组诗作于崇祯十七年(1644)。这年三月,李自成农民起义军攻破北京,崇祯帝自缢而死,不久,镇守山海关的明将吴三桂引清兵入关,黄河以北大片土地很快沦落于清兵之手。

皇帝的崩逝,清兵的深入内地,国家的残破动荡,种种天崩地塌般的巨变,使自幼深受儒家正统思想熏陶的顾炎武,在惊忧悲愤的同时,把复国的希望寄托在明朝的宗室和在江南拥有重兵的将领身上。这一组诗抒写出顾炎武,实际上也是当时一般爱国人士在国家丧乱的形势下的情绪，反映了当时的时事，具有史诗的价值。

诗篇的写作特色，像《大行皇帝哀诗》一样，善于运用历史典故来反映现实事件，表达思想感情。虽然乍读不免稍费索解，但它的丰富的内涵耐人深思。

崇祯帝崩逝，福王朱由崧在明朝南都（南京）大臣们的拥立下，即皇帝位，这给顾炎武以很大的鼓舞，使他对驱清复明充满信心。这第二首诗写出了他听到福王即位消息后的心情。

缟素称先帝①，春秋大复仇②。
告天传玉册③，哭庙见诸侯④。

---

① 缟素：白色的丧服。先帝：死去的皇帝，指崇祯帝。 ② 春秋：西周鲁国史书，古代儒家认为该书主张严格区分君臣、父子之间的关系和名分，对违犯关系和名分的事，书中一字一句都寓托有褒贬爱憎的大义。 ③“告天”句：写福王登帝位时祭告上天之事。玉册：玉制的简册，古代帝王用玉册祭告、封禅或册命太子、后妃。 ④“哭庙”句：福王即帝位时，身著素服，登南京朱元璋孝陵哭祭，并为崇祯帝发丧。

诏令屯雷动[1]，恩波解泽流[2]。
须知六军出[3]，一扫定神州[4]。

【翻译】

身穿白色丧服呼唤先帝，
按《春秋》的大义立誓复仇。
举行告天大典接受先朝传下的玉册，
哭祭祖先的神庙，召见天下诸侯。
登基的诏令如春雷震动，
遍施恩泽如江冰融解，水波奔流。
须知只要我六军雄师一出，
将一扫动乱，平定神州。

其　三

明朝北都（北京）陷落后，弘光帝朱由崧委南京兵部尚书史可法以显位重任，顾炎武对这种举

① "诏令"句：据《明季南略》载：崇祯十七年（1644）五月末，明淮扬巡抚路振飞，向民众宣告福王登基的诏书，内有新旧钱粮赦免之条，群情欢腾。下句"恩波"即指此事。屯雷：意同春雷。② 泽：水。③ 六军：天子的军队称六军，也泛称军队为六军。④ 神州：中国。

措由衷赞同。他深信弘光选任史可法为得人；他坚信史可法能成为挽救危亡的中流砥柱。诗人兴奋、激动的心情，洋溢在诗篇的字里行间。

上宰承王命①，专征指大江②。
出关收汉卒③，分陕寄周邦④。

① 上宰：宰相之称，这里指史可法。据《明史·史可法传》载：福王至南京后，先以监国的名义拜史可法为礼部尚书兼东阁大学士，仍任南京兵部尚书；福王即帝位后，加史可法太子太保衔，改兵部尚书，武英殿大学士，其职位相当于宰相。 ②“专征”句：写史可法在福王即帝位后，自请督师扬州，节制江北四镇以抵御清军、捍卫南京事。专征：专有征伐之权。 ③“出关”句：用刘邦出函谷关与项羽争天下的典故，写史可法上疏建议带兵出关消灭农民起义军余部。据《明季南略》、《明史·史可法传》载：史可法自请督师扬州后，在给弘光的奏疏中又建议弘光帝速发诏令，责成他与诸镇将领统率精锐，“直指关陕”。 ④“分陕”句：写史可法督师扬州，肩负一身系国家安危的重任。分陕：相传周朝初年，周公和召公分陕而治，周公治理陕（今河南陕县）以东地区；召公治陕以西地区。后世常称中央王朝派重臣出任地方长官为“分陕”。

日气生玄甲①，云祥下赤幢②。

登坛推大将，国士定无双③。

【翻译】

上宰接受君主的诏命，

专权征伐，指向浩荡的长江。

挥师出关招收汉家的士卒，

镇守要地，国家安危系于个人身上。

阳光照射着黑色的铠甲精亮耀眼，

吉祥的云气降下红色的盖幢。

登坛拜职，荣幸地被推举为大将，

国家英才，确实是举世无双。

---

①“日气”句：形容史可法的部队甲胄明亮，军威严整。典出班固《燕然山铭》：“玄甲耀日。” ②“云祥”句：《明季南略》载：史可法《答多尔衮记》中提到，福王祭祖庙时，上空曾出现伞盖形紫色云气，这里所指可能是此事。幢（chuáng床）：伞盖。 ③“登坛”二句：坛：举行拜将仪式所设的坛场。《史记·淮阴侯列传》载：萧何称韩信“国士无双”，刘邦择良日斋戒，设坛场，具礼，拜信为将。此用其典。

其　五

清兵占领北京，紫禁城中的宝殿登上了新主，国家的半壁河山改换了颜色。朝代的更替，民族的危机，引起顾炎武内心极度的悲痛。这首诗，尤其是末两句，道出了诗人的这种感情。

清跸郊宫寂①，春游禁籞荒②。
城中屠各虏③，殿上左贤王④。

---

① 清跸：古代帝王出行时，清扫道路，禁止行人，称清跸。跸（bì 闭）：禁止行人。 ② 春游：古时皇帝有春游之制。禁籞（yù 玉）：即禁苑，皇家的园林。 ③ 屠各虏：汉代东胡族一个部落的名称，这里代指清军。虏：古代对少数民族的贬称。 ④ 左贤王：匈奴贵族的封号有左、右贤王。这里代指努尔哈赤的第十四子和硕睿亲王多尔衮。顺治元年（1644）多尔衮率清军入北京，乘辇入明皇宫武英殿。事见《清史稿·多尔衮传》。

紫塞连玄菟[1]，黄河界白羊[2]。

舆图犹在眼，涕泪已沾裳。

【翻译】

往日清道戒严的郊宫空寂无人，

供皇上春游的园林一派荒凉。

城中驻满了胡虏兵将，

宫殿登上了匈奴左贤王。

紫色的长城连通关外的玄菟边郡，

中原的黄河竟成了边界，一如昔日的白羊。

地图依然展现在眼前，

辛酸的涕泪不禁已沾满了衣裳。

---

① 紫塞：指长城。秦代所筑长城，其土呈紫色，故称。见晋崔豹《古今注》、宋方勺《泊宅编》。玄菟（tù 兔）：西汉郡名，主要部分在今吉林南部、辽宁东部，是满族兴起的地区。

② "黄河"句：是说黄河已成为防御清军的边界。白羊：又称羊口，在今北京市昌平西北，是一个重要的关塞。此地本为明朝前期防御少数民族进犯的北部边界，当史可法督师扬州时，清军已占领了河北和山东北部，于是黄河就成为南明防御清军的北部边界。

其　七

史可法督师扬州节制的军队，达数十万之众，是一支捍卫江南的重兵。但是，史部下的诸镇将领骄悍跋扈，争权夺利，甚至相互火并，殃及民众。这首诗透露出作者对内忧外患的怨愤之情，反映了民众的心声。

自昔南朝地①，常称北府雄②。
六军多垒日③，万国鼓鞞中④。

---

① 南朝：东晋以后，中国分裂为南北两部分，占据江南的宋、齐、梁、陈四朝，被史学家称为南朝。 ② 北府：东晋建都建康(今南京市)，军府在广陵(今江苏扬州市)，位于建康以北，故称。当时谢玄镇守广陵，招募徐、兖二州之人组成的部队，作战骁勇，号称"北府兵"。这里指史可法节制的部队。 ③ 垒：军营壁垒。多垒：指战备频繁，时局不安。语出《礼记·曲礼》。 ④ 万国：这里是各地的意思。鼓鞞(pí 皮)：乐器，军中的大鼓、小鼓。常借指战事。

听律音非吉①，焚旗火乍红②。
恐闻刘展乱，父老泣江东③。

【翻译】

自从往昔成为南朝的辖地，
人们常常称赞北府的士卒是天下雄兵。
正值六军的营垒多增的时日，
各地战鼓咚咚不宁。
听出那鸣响的音律是不祥之兆，
军旗被焚烧也是凶险的象征。
害怕听到刘展作乱之事重演，
吴中父老哭泣在大江之东。

---

① “听律”句：作者自注引《周礼·大师》：“执同律以听军声而诏吉凶。”同律：测定乐器音律的同音器。引文是说拿着同音器测听军鼓之声，就能知道军情的吉凶。这句即用其意。 ②“焚旗”句：作者自注引《左传·僖公十五年》：“火焚其旗”。意在表明，军旗被火焚，这也是不吉利的征兆。
③“恐闻”二句：作者自注引《通鉴·唐肃宗纪》说：安史之乱时，战争并未波及江淮地区。其后淮西节度使刘展反叛，唐将田神功出兵平叛，江淮人民才开始遭殃。又诗后自注：“六月壬午，督师标下兵（史可法部下于永绥的马兵）与浙江兵（浙江都司贯之奎的步兵）哄于镇江西门外，焚民居数百家。”江东：这里指长江南岸的苏南地区。

京口即事(二首选一)

其　二

顺治二年(1645)春,顾炎武被荐任弘光朝兵部司务,将入南京,路过京口,写下了本诗。即事是就眼前所见所感之事作诗。京口,今镇江市。这时福王初即帝位,史可法在扬州督师,调兵遣将,部署黄河防务,拱卫南京。作者备受鼓舞,希望南明政权励精图治,与清军决战决胜,并以晋代的祖逖自况,表示恢复明朝河山的决心。

白羽出扬州①，黄旗下石头②。
六双归雁落③，千里射蛟浮④。
河上三军合⑤，神京一战收⑥。
祖生多意气，击楫正中流⑦。

---

①“白羽”句：东晋裴启《语林》载有诸葛亮持白羽扇指挥三军之事，这里借指史可法督师扬州。 ② 黄旗：军旗。黄旗又是天子的象征。古代方士认为黄旗紫盖出现在天空斗牛间为天子之气。石头：石头城，故址在今南京市西，这里指南京。 ③“六双”句：据《史记·楚世家》载：楚国有人好用弱弓小箭来射归雁，楚顷襄王好奇，召见询问。射猎者于是借题发挥，劝谏楚王不要因小失大，应当用圣人为弓，用勇士为箭，射得鸟六双（喻秦、赵等十二国），囊载无遗。作者用这个典故，意在希望南明政权振奋精神，放开眼光，尽复失地。
④“千里”句：据《汉书·武帝纪》载：元封五年（前 106），武帝出巡南方，在寻阳县（今作浔阳，地属江西九江市）江面航行，遇蛟江中，亲自将其射获。作者用这个典故，暗含希望弘光帝整军亲征，与敌人决战决胜之意。 ⑤ 三军：军队的统称。
⑥ 神京：指明朝的国都北京。 ⑦“祖生”二句：西晋末，朝廷内部大乱，范阳遒县（今河北涞水北）人祖逖，率领亲党数百家渡江南移，行至大江中流，祖逖击楫（jí 吉，船桨）立誓，决心恢复中原。见《晋书·祖逖传》。

【翻译】

手持白羽扇，指挥若定出扬州，
黄旗随风扬，王者之师下石头。
六双归雁被射落，
千里射蛟任飘浮。
黄河上下各路大军会合，
大明的神京将一战而收。
当年祖逖意气风发，
击楫立誓在大江中流。

金陵杂诗（五首选一）

其　一

本诗作于顺治二年（1645）四月，顾炎武应荐初到南京时。千年古都，以她雄伟、繁华的风貌，紧紧地吸引住诗人，使他在忧虑当前政局，对弘光朝政多作讽刺的同时，依然纵览金陵江山胜景，俯仰古今历史的变迁，写下这首纪游之作，表现出对祖国历史和文化的深挚热爱。诗中写景和抒情错落有致，尤其是从江月孤影下笔，进而回望古时名楼，用宕开的手法，写出空间的辽阔，时间的久远，使作品开篇即别开生面，诗意盎然，显示出构思立意的新巧。

江月悬孤影，还窥李白楼①。
诗人长不作，千载尚风流。
坞壁三山古②，池台六代幽③。
长安佳丽日④，梦绕帝王州⑤。

【翻译】

江上的明月高悬着孤单的身影，
回首又看到亭亭耸立的太白酒楼。
诗人长久地停下了他那天才之笔，
千年来依然遗存着他的余韵风流。
坞壁依三山而立古老久远，
池塘楼台六朝遗迹宁静深幽。
长安正是风和日丽的时光，
我的梦境总是萦绕着帝王的都城不休。

---

① 李白楼：初盛唐时在金陵（今南京市）城西有孙楚酒楼。李白曾在此楼上饮酒赏月赋诗，后世遂称为太白酒楼。② 坞壁：筑土为障，作防御攻击用。三山：在南京附近。上三山在西，下三山在东，有拱卫南京之势。③ 六代：即六朝，孙吴、东晋、南朝的宋、齐、梁、陈都以建康（今南京市）为首都，历史上合称六朝。幽：深远。④ 长安：国都的通称，这里指南京。⑤ 帝王州：帝王所居之地，这里指南京。

千　里

本诗作于顺治二年(1645)。这年五月十五日,清军占领南京,弘光政权覆灭。这时,以太湖流域为中心的江南华亭、嘉定、吴江等广大地区的军民,纷纷举旗誓师,发布檄文,掀起了轰轰烈烈的抗清斗争。顾炎武在家乡昆山也与县令杨永言、好友归庄、嘉定秀才吴其沆等人,共同酝酿、发动当地人民起义抗清,并与太湖以东的夏允彝发动的抗清斗争相互呼应。这首诗就是对当时江南地区人民声势浩大的抗清起义形势的艺术概括。

千里吴封大①，三州震泽通②。
戈矛连海外③，文檄动江东④。
王子新开邸⑤，将军旧总戎⑥。
登坛多慷慨，谁复似臧洪⑦。

① 吴封大：吴国的祖先在西周初被封于句（gōu 勾）吴（即今苏州地区）。至公元前六世纪中叶时，吴国的疆土日益扩大，开始称王。见《史记·吴太伯世家》。封：封疆，疆土。② 三州：指吴地。见三国魏蒋济《三州论》。震泽：太湖，语出《尚书·禹贡》。③“戈矛”句：当江南各地军民起义抗清时，明江南总兵吴志葵屯兵海上，与内地军民相约，将首先出兵进攻苏州清军，故云“连海外”。④ 江东：参见《感事》其七注释。⑤“王子”句：王子指明潞王朱常淓。南京陷落后，杭州官绅拥立流寓杭州的潞王监国。开邸（dǐ 抵）：即开府。⑥“将军”句：将军指王佐才。昆山县令杨永言等决定起义抗清，请年老退职在家的明朝前狼山副总兵王佐才为帅，主持抗清大计。总戎：统兵主帅。⑦“登坛”句：作者自注引《后汉书·臧洪传》说：东汉末年，陈留太守张邈等地方牧守在酸枣（故城在今河南延津北）集会，商讨讨伐董卓的大计。将要盟誓时，众牧守相互退让，不敢首先登坛，共推张邈部下功曹臧洪先登。臧洪挺身登坛，歃血盟誓，词气慷慨，在场听其言者无不激昂振奋。这里借臧洪来表彰敢于振臂首倡抗清大计的志士。

【翻译】

地方千里，吴国的旧疆广大。
江南吴地，与浩瀚的太湖连通。
杀敌的战火已经燃烧到海外，
抗清的檄文震动了江东。
皇明的王子开建新的府邸，
统兵的将军依然是旧日的总戎。
登坛誓师辞气激昂慷慨，
有谁比得上当今的臧洪？

秋　山(二首)

其　一

本诗作于顺治二年(1645)秋。这年夏秋之际,江南苏州、常州、嘉定一带广大地区的人民,对渡江南下实行武力征服的清军,掀起了风起云涌、如火如荼的反抗斗争。遭到猛烈抗击、损失惨重的清军,对各地抗清军民和老弱妇孺进行了疯狂的屠杀和掳掠,造成了尸横遍野,血流成河,大批城邑残破荒芜的惨痛景象。作者亲身参加了昆山、苏州两地的抗清斗争。《秋山》这两首诗,就是这一斗争的艺术写照。

这第一首诗，侧重写各地抗清军民前仆后继、浴血奋战的坚贞意志和战争的惨烈结局，同时对清军的劫掠暴行进行了揭露。结句“昔时鄗郢人，犹在城南间”，表达了劫后余生的人民宁死不屈，待时复仇的战斗精神。

秋山复秋山，秋雨连山殷。
昨日战江口，今日战山边。
已闻右甄溃①，复见左拒残②。
旌旗埋地中③，梯冲舞城端④。
一朝长平败⑤，伏尸遍冈峦。
胡装三百舸⑥，舸舸好红颜。

---

① 甄(zhēn 真)：长形的军阵。 ② 拒：方形的军阵。 ③“旌旗”句：作者原注引用《汉书·李陵传》描写李陵在与匈奴作战弹尽粮绝、孤立无援时“于是尽斩旌旗及珍宝埋地中”一句原文，借以描写抗清军民誓与阵地共存亡的必死决心。 ④ 梯：攻城的云梯。冲：冲车，也是攻城用具。 ⑤ 长平败：公元前 260 年，秦、赵在赵国的长平（故城在今山西高平西）大战，赵军失败，秦国坑埋赵军降卒四十余万，成为中国历史上骇人听闻的战争惨祸。事见《史记·赵世家》。作者借此用来说明江南各地抗清战争的激烈和死伤惨重。 ⑥ 胡：本是对北方少数民族的称呼，这里指清军。舸：大船。

吴口拥橐驼①，鸣笳入燕关②。
昔时鄢郢人，犹在城南间③。

【翻译】

秋山啊，一重又一重秋山，
秋雨啊，把山花淋成黑红色一片。
昨日在长江口激战，
今日又冲杀在山边。
已听说右翼军阵溃败，
又看到左边阵地也被击残。
我们埋掩好军旗，誓与敌人决战，
那管敌人的云梯和冲车舞动在城端。
一朝竟遭到赵国长平那样的惨败，
倒卧的尸体布满了山峦。

---

① 吴口：泛指长江下游及太湖地区（均为春秋时吴国的疆域）的口岸。橐（tuó 鸵）驼：骆驼。 ② 燕关：燕京，即北京。 ③“昔时”二句：鄢郢（yān yǐng 烟影），两地均为春秋战国时楚国的国都。公元前278年，郢都（在今湖北江陵市东北）被秦军攻破。齐国都城守门的官吏向齐王报告说，鄢、郢的大夫不想投降秦国而来到齐国国都临淄城南的数以百计。作者在此二句下原注引用了《战国策》关于这一事件的记述，借以表明，抗清战后残存的人民，决不做清朝的顺民，而将要待机复仇。

敌人三百只大船扬帆北去，
美貌的少女装满一船又一船。
吴地的口岸挤满了北方的骆驼，
敌人吹奏着胡笳趾高气扬驱入燕关。
从前楚国人绝不做秦国的顺民，
他们从郢都转移到临淄城南。

其　二

这首诗侧重描写凶险残酷的战祸，使江南地区贤良优秀的人士身首异处，繁华富庶的城市变成一片废墟的惨痛后果，同时寄意南明政权，效法越王勾践，团结民众，把握时机，励志复仇。

秋山复秋水，秋花红未已。
烈风吹山冈，磷火来城市①。
天狗下巫门②，白虹属军垒③。

---

① 磷(lín 林)火：人和动物骨头中的磷质遇到空气燃烧发出的青兰色的火光，俗称鬼火。 ② 天狗：天狗星。古代认为天狗星坠落是凶险之兆。巫门：苏州城的北门，即今之平门。 ③ 白虹：古人认为白虹出现也是不吉之兆。属：连接。

可怜壮哉县①，一旦生荆杞②。
归元贤大夫③，断脰良家子④。
楚人固焚麇，庶几歆旧祀⑤。
勾践栖山中⑥，国人能致死。
叹息思古人，存亡自今始。

【翻译】

秋山啊，连着一道道秋水，
秋花啊，火红一片盛开不败。
狂风猛烈吹着山冈，
战死者尸骨的磷火飘来到市街。
凶恶的天狗星直坠巫门，
不祥的白虹连接着军垒。

---

① 怜：惜。 ② 杞（qǐ 起）：落叶灌木的一种。 ③ 归元：将死者被砍下的头归复到他的身躯上。元：人头。 ④ 脰（dòu 豆）：脖颈。 ⑤“楚人”二句：作者原注引用《左传·定公三年》记述的楚、吴柏举之战中，楚国将领为消灭敌人，宁肯忍受毁坏祖先尸骨的痛苦，也要焚毁被吴国占领的麇（jūn 君）城的故事，喻指抗清军民下定了破釜沉舟与敌人血战到底的决心。固：坚持。歆（xīn 心）：吃，享，多指用食物祭祀鬼神。⑥“勾践”句：越王勾践与吴国作战失败，逃居会稽山（在今浙江绍兴市东南），卧薪尝胆，团结人民，训练士卒，终于打败吴国，复兴越国。事见《史记·越王勾践世家》。

可惜一座座雄壮的县城，
旦夕之间荆杞丛生，一片荒废。
头颅复位的原是贤能的大夫，
断了项颈的本是良家子弟。
楚国人坚持焚毁麋城焦土作战，
也许这样才能保持原有的祭祀。
勾践栖居会稽山中卧薪尝胆，
百姓们都能为国家献身殉难。
叹息往事啊，我思念古人，
国家存亡的命运就始自今天。

闻　诏

本诗作于顺治二年(1645)。弘光政权覆灭的消息传到福建,明宗室唐王朱聿键在黄道周、郑鸿逵等文武官员拥立下,于闰六月即皇帝位于福州,建年号隆武。唐王早在崇祯末年明王朝风雨飘摇时期,就曾为挽救王朝的危亡积极捐金和建策。在即帝位的诏书中,他明确表示要以复兴明室为己任,随后又宣布要择日统率大军御驾亲征。这使作者心中又燃起希望之光,以至激动得热泪频流。

闻道今天子，中兴自福州。
二京皆望幸①，四海愿同仇②。
灭虏须名将，尊王仗列侯③。
殊方传尺一④，不觉泪频流。

【翻译】

听说唐王做了当今的天子，
中兴的大业必定从福州开头。
南北二京共同盼望大驾来临，
四海百姓都愿同心协力抗击敌寇。
消灭敌人须靠著名将领，
尊崇王室依仗各路诸侯。
远方传来皇帝的诏书，
不觉热泪滚滚涌流。

---

① 二京：指南京和北京。明洪武元年(1368)建都南京。永乐元年(1403)迁都于北平府，改称北京，南京名称不变。② 同仇：同心协力打击敌人。语出《诗经·无衣》："修我戈矛，与子同仇。" ③ 仗列侯：唐王得以即帝位，主要依靠了在福建沿海一带拥有实力的郑芝龙家族。故封郑为平虏侯，封其弟郑鸿逵、郑芝豹、郑彩分别为侯和伯。 ④ 尺一：古代皇帝的诏令书写在长一尺一寸的竹简、丝帛或绵纸上，简称尺一。

李定自延平归赍至御札[①]

1645年夏，唐王朱聿键即帝位后，遥授顾炎武以兵部职方司主事之职。顺治三年（1646）春，顾炎武接读隆武帝的御札后，写下了这首充满激情和希望的诗篇。

春风一夕动三山[②]，使者持符出汉关[③]。

---

① 李定：顾炎武家中人。延平：府名，治所在今福建南平市。唐王即帝位后，次年春移驻延平。赍（jī 击）：抱持，捧着。御札：皇帝手写的书信。 ② 三山：福州的别称，因城内的九仙山、闽山、粤王山而得名。 ③ 使者：指家人李定。符：即御札。汉关：指福建、浙江两省分界处的通行要道仙霞岭，此处亦为当时南明（汉）与清（胡）军占领区分界的要塞，故称。

万里干戈传御札，十行书字识天颜①。
身留绝塞援枹伍②，梦在行朝执戟班③。
一听纶言同感激④，收京恭待翠华还⑤。

【翻译】

春风一夕萌动了三山，
使者手捧符命走出汉关。
万里战火中传来皇上的亲笔，
十行书信使我拜识了天颜。
身留险绝之地，我拿起鼓槌与士卒为伍，
梦境中却在皇帝驻地执戟站班。
一听到天子亲征诏令同声感激，
期待着收复京都敬候大驾回还。

---

① 十行书字：即十行字的书信。天颜：皇帝的容颜。 ② 绝塞：险绝之地，指清军控制的地区。援枹（fú 伏）：拿起鼓槌。枹：鼓槌。 ③ 行朝：皇帝临时驻所称行，也称行在。执戟班：维持朝仪、保卫皇帝的卫队。 ④ 纶（lún 伦）言：指皇帝的亲征诏令。纶是一种丝绶带。语出《礼记·缁衣》。 ⑤ 翠华：皇帝仪仗中旗帜上的翠羽装饰，这里代指皇帝本人。

海　上(四首)

其　一

这一组诗作于顺治三年(1646)。顾炎武被隆武帝遥授兵部主事之后,因战乱和路远,未能前往就职,但他却时刻关心着南明抗清政权的安危。《海上》这组诗,巧妙地运用蓬莱、方丈、瀛洲的传说形成的传统艺术形象,表达了作者在剧烈动荡的战乱时期对国事的深挚关切。

这第一首诗,借海上神山的传说,抒发对舟山鲁王政权和福州隆武帝政权的遥念和向往之情,吐露自己对它们的黯淡前景的忧虑,用天下久乱、人民苦难的严峻形势，提醒当权者们不可苟安于一隅。意蕴丰富、深厚，感情沉痛，语言凝炼、苍劲，是此诗的鲜明特色。

日入空山海气侵，秋光万里自登临。
十年天地干戈老，四海苍生痛哭深。
水涌神山来白鸟，云浮仙阙见黄金①。
此中何处无人世？只恐难酬烈士心。

【翻译】

太阳落入空山，海雾弥漫，
秋光万里，我独自临海登山。
十年的战乱使天地衰老，
天下百姓痛苦不已，深遭劫难。
海水涌托的神山飞来了白鹤，
烟云浮载的仙宫金光闪闪。

---

①“水涌”二句：神山：指蓬莱、方丈、瀛洲三处。今浙江舟山群岛之普陀山，宋元以来也传说此地为神仙所居之处。明鲁王建立抗清政权后，最初以舟船为宫殿，飘泊于舟山岛海面上。诗中所谓“水涌”、“云浮”，明指神仙宫阙，暗指海涛中飘晃不定的舟船。白鸟：传说神山上的鸟兽都是白色，象征祥瑞。黄金：传说神山上的宫阙都是黄金构成。

这美妙的仙境何处没有惬意的人生？
只恐怕壮士的追求难以在这里实现。

其二

这首诗深深哀痛清军占领区一再扩大和南明政权一再失利，对隆武帝下诏亲征寄托了殷切的希望。

满地关河一望哀①，彻天烽火照胥台②。
名王白马江东去③，故国降幡海上来④。

① "满地"句：指江苏广大地区被清军攻占。 ② "彻天"句：指明军吴志葵部在苏州与清军发生激战。胥台：在苏州胥门外，又名姑苏台。 ③ "名王"句：指清军占领浙江东部地区。名王：大王。古代多用以指称少数民族君王。这里指清朝贵族。顺治三年(1646)二月，清廷命贝勒博洛率师征浙江、福建。五月攻败明鲁王将领方国安于杭州，渡钱塘江东进，八月占领浙江全省。 ④ "故国"句：清军渡钱塘江后，明臣方国安、马士英等投降清朝。他们当时驻扎台州，台州旧称临海郡，亦称临海，故称"降幡海上来"。

秦望云空阳鸟散①，冶山天远朔风回②。

遥闻已下亲征诏③，梦想犹虚授钺才④。

【翻译】

远望残破的关河一片悲哀，

连天的烽火照彻了胥台。

骑白马的大王朝江东奔去，

故国的降旗从海上西来。

秦望山云雾消失，逐暖的阳鸟四散，

冶山天空辽阔，北风呼啸着回旋而来。

遥闻君王下令亲自出征，

---

①“秦望”句：写鲁王政权的瓦解。秦望：秦望山，在今绍兴市城南，是当地群山的高峰。顺治二年(1645)六月，鲁王朱以海以监国的名义在绍兴建立抗清政权。次年五月清军攻占绍兴，鲁王逃入海中，方国安、马士英等降清，这个政权随即瓦解。阳鸟：随阳之鸟，即秋天南飞，春天北飞的大雁。这是泛指依附于鲁王政权的大臣。 ②“冶山”句：指清军进攻福州。冶山：在福州城东北。这里以冶山代指在福州的隆武帝。朔风：北风，喻清军。 ③“遥闻”句：唐王朱聿键即帝位后曾下令亲征，但实际上后来只派郑鸿逵、郑彩以御营左右先锋的名义分别出兵浙江、江西，并未亲征。 ④ 授钺(yuè月)：古代国家遇有重大危难时，君主将斧钺(一种斧类长兵器)亲授出征统帅，以示赋予指挥和节制大权。授钺才：具有文韬武略的大将之才。

我梦中都想象他不忘虚位以待大将之才。

其　三

这首诗对南明政权企图借外国力量恢复国土的不切实的做法，持清醒的态度；而在对南明政权出师北伐的黯淡前景的描写中，又流露出殷切盼望的心情。

南营乍浦北营沙①，终古提封属汉家②。
万里风烟通日本，一军旗鼓向天涯③。

① “南营”句：明嘉靖年间，为防卫倭寇（日本海盗）对今江、浙沿海地区的侵扰，派军驻守浙江平湖县乍浦镇（南营）和上海崇明岛以南的南沙岛（北营）。 ② 终古：万古。提：举凡、凡是。封：封疆。汉家：指中国。 ③“万里”二句：指南明向日本寻求军援。作者在句下原注：“去夏，诚国公刘孔昭自福山入。”福山：在常熟北长江边，由此可通海。

楼船已奉征蛮敕①，博望空乘泛海槎②。

愁绝王师看不到，寒涛东起日西斜。

【翻译】

从南营乍浦到北营南沙，

自古疆土就属汉家。

海上万里风烟通向日本，

一支举旗鸣鼓的军队为求援驶向天涯。

海师将领已奉命出征蛮夷，

当今的博望侯也只能白白乘一番泛海的木筏。

忧愁已极也看不到王师的影子，

只见寒涛从东海涌起，太阳在西天斜挂。

---

① 楼船：有楼层的战船，这里借指带兵将军。敕（chì赤）：帝王的命令称“敕”。顺治四年（1647），富平将军张名振奉鲁王之命，由海上出师入吴淞口，支援松江提督吴兆胜起义，遇飓风覆舟，失败。诗句或系即指此事。 ② 博望：汉代张骞因通西域有功，封博望侯。《荆楚岁时记》载：武帝令张骞寻河源乘槎而去。又，神话传说，天河与海相通。张华《博物志》载：汉代住在海滨的居民，每年八月见有浮槎定期往来。有好奇之人乘槎而去，行经两月，到达天河。槎（chá茶）：木筏。

其　四

这首诗写出了作者哀痛人民苦难，慨叹国土沦丧，反思国事失策、敬慕抗清将士的复杂思想感情。末尾二句集中道出了自己和广大爱国志士的忧愤心怀。

长看白日下芜城[①]，又见孤云海上生[②]。
感慨河山追失计，艰难戎马发深情。
埋轮拗镞周千亩[③]，蔓草枯杨汉二京[④]。

① “长看”句：写扬州陷落。芜城：古广陵城，即扬州。南朝宋作家鲍照曾作《芜城赋》，对当时因战火使广陵残破荒芜，人民遭受涂炭，深表惋叹。顺治二年（1645）四月，清军攻破扬州后，大肆屠杀焚掠，使这座历史名城血流成河，残破不堪。 ② “又见”句：暗喻鲁王由绍兴逃入大海，继续抗清。 ③ “埋轮”句：写抗清战争的惨烈。埋轮：战车的轮子陷在泥土之中。语出屈原《国殇》。拗镞（ǎo zú 袄足）：折断了箭头。周千亩：据《史记·周本纪》载：周宣王三十九年（前 789），周王朝军队与姜氏之戎（少数民族）大战于千亩，王朝军失败。千亩：地名，在今山西介休。 ④ 汉二京：指汉代的东京洛阳、西京长安。此处借喻明代的南北二京。

今日大梁非旧国，夷门愁杀老侯嬴①。

【翻译】

久久地注视着白日落下荒芜的古城，

忽又见一片孤云在海面冉冉上升。

慨叹河山沦陷，追思往日国事失策，

缅怀苦战将士，不由发出钦敬的深情。

埋陷的车轮，折断的箭镞，令人想起周代千亩之败，

蔓生的杂草，枯萎的杨树，又像是覆灭后的汉朝东西二京。

今日的大梁已不是旧日的强盛之地，

在夷门愁杀了爱国善谋的老侯嬴。

---

① “今日”句：与上句“失计”呼应，抚今追昔，慨叹国事的失策。大梁：战国时魏国国都，今开封市。夷门：大梁的东门。据《史记·魏公子列传》载：魏安厘王时，公子无忌接受夷门七十老人侯嬴的建议，窃取魏王兵符，指挥魏军击退进攻赵国都城邯郸的秦军，不仅挽救了魏国，而且使秦军十年之久不敢进攻魏国。又据《明史·陈潜夫传》载：开封府推官陈潜夫，在崇祯末年和弘光政权建立之初，曾两次分别上奏章提出挽救危亡局势的建议，但均未得实行。

塞下曲(二首选一)

本诗作于顺治四年(1647)三月,自明朝灭亡已进入第四个年头。作者用《塞下曲》乐府旧题和汉将赵信投降匈奴的典故,虚构了一个被胁迫随降清将领留居塞北的明朝士卒的形象,写其对江南家乡的怀念及欲归不得的悲怆,借以表达自己和广大人民对南明复国既渴望又失望的复杂感情。

赵信城边雪化尘①，纥干山下雀呼春②。

即今三月莺花满③，长作江南梦里人④。

【翻译】

赵信城边积雪化为埃尘，

纥干山下雀儿呼唤的春天已经来临。

眼下江南三月莺啼花开春意正浓，

我恐怕只能永远成为江南亲人的梦中人。

① 赵信城：地名，故址在今蒙古人民共和国杭爱山南麓，因匈奴为汉降将赵信筑城居住而得名。 ② 纥(hé 河)干山：今称纥真山，在山西大同市东。此句以纥干山下雀比喻被胁迫滞留塞外的明朝士兵。 ③“即今”句：作者原注：梁丘迟《与陈伯之书》：“暮春三月，江南草长，杂花生树，群莺乱飞。”这句化用丘迟的这段文词写对江南的向往。 ④“长作”句：由唐陈陶《陇西行》中的诗句“可怜无定河边骨，犹是春闺梦里人”化用而来，写士卒感叹欲归不得，只能永远成为江南家人梦中想念之人。

淄川行[1]

本篇作于顺治四年(1647),它借一历史人物之名,对明清之际的变节败类孙之獬(xiè 谢)作了辛辣的讽刺和鞭挞。淄川人孙之獬是明天启时进士,因谄媚阉党得侍讲学士之官。清兵入关后,他卖身投靠,自己率先剃发,家中男女也改换满装,因而博得清统治者的欢心,得礼部侍郎之职。继而他上表献剃发之策,又得到清统治者的赞赏,被升为兵部尚书,总督军务。清政权下令剃发,不从者斩。江南地区人民对这种摧残民族风俗文化的暴行愤慨万端,群起反

---

① 淄川:县名,今属山东淄博市。行:歌行,乐府诗体之一。

抗，遭到清军的血腥屠杀。顺治三年（1646），孙之獬罢官回乡，次年被当地农民起义军活捉处死。本篇用短促、明快的歌行体，写出了对变节败类的愤慨及对其处罚的欢快。

张伯松，巧为奏①，大纛高牙拥前后②。
罢将印，归里中③，东国有兵鼓逄逄④。
鼓逄逄，旗猎猎⑤，淄川城下围三匝⑥。
围三匝，开城门，取汝一头谢元元⑦。

---

①“张伯松”二句：作者原注引《汉书·王莽传》说：张竦（字伯松）为刘嘉作奏表，请灭安众侯刘崇，博得王莽好感，封刘嘉为侯，张竦自己也被封侯。长安人民编了歌谣讽刺说：“欲求封，过张伯松；力战斗，不如巧为奏。”这里借张伯松代指孙之獬，写其巧言逢迎。 ② 大纛（dào 到）：军中或仪仗队的大旗。高牙：高牙旗，是高级将领所建，以象牙为装饰的大旗。孙之獬的官职，有权树纛建旗。 ③“罢将印”二句：顺治三年（1646），总兵官金声桓弹劾孙之獬买恩构衅，孙上疏辩解无效，被解职回家乡淄川。见《清史稿·孙之獬传》。 ④“东国”句：指顺治四年（1647）山东丁可泽、谢迁等起义抗清事。东国：指山东省。逄逄（péng péng 朋朋）：形容鼓声。 ⑤ 猎猎：形容风吹旗帜发出的声音。 ⑥ 三匝：三周，三圈。 ⑦“取汝”句：据清初无名氏《研堂见闻杂记》载：谢迁起义军攻破淄川城后，将孙之獬细绑示众十余日，然后凌迟处死。谢：告罪。元元：百姓。

【翻译】

当今有个张伯松，巧作奏章封了侯。

磕头取得高官做，显赫旗仗随前后。

罢了将印归乡里，山东义军鼓逢逢。

鼓声逢逢响，大旗哗哗飘，淄川城下围三遭。

围三遭，破城门，砍下你脑袋谢民众。

精　卫[1]

本诗作于顺治四年(1647),当时清军已占领了大半个中国,几个南明政权先后覆灭,只有永历帝政权远在两广坚持抗清。本诗借咏精卫填海的神话,表达作者始终不渝的抗清复明的心志,并对那些苟且偷生,一心经营安乐窝的燕雀之辈,作了辛辣的讽刺。

万事有不平,尔何空自苦?
长将一寸身,衔木到终古。[2]

---

① 精卫:古代传说炎帝的少女女娃,游东海溺死,化为小鸟,名精卫。此鸟常衔西山之木以填东海。见《山海经·北山经》。 ② 终古:久远,无穷无尽之期。

我愿平东海，身沉心不改。
大海无平期，我心无绝时。
呜呼！君不见西山衔木众鸟多，
鹊来燕去自成窠①！

【翻译】

世上万事有不平，
你为什么要白白自找辛苦？
长年累月用你那寸长的躯体，
口衔树枝奔忙到无穷之期。
我愿填平茫茫的东海，
即使身沉大海心愿也不更改。
只要不到大海填平的日子，
我的心愿也就永不停息。
哎！君不见西山衔木之鸟那么众多，
鹊来燕去，都在忙着营造自己的小窝！

① 窠（kē 科）：鸟兽的巢穴。

赋得越鸟巢南枝用枝字[①]

本诗作于顺治五年(1648)。作者借“越鸟巢南枝”的句意,以越鸟自况,表达思赴南明的决心,情挚意切,感人至深。全诗意蕴丰富,从中我们可以清晰地看到,诗人坚贞不屈的政治节操所具有的坚实、深厚的思想感情基础。

① 赋得:凡摘取古人成句为题之诗,题首多冠以“赋得”二字。“越鸟巢南枝”是古诗十九首之一《行行重行行》中的诗句。诗句的意思是:南方的鸟到北方后,在向南的树枝上筑巢。越:古代指福建和两广一带,这里泛指南方。巢:筑巢。用枝字:是用“枝”字为韵。枝在诗韵中属支韵。

微物生南国①,深情系一枝。
寒风群拉沓②,落日羽差池③。
绕树飞初急,寻轲宿转迟。
悬冰惊趾滑,集霰怯巢危④。
路入吴河夜。思萦岭峤时⑤。
山川知夙性⑥,天地识恩私⑦。
向日心常在⑧,随阳愿未亏⑨。
寄言幽谷友⑩,勿负上林期⑪。

① 微物:轻微之物,这里指越鸟。 ② 拉沓(tà 踏):举翅奋飞的样子。 ③ 差(chà 汉)池:不整齐的样子。 ④ 霰(xiàn 线):天空降下的小冰粒。 ⑤ 岭峤:位于江西、湖南南部与两广交界处的五岭山脉。 ⑥ 夙(sù 诉):平素。 ⑦ 恩私:自己所受的皇帝的恩惠。 ⑧ 向日:指具有自行向日特性的葵花。 ⑨ 随阳:随阳鸟,见《海上》其二注。 ⑩ 幽谷:深谷。《诗经·伐木》有诗句“出自幽谷,迁于乔木。”写鸟由低深的山谷,飞到高大的乔木上求友。本诗用幽谷含有困境的意思。 ⑪ 上林期:指皇帝的期望。西汉苏武出使匈奴,被长期扣留,但他身处逆境,始终坚贞不屈。汉昭帝派使者与匈奴人交涉,托言天子在上林苑射雁,得雁足上拴系的帛书,言苏武在某地,要求将苏武送还。见《汉书·苏武传》。

【翻译】

小小的越鸟本生在南方之地，
它对故土的深情与一条朝南的树枝连在一起。
飒飒寒风里结群振翅奋飞，
落日余晖中羽毛已杂乱不齐。
绕树急飞起初毫无顾忌，
寻枝归宿转而频生迟疑。
枝上挂冰，使她心惊足趾踩滑，
雪霰堆积又生怕小巢倾危。
一旦飞越吴河进入夜晚，
更是思绕五岭难解之时。
山水知道她平素的性情，
天地了解她受到君恩的偏私。
如同葵花，倾向红日的心志永远存在，
犹似鸿雁，追随阳光的愿望毫无损伤。
寄语身居幽谷的朋友，
不要辜负了君主的期望。

京　口（二首选一）

其　二

《京口》诗是作者在顺治五年(1648)第二次到京口所作。当时，两广和湘赣地区虽在坚持抗清斗争，但长江下游则已被清军占领，抗清斗争呈现沉寂状态，与作者上次到京口时的抗清高潮形势形成了强烈对比。在这第二首诗中，面对京口的险要地形、壮丽河山和沦陷于敌的严峻现实，诗人追忆历史上御敌的天险，明王朝往日的勃兴，越发感慨今日的倾覆，内心激荡着无限沉痛的感情。最终虽仍寄希望于南明光复，而又感到前途渺茫。

东胡北狄战争还①，天府神州百二关②。
末代江山因靖卤③，当年开土是中山④。
云浮鹳鹤春空远⑤，水涌蛟龙夜月闲。

---

① 东胡：我国古代对北方边境的少数民族通称胡或翟，翟也作狄。京口自古以来是抗御北方南侵的天险，北魏太武帝曾以百万之众陈兵瓜步（隔江与京口相对），卒盟而还（王应麟《地理通释》）。金人贵族宗弼（金兀术）率军南侵时，曾在京口江面与宋将韩世忠所部激战，遭受重创（《宋史·韩世忠传》）。还：返回。 ② 天府：天然的府库，意即地形便利、物产富庶的地区。神州：中国。百二关：语出《史记·高祖本纪》“持戟百万，秦得百二”，意为秦国因有地利的优势，只要有百万人的百分之二即二万人，就能抵御诸侯的百万士兵。这里用喻京口的险要地势。 ③“末代”句：说明江防失守使清军渡江的责任在靖虏伯身上。诗中“虏”用“卤”代替，是避清朝忌讳。作者原注“靖卤伯郑鸿逵”。郑鸿逵是郑芝龙的族弟，弘光朝加封靖虏伯，任总兵官，挂镇海将军印，驻镇江，负责守卫长江。但清兵压境时，他却在军中歌舞作乐，使江防轻易失守。 ④ 中山：指中山王徐达。徐达是辅佐朱元璋推翻元朝建立明朝的开国元勋，明初封魏国公，死后封中山王。 ⑤ 鹳（guàn 贯）：与鹤类似的一种鸟。

相对新亭无限泪[1]，几时重得破愁颜！

【翻译】

古来的东胡北狄战争总是到此退返，
这里是中国的天府，也是以二当百的雄关。
明末丢失江防，是因靖虏伯渎职无能，
当年开拓疆土，功属徐达，爵号中山。
白云飘浮着鹳鹤，春日的天空多么辽阔，
江水翻滚着蛟龙，夜晚的明月何等悠闲。
聚首新亭人们面面相觑，只有流不尽的眼泪，
何时何日才能重新迎来喜悦破除愁颜！

---

① "相对"句：写对国家分裂、河山失陷的悲痛。西晋灭亡后，一部分北方士族随皇室迁渡江南。每到佳日，必相邀于新亭（在今南京市西长江边）饮宴。一次周颛叹息说：风景是一样好，只是山河改观了（指失去北方领土）。名士们听后相视流起泪来。见《世说新语·言语》。

春半

本诗作于顺治六年(1649)。当时倒戈反正而据守南昌的将领金声桓等为清军所破。作者针对这一失败,并结合三国时刘备、诸葛亮图强复汉的历史经验,为南明抗清斗争出谋划策,愿其在不利情况下,坚持斗争,讲究策略,伺机乘势取胜。拳拳之心,溢于言表。

春半雨不绝,北风吹荒山。江南花不开,白日愁生寒。登高望千里,苦雾何漫漫①。洪州七月围,粮尽

---

① 苦雾:雾气迷漫,遮断望眼,故"苦"。

力亦殚①。营头坠军中②，旗纛沉江干③。汉道昔中微，“白水”应图记④。晚世得先主⑤，亦作三分事⑥。干戈方

---

①“洪州”二句：指金声桓反正事。金声桓原为明将，降清后率军占据江西。因对清统治者的封赏和派人监视不满，于顺治五年(1648)二月率所部倒戈反正，攻九江、围赣州，重创清军。后被清军围困于南昌长达八月之久，城中粮米绝尽，“乃杀人而食”。见清温睿临《南疆绎史》。洪州：即今南昌市，隋朝平陈朝后，定名洪州。殚(dān 丹)：竭尽。 ②“营头”句：写军中出现凶兆。《后汉书·天文志》说：白天有云气，像山石崩裂坠在军营中，军人十分讨厌，称为“营头之星”。占卜者谓要“流血三日”。这是一种迷信说法。 ③“旗纛”句：用大旗的沉没江中，喻主将阵亡。据《南疆绎史·金声桓传》载：南昌城被清军攻破后，金声桓身著铠甲投水而死，部将王得仁战死。江干：江边。 ④“白水”句：西汉末年，王莽篡位，忌恶汉朝刘姓，因钱币上的文字有“金刀”二字，下令废止旧币，改铸的新币上有“货泉”二字。有人解释说，“货泉”中又含有“白水真人”四字。汉宗室刘秀起兵反王莽，因他是白水乡(在今河南枣阳市境内)人，所以有人认为他应了“白水真人”的图谶，应做天子。见《后汉书·光武纪论》。图记：即图谶，见《大行皇帝哀诗》注。 ⑤ 晚世：指东汉末年。先主：指刘备。《三国志》的作者陈寿以魏、晋为正统，因而在《三国志》中对即过帝位的刘备只称先主。 ⑥“亦作”句：指刘备通过军事和政治斗争，取得了与魏、吴两个政权鼎足而三的地位。

日寻①,天时自当至。一身客荆州,毫不以措意②。流离志不挫,终然正神器③。一朝得孔明,可以托后嗣④。抚掌长太息,且作《南山歌》⑤。开箧出兵书⑥,日夜穷揣摩。中原有大势,攻战不在多⑦,愿为诸将言,不省其奈何!

---

① 寻:频仍,连续不断。 ②“一身”二句:刘备在中原地区被曹操打败后,南奔荆州依附刘表。荆州地区的人士投奔刘备的日渐增多,引起刘表的疑忌,采取了一些防范措施,但刘备对此并不在意,表现出恢宏的度量。措意:在意,着意。 ③“流离”二句:刘备在东汉末战乱中起事晚,力量弱,没有稳定的控制地区,政治进取战略也不明确,只是利用曹操、吕布等各集团的相互矛盾周旋于其间,因而经常处于颠沛流离的状态。自得诸葛亮辅佐后,确定了明确的政治进取战略,力量迅速发展壮大,最终建立蜀汉政权,登上皇帝大位。 ④ 托后嗣:指刘备与东吴作战失败后,在白帝城(在今重庆奉节城东瞿塘峡口)将嗣子刘禅托付诸葛亮辅佐继位事。以上刘备事迹,均见《三国志·先主传》。 ⑤“且作”句:据《淮南子》载:春秋时,有个叫宁戚的人,想找齐桓公求官,趁桓公夜间开门迎客时,在牛车旁点火把敲击牛角唱歌,表达怀才不遇的情绪。桓公听后认为是人才,授予官职。此歌一般称《宁戚歌》或《饭牛歌》,因首句有“南山矸(gàn 淦)”三字,也称《南山歌》。歌词中两次出现“生不逢尧与舜”、“时不遭兮舜主”的句子,作者借以表达对南明政权缺乏贤主的惋惜。 ⑥ 箧(qiè 怯):小箱子。 ⑦“中原”二句:说明地理形势对战争胜负的重要。可参见作者《形势论》一文。

【翻译】

春天恰半，阴雨连绵，
北风阵阵吹过荒山。
江南大地百花仍不开放，
愁绪难排白日更觉寒。
登高纵望千里原野，
久不散去的浓雾漫漫无边。
洪州被围七月整，
粮米吃光，体力也耗干。
营头的云气如山崩石裂直坠而下，
军中的大旗沉没在江边。
从前汉朝中途衰落，
白水真人应了图谶的预言。
汉朝末世出了先主刘备，
他巧战群雄与魏吴三分江山。
战事正在接连不断进行，
有利的时势自然有到来的一天。
刘备只身在荆州寄人篱下，
丝毫不把所受的疑忌放在心间。
百般颠沛流离，意志不屈不挠，
终于登上尊位建立了政权。
一旦得到忠贞多智的孔明，

就能交给他辅佐嗣子的重担。
无奈我击着手掌长长叹息，
且作一首《南山歌》寄托对明主贤君的企盼。
打开箱子取出兵书研读，
日夜苦思揣摩它的精髓内涵。
夺取中原要先占据有利地势，
并不在于发动多少次攻战。
我愿向将领们谈论韬略，
硬是不省悟，拿他们怎么办！

赋得秋鹰

本诗作于顺治六年(1649)。顺治三年(1646)十一月,郑成功在其父郑芝龙降清后,即打出“背父抗清”的旗帜。从顺治四年至六年(1647—1649),郑成功统率海上抗清义军,连克福建和广东沿海的诏安、云霄、漳浦、同安、惠来等地,给抗清军民以极大鼓舞。诗中借鹰为喻,热烈赞扬了郑成功的胜利,同时期待他能奋扬雄威,恢复明室,建立像姜尚辅佐周武王推翻殷商,夺取天下那样的历史功勋。

青骹初下赤霄空，千里江山一击中①。
忽见晴皋铺白草，顿令凉野动秋风②。
当时遂得荆文宠③，佐运终成尚父功④。
试向平芜看猎火⑤，六双还在上林东⑥。

① "青骹(qiāo 敲)"二句：以鹰为喻，赞扬郑成功抗清斗争取得的胜利。青骹：青色胫骨的鹰。骹：胫骨近足细处。初下：郑成功高举义旗抗清，首次独立作战，故称"初下"。② "忽见"二句：用秋天的肃杀，描写鹰从高空向下冲击时的威力。皋(gāo 高)：水边的高地。白草：西北边地秋季草呈白色，称为白草。 ③ "当时"句：刘义庆《幽明录》载：楚文王好猎，有人献上一只鹰。在云梦打猎时，此鹰突冲云霄，与一不明之物搏斗，顷刻间羽毛坠落，血下如雨，有大鸟坠地，两翅宽达十余里，嘴边有黄色。众人不识，有博学多识者云："此为大鹏幼鸰。"楚王于是重赏献鹰之人。荆文：楚文王。楚国古称荆国。 ④ "佐运"句：指姜尚助周灭殷事。见《史记·齐太公世家》。《诗经·大明》中有"维师尚父，时维鹰扬"的诗句，称赞姜尚像雄鹰一样威猛。 ⑤ 平芜：杂草繁茂的原野。猎火：打猎时焚山驱兽之火。 ⑥ 六双：见《京口即事》其一注。这里用六双暗喻清军。上林：见《赋得越鸟巢南枝用枝字》注。这里借指驻守广西桂林的永历帝。当时桂林东北大片国土都被清军占领，作者希望南明破清军、收失地。

【翻译】

青腿的雄鹰初次飞下布满红霞的天空，
千里江山的猎物它能一击而中。
忽然看到晴日下的岸边铺满了白草，
顿时使微寒的原野刮起了萧瑟的秋风。
当年它就曾得到楚文王的宠爱，
天命终使姜尚辅佐武王伐殷成功。
试向茫茫原野看那蔓延的猎火，
六双大雁还在皇家上林苑囿之东。

桃花溪歌赠陈处士梅[①]

本诗作于顺治六年(1649),描绘了一位与诗人成忘年交的明代遗老的鲜明形象。他博学多闻,杂搜奇闻逸事编写外史;他不求仕进,甘做三十年秀才,以亲自种田终老;他不流于世故,保持天真烂漫的赤子之心;他几经沧桑,怀念明代盛世,向往和平宁静的田园生活。全诗从世外桃源下笔,又以桃花开,溪水流,酌酒避

① 桃花溪:又名语濂溪,在江苏常熟城之语濂泾旁。陈处士梅:陈梅,字鼎和。封建时代对读书而不出外做官居住在家的人,称处士。崇祯十七年(1645)春,李自成农民军攻陷北京,人们闻讯惊慌,顾炎武陪同母亲王氏,到语濂泾租赁陈梅的房舍暂住。

秦结束，前后呼应，写出了建立在共同理想上的执着友谊。

陶君有五柳，更想桃花源①。山回路转不知处，到今高士空留言②。太丘之后多君子③，门前正对桃花水④。嘉蔬名木本先畴⑤，海志山经成外史⑥。曾作诸生三十

---

①“陶君”二句：陶渊明作《五柳先生传》，称自宅旁有五柳，因而以五柳为号。桃花源：陶渊明《桃花源记》中所描写的和平、安乐、纯朴的理想世界。 ②“山回”二句：《桃花源记》中描写：一渔人沿溪而行，忽逢桃花林，林尽水源，便见山有小口，从口入行，突然发现世外桃源。渔人返回时，在水边做了标志。但再去寻找时，却迷失标志，找不到原路。有位高士南阳人刘子骥，也兴致勃勃规划前往寻找，但没有找到，不久病死。 ③“太丘”句：汉末桓帝时，许县（今河南许昌市）人陈寔任太丘（故城在今河南永城西）长，以正直，公平闻名乡里。大约陈梅自认为是陈寔的后裔，故诗中称“太丘之后”。又据归庄《陈君墓表》载，陈梅为人正直、宽厚，有长者之风。故诗中以“多君子”相称赞。 ④ 桃花水：即桃花溪。 ⑤ 嘉蔬：蔬菜的美称。先畴（chóu 筹）：祖先的田地。 ⑥ 海志山经：《山海经》一类的地理书。《山海经》主要记载古代传说中的山川、民俗、物产等内容，保存了不少远古的神话传说。外史：古代称正史之外的琐记、杂纂之类为外史。

年①，老来自种溪前田。四百甲子颜犹少②，有与疑年但一笑③。有时提壶过比邻，笑谈烂熳皆天真。酒酣却说神光始④，感慨汍澜不可止⑤。老人尚记为儿时，烟火万里连江畿⑥。斗米三十谷如土⑦，春花秋月同游嬉。定陵龙驭归苍昊，国事人情亦草草⑧。桑田沧海几面更，只

---

① 诸生：明代秀才又称诸生。 ② 四百甲子：作者原注引《左传·襄公三十年》载：绛县(今属山西)有一人，年老无子。有人与老人同桌吃饭，怀疑而询问他的年龄，回答说自己不知年岁，只知道生于甲子日，至今已有四百五十个甲子。中国古代以干支纪年月日。天干地支相配，六十之数为一个甲子。以此计算，四百甲子日约合六十六岁，这与作者的《陈君墓志铭》中记述崇祯十七年陈梅自称“吾年六十有六”之数相符。 ③ 有与疑年：有人与老人同桌吃饭，怀疑而询问他的年龄。 ④ 神光：指明神宗朱翊钧和光宗朱常洛。 ⑤ 汍(huán桓)澜：流泪的样子。 ⑥ 烟火万里：形容村落人烟连绵相接，一望无际。语出《史记·平准书》。江畿：江两岸。畿(jī 击)：近。 ⑦ 三十：三十文(枚)钱。 ⑧ “定陵”二句：写明神宗朱翊钧死后朝廷出现的动乱。定陵：朱翊钧死后葬定陵，这里以陵代人。龙驭(yù 玉)皇帝死称龙驭上宾，义本《史记·封禅书》“黄帝骑龙上天”。这里是龙驭上宾的简称。苍昊(hào浩)：苍天。草草：劳心，忧虑。

今尚有遗民老[1]。语罢长谣更浮白[2]，七十年来似畴昔[3]。与君同是避秦人[4]，不醉春光良可惜。春非我春，秋非我秋[5]。惟有桃花年年开，溪水年年流，为君酌酒长无愁。

【翻译】

陶渊明有五棵柳树生长在宅边，
他更希望人间有世外桃源。
山回路转不知桃源在何处，
到如今只留下高士四处寻找的空谈。
汉朝陈寔的后裔中不少有君子之风，
门前流过的桃花溪水清澈明净。
嘉蔬和名树原是祖先的田地所产，
撰写外史参阅了海志山经。
甘做秀才已有三十年，

---

①“只今”句：写陈梅坚持以明朝遗老自居。据《墓志铭》载：陈梅晚年曾留下遗嘱：虽不能不从众剪发，但希望死后能将剪下之发同葬棺中。又，临死之日，坚持不穿满服，取明巾服着身，始瞑目。 ②浮白：浮一大白的简称，即满饮一杯。白：杯名，罚酒时用。 ③畴昔：往昔。 ④避秦人：桃花源中人说，其祖先避秦乱来此。作者因避乱到语濂泾，故用此语。⑤“春非”二句：作者原注引《汉书·郊祀歌·日出入篇》：“故春非我春，夏非我夏，秋非我秋，冬非我冬。”

到老来依然自种溪前旧田。
活了四百个甲子日容颜还是那么年少，
有人怀疑你的年岁，你只是笑而不言。
有时提壶携酒走访近邻，
谈笑风生总是那么天真烂漫。
一旦开怀畅饮，话题每从神宗、光宗谈起，
慨感国事，止不住泪流满面。
老人还清楚记得自己的童年时代，
稠密的人烟在万里江岸连成一片。
一斗米三十钱谷贱如土，
观春花赏秋月游玩尽欢。
自从神宗皇帝乘龙归天而去，
国事人情令人忧虑不安。
沧海桑田几经变化，
只有大明的老遗民还留在今天。
话说完唱一曲歌谣再满饮一杯，
七十年来还似往日一般。
我与您同是躲避秦乱之人，
明媚的春光不入醉乡实在可怜。
春天不是我们的春天，
秋天也并非我们的秋天。
惟有桃花年年开，溪水年年流，
为您酌酒劝饮，祝愿长乐无愁颜。

剪　发

本诗作于顺治七年(1650)。顺治二年夏清兵渡江后,顾炎武参与昆山守城的酝酿准备工作,参加了各路义军计划会攻苏州的活动。在接受唐王遥授的兵部主事职务后,他经常东至海边,西到淮安,暗中联络抗清力量,传递南中国抗清斗争的消息,寻找进行复明活动的时机。但是,清朝统治力量在江南逐步加强,江浙地区抗清斗争已处于低潮。福建、广西的抗清斗争也每况愈下,恢复明朝的前景越来越暗淡,加之家族内部的纷争也使顾炎武受到伤害和威胁,这种情势,促使他毅然决定剪发易服,离开家乡,走向更广阔的中原大地,进行长期的隐蔽的抗清斗争。

流转吴会间①，何地为吾土？登高望九州②，凭陵尽戎虏③。寒潮荡落日，杂遝鱼虾舞④。饥乌晚未栖，弦月阴犹吐。晨上北固楼⑤，慨然涕如雨。稍稍去鬓毛⑥，改容作商贾。却念五年来，守此良辛苦。畏途穷水陆⑦，仇雠在门户⑧。故乡不可宿，飘然去其宇。往往历山泽，又

① 流转：辗转流亡。吴会（kài 快）：秦代的会稽郡（今江苏东部、浙江西部），汉代分为吴郡、会稽郡二郡，合称吴会。② 九州：中国古代设置冀、青、兖、徐、扬、荆、豫、梁、雍九个州，简称九州，见《尚书·禹贡》。后世常以九州作为中国的代称。③ 凭陵：欺凌，侵害。④“寒潮”二句：这二句语义双关，字面上写的是自然景象，暗写政治形势的不良，敌人的猖獗。杂遝（tà 沓）：众多纷杂的样子。⑤ 北固楼：晋代所建古迹，在今江苏丹徒北固山。⑥“稍稍”句：指剪发。明代汉族人留发梳盘于顶。清入关后剃发，即将头顶前部的长发剃去，余发梳成长辫于脑后，与满族发式相同。顾炎武一直留长发不剃，现因要远行，为减少不必要的危险，只将两鬓长发稍剪一些，但仍不是剃发。⑦“畏途”句：意思是害怕出门行路，历尽水陆艰险。“畏途”语出《庄子·达生》。⑧“仇雠（chóu 仇）”句：指家族内部有仇人。雠：同“仇”，仇雠即仇人，仇敌。顺治元年（1644）秋，顾炎武的堂叔顾叶墅和堂兄顾维等抢劫了顾炎武在昆山的家产，并纵火焚毁佃房一所；五年，语濂泾家中又被劫。写本诗之年，其堂侄顾洪徽（顾维之子）又起陷害之意。

不避城府。丈夫志四方，一节亦奚取①。毋为小人资，委肉投饿虎。浩然思中原②，誓言向江浒③。功名会有时④，杖策追光武⑤。

【翻译】

周流奔走在江浙之间，

还有哪里是我的故土？

登高纵望九州原野，

欺凌人民的尽是戎虏。

寒冷的江潮冲荡着落日，

乌七八糟的鱼虾也趁机起舞。

饥饿的乌鸦夜晚还未栖宿，

弯月被阴云遮蔽清光仍在吐露。

早晨登上北固楼四望，

感慨悲怆我泪下如雨。

---

① 一节：指留长发保持民族气节。 ② 浩然：正大刚直的样子。语出《孟子·公孙丑上》："我善养吾浩然之气。" ③ 江浒：长江边。浒：水边。 ④ 会：应当。 ⑤"杖策"句：西汉末年，刘秀起兵反对王莽，攻占河北。邓禹驱马北渡，在邺城（故址在今河北临漳北）追上刘秀，表示愿建功立业，留名史册。他随刘秀征战多年，终于推翻王莽，建立东汉。杖策：执鞭。指驱马而行。光武：刘秀即帝位年号光武。

稍稍剪去两鬓一些长发，
改变容貌打扮成商贾。
转想五年以来，
坚持保留完整的头发费了不少辛苦。
实在害怕外出行路历尽水陆艰险，
又无奈仇人出在自家门户。
故乡既然不能宿留，
那就远走高飞离开自己的老屋。
常常经过山峦水泽，
也不回避穿行城府。
大丈夫志在四方建功立业，
拘守一种节操又有什么可取？
不要给小人留下加害的把柄，
也不要轻易拼死如同将肉投给饿虎。
我满怀浩然正气向往中原，
立下坚定的誓言向江边走去。
建功成名当有时机，
要像邓禹追随光武帝那样驰骋北土。

传　闻(二首)

其　一

这二首组诗写于顺治九年(1652)秋,有感于南部地区抗清胜利而作。清兵入关后,长驱南下。农民起义军领袖李自成、张献忠相继牺牲,东南沿海的几个南明抗清政权先后被清军消灭,只有永历政权在西南支撑苦斗。在清军猛烈进攻下,李自成、张献忠余部和永历政权从民族大义出发,联合抗清,迅速壮大了自己的力量。先于顺治五年底收复湖南大部地区,继之于顺治九年夏秋间,再次纵横湘赣,进军桂林,连克数十城，辟地三千里，有力地打击了清军的凶焰。尤其是在桂林全歼清定南王孔有德的大捷，使天下震动，抗清军民欢欣鼓舞。

这第一首诗是作者听到李定国率军进攻湖南的消息后所作。诗中赞美李定国及其部队抗击清军的作用和威力，肯定了永历政权联合农民军进行抗清斗争的政策。

传闻西极马，新已下湘东①，
五岭遮天雾②，三苗落木风③。

①“传闻”句：指李定国率军进攻湖南事。李定国原系张献忠大西军部将，张献忠战死后，李定国与其他将领共同领导该军，并与永历政权达成联合抗清协议。西极马：西域出产的名马，见《史记·大宛列传》。李定国为陕西人，张献忠封其为安西将军，献忠死后，自称为安西王，与永历政权联合后，被封为西宁王，故诗中以西极马称赞李定国。②五岭：比喻李定国军。遮：阻拦。天雾：比喻气势汹汹的清军。③三苗：我国古代位于洞庭湖和鄱阳湖地区一个部族的名称，这里借指湖南一带。落木风：比喻李定国军横扫清军的威力。

间关行幸日，瘴疠百蛮中①，

不有真王礼，谁收一战功②。

【翻译】

传闻当今的西极骏马，

新近已直下湘东。

巍峨的五岭阻拦住了天上弥漫的云雾，

辽阔的三苗之地吹起摧落林木的秋风。

---

①“间关”二句：指永历帝在广西、贵州、云南的颠沛流离的生活。顺治三年冬，万历皇帝之孙朱由榔在广东肇庆先称监国，继即帝位。但即位后即由肇庆逃往广西梧州，又到桂林，由桂林又奔南宁。在清军进攻南宁时大西军将其接到云南广南县，这才得到了喘息时间。间关：道路崎岖难行。行幸：皇帝亲往。瘴疠（lì 力）：瘴气。百蛮：中国古代对华夏族以外的少数民族（主要指南方）的称呼。这里指粤、桂、湘、滇少数民族聚居地区。 ②“真王”二句：指永历帝封孙可望王爵事。孙可望原为张献忠部将，张死后，孙可望自称平东王。与永历政权联合后，他请求封王。永历封其为平辽王，送印使者怕孙不接受，私铸秦王印（张献忠生前自称秦王）授孙。这被认为是“假王”。其后，永历帝一大臣争辩说：王爵都是相等的，与其封假王，不如封真王。于是正式封孙为秦王，孙极满意。当永历帝逃离南宁后，孙派兵迎入云南，不久又派李定国出兵湖南，取得重创清军的重大胜利。见《明史·诸王列传》及《小腆纪年》。真王：语出《史记·淮阴侯列传》。

天子在崎岖路上到处奔波的日子，
正当瘴疠毒气肆虐于百蛮地区之中。
假若没有真王的礼遇，
谁能收到一战全胜的大功？

其 二

这首诗写出了作者听到李定国军在桂林全歼孔有德军，使变节的败类受到惩罚的消息后，喜极而流泪的激动心情。

廿载吴桥贼，于今伏斧砧①，
国威方一震，兵势已遥临②。

① "廿载"二句：追述孔有德历史，并写其下场。孔有德本为明崇祯时军官。崇祯四年（1613）奉命援辽，行军至吴桥（在今河北景县吴桥镇东北），发动叛乱。崇祯六年被明军击败后，渡海降清。清兵入关后，他成为清朝攻略西南地区的急先锋，顺治六年被封为定南王，驻桂林。顺治九年七月，被李定国军围困于城内，自焚而死。廿（niàn 念）：二十。从孔叛乱至自杀，计二十年出头。伏：伏法，即处死刑。砧（zhēn 珍）：处人死刑（砍头）时用的案板。 ②"兵势"句：意思是李定国军连战皆捷的形势已遥遥威逼清廷。

张楚三军令①,尊周四海心②。
书生筹往略,不觉泪痕深③。

【翻译】

二十年前的吴桥叛贼,
今天正罪伏法终于丧身。
国威正因此而大震,
乘胜兵势已遥遥向北都逼近。
增强当今的楚国全靠指挥三军的将令,
尊崇王朝天子发自全国的人心。
身为书生我计虑着二十年前的往事,
不知不觉泪痕已积得很深很深。

---

①“张楚”句:《史记·陈涉世家》载:陈涉起义反秦,自立为王,号为张楚。意思是增强楚国(陈涉起义,曾以楚将项燕的名义为号召)。此处借喻李定国的军令提高了永历政权的声威。 ②“尊周”句:春秋时,诸侯力量强大,周天子权力衰微,一些诸侯主张“尊周”,即加强周天子的权威。见《穀梁传·庄公十六年》和《史记·晋世家》记述。这里借指尊崇永历政权。当时野心极大的孙可望已将永历帝控制在手,企图取而代之,遭李定国抵制,故诗中有此语。 ③筹:本为计数用具,这里是计虑之意。往略:往事。

桃 叶 歌

本诗作于顺治十三年(1656),运用旧歌题借古讽今,揭露弘光小朝廷在国事危急的情势下,仍忙于采选美女、寻欢作乐的腐败行径和清王朝统治者残暴淫掠的凶恶本性;同时,表达了对青春少女不幸遭遇的深切同情。

桃叶歌①，歌宛转。旧日秦淮水清浅②，此曲之兴自早晚③。青溪桥边日欲斜④，白土冈下驱胡车⑤。越州女子颜如花，中官采取来天家⑥，可怜马上弹琵琶⑦。三月

---

① 桃叶歌：陈朝时，江南极为流行王献之表达对爱妾之情的《桃叶词》，词云："桃叶复桃叶，渡江不用楫。但渡无所苦，我自迎接汝。"其后隋兵伐陈，由桃叶山下渡江，陈朝大将任蛮奴至新林引导北军，应了《桃叶词》之语。陈朝末代皇帝陈后主，当隋兵压境时，仍在宫中与美女淫乐。弘光帝朱由崧即位后，每日以演杂剧、饮美酒、淫少女为乐事，与陈后主如出一辙。
② 秦淮：南京的秦淮河，是六朝以来的繁华去处。 ③"此曲"句：作者原注引《隋书·艺术传》记载的一个故事：隋炀帝将前往江都（今扬州市），精通音律的乐人王令言及其子随行。其子在室外弹琵琶，作翻调《安公子曲》。王令言在卧室内闻后大惊，突然起身喊道："变！变！"急唤其子前来询问："此曲兴自早晚？" ④ 青溪桥：发源于南京钟山的一条河流上的桥梁。 ⑤"白土冈"句：意思是清军已攻到了城下。白土冈：在南京紫金山（钟山）。胡车：指清军。 ⑥"越州"二句：朱由崧对从戏班中选入宫中的少女不满意，特派内监田壮图前往杭州，选取陈、王、李三名少女入宫。中官：即太监。天家：皇宫。 ⑦"可怜"句：暗喻清军将宫内美女劫掠而去。据《宋书·乐志》转引傅玄《琵琶赋》云：汉武帝时，嫁宋室公主给乌孙国王昆弥，为消除公主途中寂寞，仿筝、筑等乐器，制造出一种弹拨乐器，名为琵琶。东汉时王昭君远嫁匈奴，后世人们主观上认为昭君出塞内心悲苦难言，于是在诗词等作品中创造出一个手弹琵琶如泣如诉的昭君形象。这个形象又逐渐演变成被异族胁迫的苦难女子的形象。此句即用其意。

桃花四月叶，已报北兵屯六合①。两宫塞上行②，日逐江东猎③。桃叶复桃根，残英委白门④。相逢冶城下，犹有六朝魂⑤。

【翻译】

桃叶歌，歌声多婉转，

旧日秦淮河，河水真清浅，

这变乱的曲调突然响彻一早晚。

清溪桥边太阳快西斜，

---

① 六(lù 陆)合：在今南京市西长江以北，隋炀帝伐陈由此渡江，这里用来代指清军渡江地点(非实际地点)。 ② 两宫：指弘光帝与其母后。 ③“日逐”句：借指清军渡江后的大肆屠掠。日逐：汉代匈奴首领先贤掸称日逐王；晋代匈奴首领呼延氏有左日逐、右日逐，世代为辅相。见《汉书·宣帝纪》、《晋书·匈奴传》。这里当是指率兵渡江的清豫王多铎。江东猎：三国时，曹操将伐东吴，致书孙权说：“今治水军八十万众，方与将军会猎于江东。”用会猎代指战场上的较量。见《三国志·吴主传注》引《江表传》。 ④ 残英：凋落的桃花，这里喻少女。白门：即白下门，指今南京城西北的原金川门。南京在唐代称白下。 ⑤“相逢”二句：写被劫掠的少女含恨而死的悲惨命运。冶城：古城名，相传春秋时吴王夫差(一说三国孙吴)冶铸于此，故名。故址在今南京市朝天宫一带。六朝魂：六朝统治者多为荒淫之君，宫中含恨而死的美女极多。

白土冈下奔驰着胡人的车马。
越州女子容貌美如花，
宦官将她们选取到皇家，
可怜将在马上弹起悽怨的琵琶。
三月桃花正盛开，四月满枝绿叶爬，
忽得远方来警报，北兵到六合城驻扎。
皇上太后被掳塞上去，
匈奴的日逐王在江东肆意把猎打。
桃叶片片连桃根，
残落的桃花被抛在白下门。
丧命女相逢只能在冶城黄泉下，
同时相见的还有六朝歌姬舞女的阴魂。

旅　　中

本诗作于顺治十三年(1656)。顾炎武在《剪发》诗中曾表示:“浩然思中原,誓言向江浒。”此后他虽未能前往中原,但的确在长江两岸进行反清复明的活动。五年以来,他再次北上江淮,南到芜湖,两谒南京朱元璋陵墓,变服易姓,混迹于佣工商贩之中,辗转于江苏腹心地区,备尝艰苦,这并非单纯为躲避清统治者的搜捕,其主旨在于联络故友遗民,图谋抗清斗争。从这首诗对他进行隐蔽活动的概述,使人们看到作者为实践政治信念而表现出的艰苦卓绝、坚韧不拔的意志。诗中同时也写出了作者对人世沧桑巨变的反思和苦闷。

久客仍流转，愁人独远征。釜遭行路夺①，席与舍儿争②。混迹同佣饭③，甘心变姓名。寒依车下草，饥糁鬲中羹④。浦雁先秋到⑤，关鸡候旦鸣⑥。蹠穿山更险⑦，船破浪犹横。疾病年来有，衣装日渐轻。荣枯心易感⑧，得丧理难平。默坐悲先代，劳歌念一生⑨。买臣将五十，何处谒承明⑩？

---

① 釜（fǔ府）：锅一类灶具。 ② 席：用草编成的铺垫用品。 ③ 佣：佣工。 ④ 糁（sǎn伞）：煮熟的米粒。鬲（lì力）：古代一种有三足的瓶类灶具。羹（gēng庚）：用肉菜做成的汤。 ⑤ 浦雁：水边的雁。大雁是逐水草而居的鸟类，故称。浦：水边。 ⑥ 关鸡：秦王听信谗言，欲杀孟尝君，孟贿赂秦王爱姬，获释后暗中逃走。夜半至函谷关，孟尝君门客有人能模仿鸡鸣，群鸡以为天亮，齐声鸣叫，关吏于是开关放行。见《史记·孟尝君列传》。 ⑦ 蹠（zhí直）：脚掌。 ⑧ 枯荣：本指草木的盛衰，这里比喻政治上的得志和失意。 ⑨ 劳歌：劳作之歌。语本《榖梁传·宣公十五年注》："饥者歌其食，劳者歌其事。" ⑩ "买臣"二句：汉代朱买臣，好读书而家贫，其妻要求离去。买臣表示自己五十岁时将会富贵，现已四十余岁，劝妻子等待几年，其妻恼怒而去。后买臣受人推荐，为汉武帝赏识，任会稽太守。作者时年四十四岁，以此典自喻至今未曾到南明政权尽力。承明：承明庐，三国时曹丕所建宫殿，用以接近群臣。这里暗指永历帝所居之处。

【翻译】

长久客居在外，如今仍然在飘流之中，
忧愁满怀的人，独自出门远征。
饭锅被行路人劫夺而去，
睡席要与客舍中小儿相争。
将自身的行迹混同佣工商贩，
心甘情愿变更了原来的姓名。
寒冷时依偎在车下草堆中取暖，
饥饿时将熟米撒进瓶中的汤羹。
水边的大雁在秋天之前到来，
关卡的雄鸡等到天亮就齐声打鸣。
脚掌磨穿，山路更险峻难行，
船只破残，浪涛依然狂横。
身上的疾病年来不断，
携带的衣装日渐减轻。
人世间荣华和衰败的交替容易使人伤感，
但有的凭空获得，有的无端丧失，更使人心难平。
默默静坐，悲伤前代的人们，
咏叹劳累饥饿，回想着自己的一生。
当今的朱买臣已将近五十岁，
到哪去进谒天子的宫廷？

劳　山　歌

顾炎武的诗歌，描写山水景物的极为少见。这首《劳山歌》作于顺治十四年（1657），它采用歌行体的形式，对劳山的高峻之势，幽静之美，物产之富作了较长篇幅的描绘，是一首劳山的颂歌。顾炎武诗歌总的风格是严谨、凝重、沉郁，具有明显的现实主义特征。但在本诗中作者却怀着极大的激情，用夸张的语言，对劳山作了尽情的描绘，表现出一定的浪漫主义色彩，使本诗在他的作品中独具特色，有着重要的艺术价值。

劳山拔地九千丈[1]，崔巍势压齐之东[2]。下视大海出日月，上接元气包鸿濛[3]。幽岩秘洞难具状[4]，烟雾合沓来千峰[5]。华楼独收众山景[6]，一一环立生姿容。上有巨峰最崱屴[7]，数载榛莽无人踪[8]。重崖复岭行未极，涧壑窈窕来相通[9]。天高日入不闻语，悄然众籁如秋冬。奇花名药绝凡境，世人不识疑天工。云是老子曾过此[10]，

---

① 劳山：又作牢山，今通作崂山，原属山东即墨县境，今属青岛市崂山区境。山体东临大海，气势高峻挺拔，主峰海拔1133米。山中岩洞、宫观、飞流瀑布众多，为著名的风景区和避暑胜地。 ② 崔巍（wěi 韦）：高峻的样子。齐：地区名。今山东泰山以北黄河流域及胶东半岛地区，为战国时齐地，汉以后仍沿称齐。 ③ 元气：指在高空存在着的天地未分之前的精纯之气。鸿濛：旧指宇宙形成之前的原始混沌状态，这里指自然空间。 ④ 具状：陈述，描写。 ⑤ 合沓（tà 踏）：四面八方纷涌而来的样子。 ⑥ 华楼：山峰名，因山峰形似楼台，故名华楼峒，又称华楼。 ⑦ 崱屴（zè lì 仄利）：高峻，高耸的样子。 ⑧ 榛（zhēn 针）莽：荆棘。踪：脚印，此为登临之意。 ⑨ 壑（hè 贺）：山沟。窈窕（yǎo tiǎo 咬挑）：深邃的样子。 ⑩ 老子：姓李名耳，周代人，约与孔子同时。相传他见周室衰微，西出散关（一说函谷关）留《道德经》五千言而去。见《史记·老子韩非列传》。后世道教将他附会为仙祖。

后有济北黄石公①。至今号作神人宅②，凭高结构留仙宫。吾闻东岳泰山为最大，虞帝柴望秦皇封③。其东直走千余里，山形不绝连虚空④。自此一山奠海右⑤，截然世界称域中⑥。以外岛屿不可计，纷纭出没多鱼龙。八神祠宇在其内⑦，往往棋置生金铜。古言齐国之富临淄次即墨⑧，何以满目皆蒿蓬？捕鱼山之旁，伐木山之中。犹

---

① 黄石公：秦末人，曾授张良兵书一部，说明熟读后可以成为帝王之师。因他指黄石作为久后张良寻找自己的标志，故被人称为黄石公，他也被附会成神仙一类的人物。见《史记·留侯世家》。济北：济北郡，故治在今山东茌平县境内。相传境内之黄山即黄石公所化。 ② 神人宅：指劳山的老君洞、黄石洞、黄石宫等古迹，均为后人借传说托名所为。 ③ 虞帝：虞舜，即大舜帝，姚姓，有虞氏。柴：烧柴祭天。望：古代祭祀山川的专称，遥望而祭之义。秦皇封：指秦始皇登泰山祭天。古代帝王在泰山上筑坛祭天，报天之功，称“封”。 ④ 虚空：辽阔无际的天空。 ⑤ 奠：奠定，立定。海右：海西。中国古人的习惯，以东为左，以西为右。劳山在大海之西，故称。 ⑥ 截然：界线分明。世界：这里是大地之意。 ⑦“八神”句：据《史记·封禅书》载，八神是：天主、地主、兵主、阴主、阳主、月主、日主、四时主。据顾炎武《劳山图志序》，自战国末年齐国就有神仙的传说。秦始皇、汉武帝相信劳山大海之中确有神人，于是八神之庙遍及海上。 ⑧ 临淄：春秋战国时齐国国都，故址在今淄博市淄川区。即墨：县名，今属青岛市。

见山樵与村童，春日会鼓声逢逢①。此山之高过岱宗②，或者其让云雨功。宣气生物理则同，旁薄万古无终穷③。何时结屋依长松，啸歌山椒一老翁④。

【翻译】

九千丈高的劳山拔地起，

巍峨高大的山势稳坐在齐之东。

朝下俯视大海中升起日月，

向上连接着宇宙精纯之气，包涵了浩瀚的太空。

幽静的山岩、神秘的洞府难以具体形容，

烟云雾气从四面八方纷涌而来弥漫千百山峰。

登上华楼高峰，独能将群峰的景致尽收眼底，

一座一座环绕而立，各自呈现出奇美的姿容。

众峰上更有一巨大山峰高峻无比，

多少年来荆棘丛生渺无人踪。

一重重崖岭走不到尽头，深邃的山涧沟谷又蜿蜒相通。

天空高远，日落之后再也听不到人声话语，

---

① 会：指祭祀社神（土地）的集会，又称社会，会上敲锣击鼓演出各种曲艺、杂耍。 ② 岱宗：泰山别称岱宗。句中说劳山“高过泰山”，是形容其高耸，实际上不如泰山高。 ③ 旁薄：也作磅礴，广大无边际。 ④ 山椒（jiāo 交）：山陵，山顶。

万籁无声，沉寂得如同清秋寒冬。
生长的奇花名药，绝迹于俗间凡世，
人们不认识它们，怀疑是出自天工。
传说老子曾到过这里，
随后而来的又有济北的黄石公。
至今被称作神仙的住所，
凭借山高势险进行构筑，留下了仙宫。
我听说五岳中泰山最大，
大舜帝曾烧柴对泰山遥望而祭，秦始皇为祭天
也登上了顶峰。
山势向东直走一千多里，
山峰连绵不绝，远接一望无际的天空。
自从此山屹立在大海两岸，
大地便界线分明而著称于国土之中。
山外的岛屿不可胜计，
其间纷纭出没的是众多的鱼龙。
群岛之内有供奉八神的庙宇，
山间往往像棋子那样布满金和铜。
自古说齐国之富首推临淄次即墨，
今日何以满目荒凉，蓬蒿丛丛？
捕鱼山旁海面，伐木深山之中。
还能见到村童与樵夫，

春天赶庙会敲得鼓声逢逢。
劳山之高超过了泰山，
或许出于谦让，在雨量上它不与泰山争功。
宣散大气，生育万物，功能原理两山完全一样，
茫无边际，连亘万古，永无终穷。
我何时能依傍高松构筑一座茅屋，
做一个长啸山顶的老翁？

济　南(二首选一)

其　一

本诗作于顺治十四年(1657)。顾炎武在经过多年的酝酿准备之后,于这年秋天跨江过淮,首次北上中原。济南是北方历史名城,也是他到达中原的第一大站。顾炎武在济南游览了名胜古迹,也结识了新的朋友。这首诗是他写的两首纪游诗之一。济南泉水遍地,风景佳美。这首诗描写了济南郊外矗立的山峰,地下奔流而来的王屋之水,湖面烟波苍茫、鱼儿跃动的景状,最后追忆古人挚友嘉宾的良辰盛会,流露出无限欣羡之情和兴亡之感。全诗由远及近，由上而下，由今而古展开描写，层次自然，情景融会，表现出作者状物抒情的功力。尤其是头两句，借湖景衬托，以芙蓉为喻，将山峰描绘得如出水芙蓉一般，亭亭而立，色彩鲜明，显示出作者构思和用笔的灵巧。

落日天边见二峰①，平临湖上出芙蓉②。
西来水窦缘王屋③，南去山根接岱宗④。
积气苍茫含斗宿⑤，余波瀺灂吐鱼龙⑥。

① 二峰：济南郊外，南有历山即千佛山，东北有华山即华不注山。四周各山，以二山最为高大。 ② 平临：平阔无碍，直接面临。湖：指大名湖，在济南城内，水面开阔，盛产荷花，是当地著名风景区。芙蓉：水芙蓉，即荷花。这里语义双关，既实指荷花，又借喻山峰。 ③“西来”句：济南地下泉水极为丰富。据《水经》，济南西北郊有济水，源于河南济源西王屋山，作者持相同看法。据近代科学勘测，济南的地下水主要由泰山山脉而来。水窦：指地下水的孔道。 ④ 山根：山脉。 ⑤ 斗宿：南斗六星，总称斗宿，这里泛指天上的星星。⑥ 瀺灂（chán zhuó 禅浊）：小的水声。吐鱼龙：形容鱼从水中跃出水面川流不息如喷吐一般。

还思北海亭中客①，胜时良会不可逢。

【翻译】

落日西挂，余晖中望见两座山峰，
平地拔起临湖矗立，好似那出水芙蓉。
水流从地下孔穴西来发源于王屋，
向南蜿蜒的山脉连接着岱宗。
积聚的大气苍茫无际包含着天上的星辰，
湖面细波发出微小声音翻跳着鱼龙。
追思北海太守历下亭中高朋满座，
美好的聚会和时光不可再逢。

---

① “还思”句：唐代李邕（yōng 拥）礼贤好客，在任北海太守时，经常在大明湖中历下亭宴请宾客，赋诗撰文，被同代和后世文人视为盛事。著名诗人杜甫等有诗歌记述这类活动。北海：唐代有北海郡（治所在今山东青州市），李邕任太守时被称为李北海。

居庸关(二首选一)

其　一

本诗作于顺治十六年(1659)。顾炎武的中原之行,从济南到胶东半岛周游后,即转程北上,进北京,登山海关,谒明十三陵,然后怀着浓厚的兴趣前往居庸关。北京西北的居庸关,峰峦重叠,两山夹峙,地势险要,自古为兵家必争之地。明中叶英宗御驾亲征,在土木堡全军覆没后,蒙古部落瓦剌首领也先的军队即由居庸关直扑北京;明末李自成农民军也是穿过居庸关先占北京的。顾炎武亲身登临这雄关险道。

遥想自古燕、代之士为成仁取义、报效国家的壮举，感慨良多，但他的思绪却更多地关注着现实生活中的纷扰动荡。在描写景物上，诗中着力捕捉和锤炼鲜明、生动的形象，写出了居庸关山水奇险与幽静相统一的美景。

居庸突兀倚青天，一涧泉流鸟道悬①。
终古戍兵烦下口②，本朝陵寝托雄边③。
车穿褊峡鸣禽里④，烽点重冈落雁前。
燕代经过多感慨⑤，不关游子思风烟。

【翻译】

居庸关突起而立倚着高高的青天，
谷底一涧泉水奔流，峰间鸟道高悬。

---

① 鸟道：语出李白诗《蜀道难》，写山势高险鸟难飞越，以峰间为通道。 ② 烦：多，频繁。下口：又作夏口，指今北京市昌平之南口镇，距居庸关约十华里。据作者自注，此地自三国曹魏时即有军队驻守。明初至明末为防御塞北，一直有重兵戍守。 ③ 陵寝：皇帝的陵墓，指明十三陵。 ④ 褊（biǎn扁）：狭窄。 ⑤ 燕：今河北北部和辽宁西部地区，西周至战国时为燕国疆域，后世称为燕。代：代郡，战国时赵国设置，至东晋末废除，其辖境包括今河北迁安、蔚县以西、山西阳高、浑源以东的内外长城间的地区。

远古以来戍边的士兵频繁地屯驻南口，
我朝皇陵依托着这雄伟的边关。
车骑伴随着禽鸟的啼鸣在狭谷中穿过，
点点烽台布列重冈，映衬在飞落的大雁之前。
我经行燕代古地多生感慨，
全不关游子的离愁别恨，只系念悲壮的战火风烟。

颜神山中见桔[1]

本诗作于顺治十八年(1661)。桔树是南方的植物,在北方难以成活,即使成活,其果实也会发生变异,自古就有“桔生淮南则为桔,生于淮北则为枳”的说法(见《晏子春秋·晏子将使楚》)。顾炎武在北方的山坡上竟然发现了枝叶青翠、果实甘甜的桔树,这使他欣喜不已,写下了这首充满激情的桔颂诗。本诗实际上又是作者托物咏怀之作。顾炎武生于南方,志存恢复。北游中原后,半生的大部分时间在北方度过,并在晚年定居于陕西华阴。这里正是以适应性极

① 颜神山:在山东淄博市淄川县境内,其旁有颜神镇。

强的桔树自况和自励。本诗意境深厚、优美而又含蓄，是一篇成功运用托物抒怀手法的佳作。

黄苞绿叶似荆南①，立雪凌寒性自甘②。
但得灵均长结伴③，颜神山下即江南④。

【翻译】

黄色的桔果，翠绿的枝叶，好似生在荆楚一般，
立雪中，冒严寒，品味依然甘甜不变。
只要能得到高洁的屈子长久结伴为友，
颜神山下就是我能扎根生长的江南。

---

① 黄苞：黄色的桔果。荆南：即楚南，古代楚又称荆。② 凌：侵犯，这里是抵御之意。 ③“但得”句：以拟人手法称桔。屈原字灵均。屈原在《桔颂》中表示愿在寒冬岁末花草凋谢时独与枝叶长青的桔树为伴。 ④ 江南：此据手抄本。各本均作“江潭”，或系据楚辞《渔夫》“屈原既放，游于江潭”所改。

十九年元旦

本诗作于康熙二年(1663),此时距崇祯殉国,明朝覆灭已十九年。这个数字恰巧与历史上的晋文公和苏武历尽艰辛,备受折磨,终于归国的年数相合,因而触发了作者的感思,表达了复国的强烈愿望和对故国始终不渝的忠心。

平明遥指五云看①,十九年来一寸丹。

① 五云:五色祥云,这里指皇帝(永历帝)所在之处。

合见文公还晋国①，应随苏武入长安②。
驱除欲淬新硎剑③，拜舞思弹旧赐冠④。
更忆尧封千万里⑤，普天今日望王官⑥。

【翻译】

黎明时遥指五色祥云看个不厌，
十九年来我对大明的一寸丹心丝毫未变。
这个年数本应见到晋文公返回祖国，
也应当随从苏武回到汉都长安。

---

①“合见”句：春秋时晋国献公接受谗言，废太子，立少子，迫使公子重耳流亡到国外。重耳历尽艰险、饥饿和羞辱之苦，经过十九年的时间，才在秦国穆公派兵护送和本国大夫栾、郤为内应的情况下回国就位，称晋文公。 ②“应随”句：苏武出使匈奴遭扣押并被流放到北海（今俄罗斯贝加尔湖）边牧羊。在冰天雪地中，匈奴人不供应饮食。苏武被迫掘地鼠、挖草根充饥，吞咽冰雪解渴，备尝非人生活的苦难，但他决不屈降匈奴。在被扣十九年后，经汉朝营救，回到国都长安。 ③ 淬（cuì 萃）：淬火。锻炼钢质器材时，将烧红的器材浸入冷水，可以使它获得一定的弹性和刚度。新硎（xíng 刑）：刚在磨刀石上磨过。硎：磨刀石。语本《庄子·养生主》。 ④ 拜舞：封建社会臣下朝见皇帝，要行跪拜之礼，称拜舞。 ⑤ 尧封：传说帝尧时开始划定我国疆域为十二州，见《尚书·舜典》。旧时因而以尧封称全国疆域。 ⑥ 王官：王朝的官吏，指南明政权。

驱除敌人,我要把刚磨锋利的宝剑再次淬火,
朝拜天子,思量着将旧日所赐冠冕上的灰尘轻弹。
更追想唐尧帝的封疆方圆千万里,
普天下的人民今日都在盼望着重见王官。

又酬傅处士次韵①（二首）

其　一

康熙元年(1662)冬，顾炎武由山东去山西，次年元月抵太原，在近郊会见了以民族气节和渊博学识闻名的学者傅山。傅长顾七岁，但共同的思

① 傅处士：傅山，字青主，初字青竹，山西阳曲（今太原市）人，兼擅诗文，书画也有很高的造诣。明亡后，身著红衣道装居土穴中，号朱衣道人。康熙十八年(1679)召试博学鸿词，被强迫抬至北京，以死拒不应试；授予中书舍人之职，又以老病辞归。是明末清初的著名人士。处士：读书而居家不仕的人。次韵：依别人的诗韵的次序和诗，称次韵，也称步韵。

想基础和对学术的执着追求，使两人叙谈甚欢，有相见恨晚之感。傅山先有赠诗，称赞顾炎武在胡笳声中载书周游各地的气魄，对顾的恢复大计，既惊异又理解，但却流露出自己无可作为、洁身自守的情绪。顾炎武在这两首答诗中对傅山进行了劝慰和鼓励。顾炎武与傅山在处世态度上存在一定的分歧，但他既不回避，也不掩饰，而是以道义相规劝，表现出高洁的心地和磊落的情怀。这两首诗在思想意境、语言创新、格律严密等方面都有着极高的造诣，是顾炎武七律代表作。

清切频吹越石笳①，穷愁忧驾阮生车②。

---

①“清切”句：借典暗喻自己周游各地是在进行瓦解、削弱敌人的活动。越石笳：西晋末刘琨，字越石，在晋阳（今山西太原市）时，被胡人的部队围困。刘琨乘月色登城楼歌啸，到午夜又吹奏胡笳。敌人被感染，流泪慨叹，动起思乡之情。刘琨在拂晓时又一次吹奏胡笳，敌人于是弃围而去。见《晋书·刘琨传》。笳：汉代以来流行于西域少数民族中的乐器，最初卷芦叶吹奏，后以竹制作。②“穷愁”句：借典写自己出游的忧愁困苦。阮生车：西晋初阮籍，生活在司马氏王朝的黑暗统治之下，精神极其压抑苦闷。有时独自随意驾车出游，不由路径而行，车子不能前进时，立即失声恸哭，驾车返回。见《晋书·阮籍传》。

时当汉腊遗臣祭①，义激韩仇旧相家②。
陵阙生哀回夕照③，河山垂泪发春花。
相将便是天涯侣，不用虚乘犯斗槎④。

【翻译】

悲凉凄切，频频吹着刘越石那感人肺腑的胡笳，
忧愁已极，仍然乘着阮籍那痛哭途穷的车驾。
正当汉人的腊日，先朝遗臣照样按礼祭祀，
凛然大义永远激励着深怀亡国仇恨的旧相之家。
夕阳回照着先朝的陵墓宫阙，使人频添悲哀，

---

①“时当”句：借典劝傅山要坚持民族大义。汉腊：西汉后期，以夏历十二月初八为腊日，祭祀祖先和上天。西汉末，陈咸在王莽篡帝位后，辞官归里，在家中腊日祭祖时，仍用汉朝仪式。有人问其故，陈咸回答说：“我的祖先怎知王氏的腊祭仪式？”见《后汉书·陈宠传》。 ②“义激”句：借典劝傅山效法张良，牢记亡国之仇，并从中汲取力量。张良父祖辈为韩国五代君主的宰相。韩国被秦灭亡后，张良立誓为国复仇。先得一力士使行刺秦始皇失败，后在秦末率部众归附刘邦，为刘出谋划策，终于灭秦。见《史记·留侯世家》。 ③阙(què 却)：指宫殿。 ④“不用”句：劝慰傅山振作精神，对复国大业采取积极态度。犯：干犯，进入。斗：斗宿，这里指天河。关于天河与海相通的传说见前《海上》其三注。傅山在赠诗中表示，自己的笔像枯槎一样，已不能力用，言外即如能运用，即浮海而去。顾炎武不赞成他这种消极避世的态度。

河山流下眼泪，期待着大地发出新花。
你我相互扶持，便是天涯的伴侣，
用不着再白白去乘那浮海的木筏。

其　二

这第二首诗，继前首对傅山的委婉劝勉，进一步用明确的语言、激越的感情，鼓舞傅山振作斗志、树立信心，为恢复明朝而斗争。

愁听关塞遍吹笳，不见中原有战车①。
三户已亡熊绎国②，一成犹启少康家③。

---

①“愁听”二句：对中原地区清朝统治的加强和反清活动沉寂的现状，表示忧虑和不满。 ②“三户”句：借典表示恢复明朝的决心和信心。三户：三户人家。《史记·项羽本纪》载范增引用楚国民谣：“楚虽三户，亡秦必楚。”后世常用以比喻虽地小人寡，仍可发愤图强。熊绎国：楚国。西周成王封楚国的祖先鬻（yù 玉）熊的曾孙熊绎于楚，楚国由此立国。见《史记·楚世家》。 ③“一成”句：借典说明即使立足之地极小，恢复明室仍可有所作为。少康家：据《左传·哀公三年》载：夏朝被有过国君灭掉，夏君的遗腹子少康长大后逃往有虞。有虞之君将两女配少康为妻，并给他“田一成，众一旅”。少康就凭借这点土地和士兵，团结夏朝民众，终于灭掉有过，复立夏国。一成：方十里。

苍龙日暮还行雨①，老树春深更着花。

待得汉廷明诏近②，五湖同觅钓鱼槎③。

【翻译】

令人忧愁啊！听到关塞处处吹起胡笳，

可偏偏看不到中原地区有战车出发。

楚国三户遗民已将秦国灭掉，

十里方圆的土地依然能复兴少康之家。

苍龙不顾日落还腾空行雨，

老树在春深时更发出新花。

等到汉家朝廷获胜的明诏到来，

你我泛游五湖，同去寻觅钓鱼的木筏。

---

① 苍龙：青色的龙，这里也含有老龄的意思。 ② 明诏：公开、正式的诏令。 ③“五湖”句：借典说明待复明成功，共同归隐。五湖：太湖又称五湖，因太湖与其附近的滆（gé 革）湖、洮（táo 桃）湖、射湖、贵湖相连，而以太湖最大，故称。据《国语·越语下》载：范蠡佐越王勾践灭吴后，告辞勾践，“遂乘轻舟以浮于五湖，莫知其所终极。”

汾州祭吴炎、潘柽章二节士①

本诗作于康熙二年(1663),是作者在山西汾州遥祭因文字狱死难的吴、潘二书生而作。

浙江归安县(今湖州市)人庄廷𨱔,收购得别人一部明史草稿,他延请宾客,重新加工、编辑成为《明书》百余卷。书中不用清朝年号,而

---

① 汾州:汾州府,故治所在今山西汾阳市。吴炎:字赤溟,号媿庵;潘柽章:字圣木,一字力田。二人均为江苏吴江人,明末秀才。明亡后,绝意仕进,以诗文自娱。潘柽章博览群书,尤精史学,欲仿司马迁作《明史记》,友人吴炎所见略同,于是二人合力编纂。遇难时,书稿仅成十分之六七,而且都散失不传。他们的生平事迹详情,可参看本书已选入的《书吴潘二子事》一文。节士:有节操的人。

奉南明的弘光、隆武、永历为正朔，又有指斥清朝的词句。有赃官归安令吴之荣借机向庄氏敲诈不成，遂向清朝告发。清廷下令逮捕庄家男女数百人及刻书、卖书、买书者共二千余人。吴、潘以有文名，被庄廷钺列入参评人姓名之中，因此遭株连被捕。康熙二年五月，判决令下，斩首及凌迟者八十八人（一说二百二十一人，见陈康祺《郎潜纪闻》）。已死的庄廷钺被开棺戮尸，吴、潘二人同时遇难。这是清统治者入关建立全国性政权以后制造的第一起震动全国的文字狱惨案。康熙元年此案刚发生时，顾炎武在山西即有所闻，写有《闻湖州史狱》一诗，对清统治者兴文字狱迫害汉人进行讽刺。但清统治者如此大规模的残酷屠戮文人，实出乎顾炎武的意外。在本诗中，他把对清统治者暴行的极端愤怒，全部融入对潘、吴遭难的无限悲痛、对他们著书立说的突出成就和成仁取义的风范的高度评价之中。顾炎武还撰有《书吴、潘二子事》一文，详述了吴、潘的人品学问及被株连的经过等，它与本诗是表彰吴、潘而相互配合的姊妹篇。

露下空林百草残①，临风有恸奠椒兰②。
韭溪血化幽泉碧③，蒿里魂归白日寒④。
一代文章亡左马⑤，千秋仁义在吴潘。
巫招虞殡俱零落⑥，欲访遗书远道难。

①“露下”句：以寒露使草木凋零，比喻大批文人遭到文字狱的摧残。 ② 奠椒兰：用椒和兰祭奠死者。椒是一种香料，兰是具有清香之气的美草。屈原《九歌·东皇太乙》曾用椒、兰祭神。此句语义双关，既用以祭死者，又比喻死者具有椒兰一样的高洁和芬芳的品质。 ③“韭溪”句：写吴、潘二生惨遭杀害。韭溪：韭溪草堂，潘柽章的书舍，作者原注说是潘、吴所居之处，实际上也是包括作者在内的吴中文人经常聚会的地方。血化幽泉碧：相传东周灵王时，大夫苌弘因朝廷内部的纷争被杀，死后“流血成石，或言成碧，不见其尸”。见晋王嘉《拾遗记》卷三。碧：青美之石。 ④“蒿里”句：哀痛吴、潘被杀的冤屈。蒿里：本为古代送葬的挽歌，后来被看作死者魂魄聚集之处。 ⑤“一代”句：痛失良史之才。左：左丘明，相传编著《左传》和《国语》。马：《史记》的作者司马迁。据潘柽章友人戴笠所撰《潘力田传》称：潘、吴二人编写《明史记》，全书未成即遭惨祸，“天下既惜两人之才，更痛其书之不就，并已就者亦不传也。” ⑥“巫招”句：借典再次对死者表示深痛哀悼。作者原注引《左传·哀公十一年》载：鲁联吴伐齐。齐将公孙夏预感作战必败，临战前，命随从人员唱《虞殡》，以示必死。《虞殡》是送葬的挽歌。巫招：屈原《招魂》中写：楚怀王在秦国死后，上帝命巫阳（女巫名）到人间招楚王魂魄，还给他躯体。巫阳于是到下界招唤：“魂兮归来！”

【翻译】

白露洒下空林，青青百草也凋残，

面对凉风，我内心无限悲痛祭奠上高洁的椒兰。

韭溪的鲜血在黄泉之下化为碧玉，

冤死的鬼魂归聚蒿里白日也生寒。

左、马两颗巨星陨落，一代文章丧绝，

千秋仁义不灭，在吴、潘身上展现。

祈请巫阳唱起挽歌，招唤死者飘零的魂魄，

我想访求他们的遗书，无奈路途遥远难以实现。

骊　山　行

本诗作于康熙二年(1663)秋,写由骊山而引起的兴亡之感。骊山有优美的风景,有清澈柔滑的温泉,是我国著名的风景胜地。这个胜地又与许多亡国之君联系在一起。古代许多帝王在这风景迷人的骊山荒淫作乐,终于使王朝倾覆。荒淫必败亡,这是历史做出的结论。但是顾炎武却得出了"败亡未必皆荒淫"的看法。这种认识更加开阔,更加深刻。一代王朝的败亡,既有近因,也有远因;既有帝王的个人品质在起作用,又为更深层的内部外部的政治、经济等社会因素所决定,并不单单取决于荒淫与否。只有抓住复杂的因素进行全面、深入的分析,才能得出规律性的认识。但顾炎武没有由此再前进一步，因而就对所谓勤俭亡国感到不平和迷惘，哀叹天道玄妙莫测。这首诗既表现出顾炎武忧国伤时、勤于历史反思的进步精神，也反映出他作为一个封建时代的知识分子的历史局限。

长安东去是骊山，上有高台下有泉①。前有幽王后秦始②，覆车在昔良难纪③。华清宫殿又何人？至今流

① "长安"二句：骊山位于今西安市以东临潼区东南，因古骊戎部落居此而得名。山上第二峰有露台遗址，为汉文帝所建，山下有温泉多处。② 幽王：西周末代国王，他为博得爱妃褒姒一笑，竟然以点燃报警的烽火诳诸侯入京援救，失信于诸侯。后被犬戎攻杀于骊山下。秦始：秦始皇，他即帝位前后，驱使数十万之人民，在骊山上下为自己修建豪华无比的宫殿和陵墓；其子胡亥继位后更残酷地下令将大批宫女及造墓工匠殉葬墓中。始皇死后五年，秦朝灭亡。③"覆车"句：除上述幽王、始皇的灭亡与骊山有关外，唐玄宗李隆基以骊山为离宫，引起安禄山的叛乱，几乎亡国。唐穆宗李桓喜爱居住骊山而享年不长（在位仅三年）；其子敬宗李湛不听臣下劝谏，硬要行幸骊山，应验一下历史上的覆辙，结果在位仅二年就被宦官刘克明所杀。

恨池中水①。君不见天道幽且深，败亡未必皆荒淫。亦有英君御区宇，终日忧勤思下土②。贤妃助内咏《鸡鸣》③，节俭躬行迈往古④。一朝大运合崩颓，三宫六市横豺虎⑤。玄宗西幸路仍迷⑥，宜臼东迁事还沮⑦。我来

---

①"华清"二句：指李隆基与杨贵妃长期在华清宫歌舞欢会，荒废国政，导致安禄山叛乱，在仓皇幸蜀途中杨贵妃被迫自缢而死一事。贵妃生前在华清宫温泉池中洗浴，因此诗中称"至今流恨池中水"。 ②"亦有"二句：指崇祯帝朱由检勤政节俭。《明史·庄烈帝纪赞》评价他：在位十七年，不近声色，忧勤谨慎，尽心治理。 ③鸡鸣：《诗经·鸡鸣》有诗句："鸡既鸣矣，朝既盈矣。"朱熹解释说，这是后妃在黎明时提醒君主及时上朝，以免群臣等候，表现了后妃作为君主内助的贤惠品德。据《明史·后妃传》载：崇祯后周氏，性情严肃谨慎，善于管理后宫事务。 ④"节俭"句：指崇祯帝。 ⑤"三宫"句：指李自成农民军攻占北京后的情况。以豺虎比喻农民军，表现了作者的阶级偏见。三宫：皇帝、太后、皇后三者的合称。这里指皇家宫殿。六市：国都的市场。 ⑥"玄宗"句：讥刺唐玄宗对女色痴迷不悟。玄宗对死去的贵妃相思不已，在经栈道冒雨前往西蜀时，闻铃声，制《雨霖铃》曲，寄托失去贵妃的哀怨；返回长安后，目睹贵妃遗物，耳听贵妃所制之曲，即泪流满面。甚至听信方士之言，欲登天界会见贵妃。见宋乐史《杨太真外传》。 ⑦"宜臼"句：周幽王太子，继位后称平王，为躲避西戎的威胁，迁都洛邑（今洛阳市）。但东迁以后，诸侯之间攻伐兼并日益激烈，齐、楚、秦、晋等诸侯国强大起来，周王朝的力量和地位却日益衰微。沮（jǔ 莒）：败。

骊山中哽咽，四顾徬徨无可语。伤今吊古怀坎轲①，呜呼其奈骊山何！

【翻译】

出长安往东去啊，前面就是秀美的骊山，
山上有高高的露台，山下有宜人的温泉。
前有周幽王，后有秦始皇，
覆车的教训一桩桩原原本本记述难。
是谁在华清宫享乐沉溺不醒？
至今还有遗恨流淌在池水之中。
君不见天道玄妙又深奥，
国家败亡未必都是荒淫造成。
也有英明的君主治理天下，
每日忧国勤政、经心治理国土。
贤德的皇后咏唱着《鸡鸣》做好内助，
他亲身带头讲究节俭超过了往古。
哪知一朝之间命运该当宝座崩塌，
皇宫和街市到处横行豺狼猛虎。
唐玄宗西逃蜀地，往返路上仍执迷不悟。
周平王东迁以后，国事照样衰败，一塌糊涂。

① 坎轲：同"坎坷"，不平貌，这里指心情不平静。

我来骊山心中沉痛，哽咽难言，
四面环顾，迷惘彷徨，无人可倾吐。
悲伤今朝，凭吊古迹，我内心难以平静，
面对骊山奈若何，呼喊骊山徒悲苦。

自大同至西口[1](四首选一)

其　一

本诗作于康熙三年(1664)。大同以北长城一线,在历史上既是内地人民与北方少数民族发生军事冲突的边关要塞,也是彼此接触频繁、友好往来的地区。明初,朱元璋沿用了唐、宋以来中央王朝与边境少数民族茶马交易的政策,以内地的名茶换取边境的马匹。这种互通有无、互利互补的政策,使长城内外各族人民能够和平友好相处。但自明中叶以来,茶马交易的

① 西口:指位于山西境内的长城各关口。

政策遭到破坏，长城边塞兵戎相见，动乱不已，给明王朝造成了沉重的负担。本诗反映出顾炎武在民族关系上赞成友好往来、互利互补的愿望。诗中将茶马交易及其为双方带来的实惠，对照描写，造成了一种热烈友好的气氛。

骏骨来蕃种①，名茶出富阳②。
年年天马至③，岁岁酪奴忙④。
蹴地秋云白⑤，临垆早酎香⑥。
和戎真利国，烽火罢边防。

【翻译】

骏马是番邦来的良种，
名茶产于浙江富阳。
年年有天马到来，岁岁采茶人繁忙。

---

① 骏骨：指骏马。蕃种：少数民族地区的品种，蕃同“番”。 ② 富阳：浙江省富阳市，在富春江畔，风景优美，气候温润，是茶叶的著名产地。 ③ 天马：少数民族地区所产骏马的名称。《史记·大宛列传》：“得乌孙马好，名曰天马。” ④ 酪（luò 落）奴：茶叶的别称，此处指采茶人。 ⑤ 蹴（cù 促）地：指马蹄踏地。 ⑥ 临：当。垆：酒店。酎（zhòu 胄）：味道香浓的酒。原注引《礼记·月令》：“孟夏，天子饮酎。”

群马踏地奔驰与秋空的白云相互掩映，
酒肆前散发着佳酿的芳香。
和睦外族的政策当真有利于国家，
报警的烽火再也不必在边防点亮。

屈山人大均南海人自关中至[①]

康熙五年(1666)秋，顾炎武由山东再次去山西，在游太原时，与屈大均相会。屈大均青年时以诗闻名，明亡后，坚守民族节操。共同的思想基础，使顾、屈二人成为神交已久的朋友。

在太原不期而遇，作者喜出望外，写下了这首情真意切的诗篇。诗中赞扬屈大均高洁的精

---

① 屈大均：字灵一，又字翁山，广东番(pān 潘)禺人，祖籍南海县。明亡时，他正值少年，在广东随老师陈邦彦等起兵抗清，又联络郑成功，入长江，攻南京。抗清失败，他游历北方，凭吊明陵，访问遗老，暗中进行复明活动。其诗歌词采壮丽，想象丰富，有浓厚的浪漫主义色彩，是清初岭南诗派三大家之一。山人：旧时对隐士的称呼。关中：春秋战国时，秦国以函谷关为东面的边界，关以西称关中。

神情操，抒发与屈相会的喜悦和分离时的眷恋、关切，显示出作者对友人的一片深情。

弱冠诗名动九州①，纫兰餐菊旧风流②，
何期绝塞千山外③，幸有清樽十日留④。
独漉泥深苍隼没⑤，五羊天远白云秋⑥。

---

①“弱冠”句：古时男子二十岁行冠礼，表示已经成年，但因离壮年（三十岁）尚远，故称弱冠。见《礼记·曲礼上》。屈大均少年就表现出较高的诗才，在顺治末年，经著名诗人朱彝尊、王士祯等人的评价和推荐，闻名全国。②“纫兰”句：屈原在《离骚》中有“纫秋兰以为佩”、“夕餐秋菊之落英”的诗句，表明自己高洁脱俗的情怀。屈大均自认是屈原的后裔，作者这里借屈原的诗句赞扬屈大均的美质洁行。纫兰：将兰花连缀起来作为佩饰。餐菊：以菊花作为食品。③何期：未曾预期。绝塞：极为边远的塞下。④清樽：清酒。樽：酒杯，这里代指酒。⑤“独漉”句：指陈恭尹的遭遇。陈恭尹字元孝，号独漉子，广东顺德人，屈大均师陈邦彦之子。明亡后，他北上江浙联络抗清力量，并参与郑成功、张煌言军队的抗清活动，但多年奔走跋涉均无所成。独漉泥深：古乐府《独漉篇》有诗句“独漉独漉，水深泥浊。泥浊犹可，水深杀我”。这里用其意，喻陈恭尹抗清活动的艰难困苦。苍隼（sǔn 笋）：鹞类的猛禽，这里代指南明永历帝。苍隼没：指永历帝于顺治十八年（1661）死去。⑥“五羊”句：写屈大均远离家乡。五羊：广州的别称。古时传说有五个仙人乘五色羊，执六枝黑穋穗到广州，后人因称广州为五羊、羊城或穗城。见宋《太平寰宇记》卷一五七。

谁怜函谷东来后①,班马萧萧一敝裘②。

【翻译】

你年方弱冠,诗名就震动九州,

身佩兰花 饥餐秋菊,不改旧日的风流。

未料到你我相逢在千山万岭之外的北国塞下,

幸而有清酒助兴,手挽朋友作十日停留。

独漉子艰辛备尝,雄劲的苍鹰再难寻觅,

羊城远在天边,秋空中白云飘飘悠悠。

有谁怜惜从函关东来风尘劳顿的天涯孤客,

骑着萧萧嘶鸣的马儿独行,穿一领破旧的皮裘。

---

① 函谷:函谷关。秦代函谷关在今河南灵宝南,为秦国东关,十分险要。汉代移置于河南新安东北,离秦关三百里。

② 班马:本指离群之马,后指离别者所乘之马。萧萧:马嘶叫声。

德州过程工部

本诗是作者在康熙四年(1667)第四次进北京后南返途中赠程先贞之作。程先贞,字正夫,山东德州人。崇祯末年任工部员外郎。清兵占领北京后,程以原官被录用。顺治三年(1646)告病辞官回家。顾炎武在顺治十八年(1661)第三次进京时,即与程结识,并有诗相赠。此次在程家居留达两月之久。顾炎武是一位心口如一的有坚贞气节的人物,他之所以与一个在气节上有污点的人成为好友,是因为他既有原则上的坚定性又有待人接物上的灵活性。顾炎武对弘光政权礼部尚书钱谦益那样的降清首恶,极为鄙视,而对程先贞这样从众的降官,则并不采取偏激的态度。特别是程已辞官回家，自应另眼看待。当然，他们成为好友，程先贞为人的热情好客，也是重要的原因。

海上乘槎客，年年八月来①。
每逢佳节至，长得草堂开②。
老桂香犹吐③，孤鸿影自回④。
未论千里事，一见且衔杯⑤。

【翻译】

海上乘筏的客人，
年年八月到来。
每逢佳节降临，
总是敞开草堂款待。
桂树虽老仍在吐着花香，

---

①“海上”二句：说明自己作为云游各地的人，经常到程家。程先贞有赠顾炎武《序》云：顾每经过德州，总是相访，或留住一宿，或居停两月，然后方去。乘槎客：见《海上》其三注。 ②“长得”句：写得到主人的盛情款待。程赠顾诗有云：“草堂暂住往来朋。” ③“老桂”句：桂花八月开花吐香，借此表明来访时间。 ④“孤鸿”句：作者自喻。 ⑤“一见”句：写好友相见分外亲切，举杯交欢。

鸿雁的孤影飞去又回来。
还未及谈论千里远别的身事行迹，
一见面权且先端起酒杯畅饮开怀。

太原寄王高士锡阐①

本诗作于康熙十年(1671)。顾炎武为恢复大计,离乡背井,长期在外跋涉游历,虽艰苦备尝而不辞。但他对家乡的山水友朋一直梦绕魂系,情不能已。一旦接获知交的亲笔书信,喜悦之情即油然而生。这首诗前半部分,写出了接到来信的喜悦和对坚贞不渝的友情的珍视;后半部分向友人倾诉了自己目睹历史的演变,华年虽逝,而对故国的丹心始终如一。

---

① 王锡阐:字寅旭,江苏吴江人。精研天文、历法,著有《大统历》、《西历启蒙》等系列论著,是明末清初有成就的天文学家。顾炎武在《广师》一文中对他作了高度评价。高士:超脱世俗的人。

友情、乡情、故国之情，融于胸怀，情真意切，感人肺腑。

游子一去家，十年愁不见①。愁如汾水东②，不到吴江岸。异地各荣衰③，何由共言晏④？忽睹子纲书，欣然一称善⑤。知交尽四海，岂必无英彦⑥？贵此金石情⑦，

① “游子”二句：吴江与顾炎武世居的昆山为邻，顾在离家北游前，经常在该地活动，视该地为第二故乡。他北游后于顺治十八年(1661)回过吴江，距写本诗时已十年。 ② 汾水：即汾河，发源于太原以北山中，南流经太原盆地，在山西南端万荣县入黄河，为黄河第二大支流。宋天禧中，地方官吏在汾水东岸筑堤，并引水东流。见《读史方舆纪要》卷四十。 ③ 荣：指王锡阐闭门潜心研究天文历法所取得的成就。衰：泛指身世的沦落，具体又指作者自己的不幸遭遇。康熙七年(1668)，山东即墨人黄培，因诗集中有对清朝“悖逆”的诗句，被人告发，顾炎武也被人陷害，牵连在内。顾闻讯投案自诉。后经友人多方营救，被宣判无罪出狱。 ④ 言晏：“言笑晏晏”的缩用，欢快谈笑的意思。语出《诗经·卫风·氓》。 ⑤ “忽睹”二句：作者原注：“《三国志》注：张纮，字子纲。好文学，又善楷篆，与孔融书皆自书。融报纮曰：‘前劳手笔多篆书，每举篇见字，欣然见笑，如复睹其人也。’”作者在此二句下又夹注：“王君尺牍多作篆书。”这里是以子纲书代指王锡阐的篆字亲笔来信。 ⑥ 英彦：杰出的人才。 ⑦ 金石情：比喻坚贞牢固的友情。

出处同一贯。太行冰雪积①,沙塞飞蓬转。何能久不老?坐看人间换。惟有方寸心②,不与玄鬒变③。

【翻译】

游子一离开家乡,
接连十年愁苦不得再见。
那愁思就像东流的汾水,
总是流不到吴江岸边。
在不同的地方各自有通达或挫折,
哪里还能在一起畅叙欢谈?
如今忽然看到亲笔篆体来信,
不胜欣喜,一个劲叫好称赞。
知心的朋友遍及全国,
难道就一定没有英才俊彦?
这金石般的友情令人珍贵,

① 太行:太行山,位于山西、河北交界处,海拔在千米以上,最高处达二千米,山顶终年积雪。 ② 方寸心:即心。东汉末,徐庶在刘备处出谋划策,为曹操所知。曹拘囚徐母作人质,以迫使徐庶归己。徐庶向刘备告别时,以手指心,称自己“方寸乱矣”。见《三国志·诸葛亮传》。后世遂以方寸作为心的代称。 ③ 玄鬒(zhěn 诊):深黑的头发。

或出仕，或居家，你我始终一贯。
眼下太行山冰封雪积，
风沙弥漫的塞下，飞蓬满天飘转。
为什么能经久不老？
眼看着这人间沧桑变换。
只有这方寸大小的一颗忠心，
不跟我这黑发一同改变。

哭归高士(四首选二)

其　一

《哭归高士》是作者于康熙十二年(1673)写的挽吊归庄的一组诗篇。归庄,又名归祚明,字玄恭,号恒轩,江苏昆山人,明嘉靖间著名文学家归有光的曾孙。他与顾炎武同乡人、同年生,性格又有许多相似之处,因而两人在步入青年时就结为密友。他们在一起切磋学问,痛斥时弊,不苟合追名逐利的世俗,而以气节相勉励,被世俗之人视为“归奇顾怪”。明亡后,他们共同参加了抗清斗争。后来虽然顾北游各地而归则居守乡里，但他们坚持民族大义的立场始终如一，相互鞭策切磋的友谊也坚贞不变。作者接到归庄去世的讣闻时，正在山东章丘大桑家庄居住，他当即以极其沉痛的心情遥祭密友，并写下了四首挽诗。这第一首诗侧重回顾与归庄青年时的交游及中年以来的共同遭遇和战斗经历，写出了对志同道合的友人的深厚友谊，表达了痛失挚友的哀思。

弱冠始同游，文章相砥厉①。
中年共墨衰②，出入三江汭③。

① 砥(dǐ 抵)厉：即砥砺，磨刀石，引申为磨炼、磨砺之意。② 墨衰(cuī 崔)：也作墨缞，用麻制作的黑色丧服。古代礼制，在家守丧，丧服用白色，如因战争或其他重大事故不能守制，则改用黑色。顾炎武嗣母死于顺治二年七月、归庄之父死于同年九月。这时正逢明朝灭亡的巨变，他们又要共同参加抗清斗争，不能在家守制，所以改穿黑色丧服。 ③“出入”句：顺治二年夏，顾炎武与归庄、昆山县令杨永言，共同参加了郧阳抚治王永祚领导的抗清义军，约同其他各路义军分攻苏州等地。顺治四年春，两人又参与策动降清明将、松江总督吴兆胜反正的活动，这都是在太湖以东地区进行的。三江：指位于太湖以东的松江、娄江(浏河)、东江(已淤塞)。汭(ruì 瑞)：河流弯曲处。

悲深宗社墟①，勇画澄清计②。
不获骋良图③，斯人竟云逝。

【翻译】

弱冠的年华就开始结交同游，
互敬互勉共相砥砺文章与操守。
中年时双双丧亲，遭国难只能同穿黑色的丧服，
抗清军，图恢复，出入三江流域，各地奔走。
眼看宗庙社稷变成废墟，内心深切悲痛，
为澄清天下，勇敢地策划运筹。
美好的计划尚未得到施展的机会，
这位好友竟然与世长辞跟我分手。

其　二

这首诗侧重写归庄的怀才不遇。他虽身世穷困潦倒，但仍保持高尚的情操和不屈的性格。

---

① 宗：宗庙，帝王的祖庙。社：社稷，帝王祭祀土、谷之神的场所。二者都是国家的标志。 ②“勇画”句：指策动吴兆胜反正等事。 ③ 骋：施展。

峻节冠吾侪①，危言惊世俗②。
常为扣角歌③，不作穷途哭④。
生耽一壶酒⑤，没无半间屋⑥。
惟存孤竹心，庶比黔娄躅⑦。

---

① 吾侪（chái 柴）：我辈。 ② 危言：高言。 ③“常为”句：写归庄怀才不遇，无人赏识。扣角歌：春秋时宁戚扣牛角而歌，希望得到齐桓公赏识。见《春半》注。 ④“不作”句：写归庄面对环境的压力，不以痛哭的方式发泄自己的情绪，保持坚韧倔强的性格。穷途哭：指阮籍出游路尽而哭事，见《又酬傅处士次韵》注。 ⑤“生耽”句：写归庄嗜好饮酒。据乾隆《昆新合志·归庄传》载：归豪放善饮，饮到畅快时，落笔数千言不能止。当秀才时，参加省院考试，携酒入内，试卷周围摆满了酒瓶。 ⑥“没无”句：据《昆新合志·归庄传》载：归庄在晚年，生活贫困不能自给，只好寄食于僧舍中。 ⑦“惟存”二句：借典赞扬归庄坚守民族气节。孤竹心：《史记·伯夷列传》载：殷末孤竹君的两个儿子伯夷、叔齐在武王伐纣时，曾当面谏阻，没有被武王接受。天下平定。伯夷、叔齐感到耻辱，坚持不吃周朝的粟米，隐于首阳山采食野菜，终于饿死。黔娄：《高士传》载：鲁恭公闻知齐人黔娄贤德，派使者前去问候，赠送粟米三千种（计量单位），并想请他为相，黔娄辞谢不受；又以黄金百斤礼聘，黔娄仍不接受聘任。躅（zhuó 茁）：足迹，引申指事迹。

【翻译】

高尚的节操在我们同辈人中领先，

高明的言论惊骇了世俗之见。

像宁戚敲着牛角一样，希望施展自己的才能，

却不效法阮籍痛哭途穷，悲观短见。

携壶饮酒是生前最大的嗜好，

离世之后，没留下房屋一间。

惟独保存了孤竹君二子不奉事新朝的忠心，

也许可以比得上黔娄安贫乐道，把金钱官位看得等闲。

刈禾长白山下[①]

本诗作于康熙十三年(1674)。心存恢复大计的顾炎武,从首次北游各地时起,就注意物色合适的地点,作为交游天下志士进行隐蔽斗争的场所。山东章丘长白山下,是他选中的第一个地点。康熙四年,他将变卖江南家产的资金在长白山下大桑家庄购置了房舍、田地。从此他南来北往,总在那里停留,有时亲身下田劳动。本诗就是劳动的记录。诗中描写了农田庄稼垂穗的丰收景象和果子落地、野禽悠闲的恬

① 刈(yì 义):收割。长白山:在山东章丘、邹平和淄博之间,以山中有云气长白而得名,又名会仙山。

静气氛，不仅道出了作者收获劳动果实的喜悦，更重要的是表达了作者自食其力，不受制于人、依赖于人，从而保全节操的决心。诗末二句含蓄地提出了知识分子与农民起义军的关系问题，耐人寻味。

载耒来东国①，年年一往还。
禾垂墟照晚②，果落野禽闲。
食力终全节，依人尚厚颜。
黄巾城下路，独有郑公山③。

【翻译】

装载农具来山东居住，
每年北游总是离去又归还。

---

① 东国：指山东。 ② 墟：村落。 ③“黄巾”二句：作者原注引《齐乘》云：“北齐以黄巾城立章丘县，其东有黉(hóng红)山，郑康成注书其上。”郑玄，字康成，东汉末高密(今属山东省)人，从师马融精研儒学，所注经、传达百万言，是当时著名大儒。他从徐州回家，路遇黄巾军数万人，他们对郑表示尊敬，相约不敢入其县境。这二句不仅描写历史遗迹，同时表示要像郑玄那样在此著书立说；而将黄巾城与郑公山并写，又暗含着儒生可以与农民军互不相犯，并存共处的意思在内。

庄稼垂穗，村落夕照，天色已晚，

果子落地，野禽自处，十分悠闲。

自食其力，终能保全名节，

依人为生，还要厚颜无脸。

黄巾城下道路平坦，高高矗立的只有郑公山。

蓟门送李子德归关中[1]

本诗作于康熙十五年(1676)秋。这首送别诗一反常套,没有像通常那样主要写离别之情,而是用简洁的笔墨叙述了分别八年来彼此的苍老变化,然后即赞扬友人李子德非凡的才华,并用自然规律和历史事实为例,劝慰李子德对伺

① 蓟门:即古蓟丘,在战国时燕国蓟城内,相传今北京德胜门外土城关即其遗址。这里指北京。李子德,又字天生,名因笃,陕西富平人。康熙二年(1663)顾炎武至山西游五台山时,二人相遇订交。李子德遂即筹集资金,积极参加顾炎武在雁门关下垦田种植的活动。康熙七年闻顾炎武因黄培诗案牵连入狱,即由陕西疾奔北京向友人告急,然后驰赴济南全力营救。康熙十八年(1679),被荐参加博学鸿词科考试,授翰林检讨,以母老为由坚辞,未获准许。

机恢复故国要确立信心和希望。接着笔锋一转，以极其蔑视的口吻对降清新贵的心态和行为作了辛辣的讽刺，同时道出了在清朝统治者高压恐怖政策下，身处北京进行爱国活动的困难。由此也很自然地引出与友人同到华山下开辟新的活动据点的愿望。

与子穷年长作客①，子非朱颜我白头。燕山一别八年余②，再裹行縢来九陌③。君才如海不可量，奇正纵横势莫当④。弹筝叩缶坐太息⑤，岂可日月无弦望⑥？为我

---

① 穷年：整年，一年到头。 ②“燕山”句：顾炎武在出狱的次年即康熙八年在北京与李相会后，至写本诗时，恰合八年之数。 ③“再裹”句：写李子德一身长途跋涉的装束。行縢（téng 疼）：绑腿。九陌：九市，即街市。 ④“奇正”句：形容论辩纵横多变的气势。奇正：《阴符经》：“用兵之术百数，其要在奇正权谋。”古时用兵，以常规对阵交锋为正，以设计邀截突袭为奇。纵横：扬雄《解嘲》：“一纵一横，论者莫当。”
⑤ 筝：一种弹拨弦乐器。缶（fǒu 否）：一种陶制的打击乐器。李斯《谏逐客书》中说，地处关中的秦人喜爱“叩缶弹筝”。李子德为关中人，故诗中有此语。 ⑥“岂可”句：以日月（实际只是月）的圆缺为喻，肯定复明有光明的前景。弦：月亮半圆。望：月亮全圆。

一曲歌伊凉①，絜十一州归大唐②。奇材剑客今岂绝？奈此举目都茫茫！蓟门朝士多狐鼠，旧日须眉化儿女③。生女须教出塞妆，生男要学鲜卑语④。常把《汉书》挂牛角⑤，独出郊原更谁与⑥？自从烽火照桑干，不敢宫前问

---

① 伊凉：指伊州曲和凉州曲，是唐代乐曲名称。伊州：故城在今新疆哈密市。凉州：故城在今甘肃清水西北。 ②“絜十”句：与上句相连，写恢复故国有望。作者原注引《唐书》说：唐代大中五年（851），沙州人张义潮以瓜州、沙州、伊州等十一州归属唐朝。 ③ 须眉：须眉丈夫，堂堂正正的男子汉。 ④“生女”二句：讽刺降清明臣阿谀逢迎、奴颜婢膝的丑态。作者原注引《颜氏家训》：北齐朝有一位官员曾说：“我有一儿，年已十七，通晓书信奏疏。我教他鲜卑语以及弹琵琶，他已初步掌握，用这点本领伺候公卿，公卿无不对他宠爱。”按，北齐是以鲜卑族为主体的政权，所以有的汉族官员要学鲜卑语，以便邀宠升官。 ⑤“常把”句：以隋代李密的事迹自喻。据《新唐书·李密传》载：李密闻知包埴在缑山，前往访问，用蒲席乘牛，将书一帙（函）挂牛角上，边行边读。越国公杨素望见，勒马随其身后，说：“书生为何如此勤奋？”顾炎武在北方游历，经常以二马二骡载书跟随，所至各地随时进行考察，遇有与平常所闻不合，即取书相对勘；有时在马鞍上默诵古书注疏，偶有遗忘，立即取书重温熟记。见全祖望《亭林先生神道碑》、潘耒《日知录序》。 ⑥“独出”句：顾炎武与李子德在京相会时，二人经常同谒明陵，游历郊外。李要离去，故作者慨叹今后无人结伴同游。

禾黍①。子行西还渡蒲津②，正喜秋气高嶙峋③。华山有地堪作屋，相期结伴除荆榛④。

【翻译】

我与您整年长久漂泊在外，

您失去红润的容颜，我的头发也已变白。

燕山一分手就是八年多的时光，

您如今又缠着绑腿来到京都的市街。

您的才华似大海不可斗量，

多变纵横的谈锋势不可当。

---

①“自从”二句：指吴三桂等起兵后致使北京气氛紧张。康熙十三年(1674)，降清明将、被清朝封王的吴三桂、耿精忠及尚可喜之子尚之信等所谓三藩，因与清统治者的内部矛盾激化而举兵起事。消息传到北京，朝野震动，气氛紧张。顾以前曾五次进谒明陵，此时情势不利，不能再前往。烽火：指吴三桂等起兵的警报。桑干：桑干河，又名卢沟河，即今之永定河，在北京西郊。此处代指北京。问禾黍：《诗经·黍离序》：“过故宗庙社稷，尽为禾黍。闵周室之颠覆，彷徨不忍去。”此后禾黍(或黍离)之叹，成为悲叹本朝衰败或覆灭的用语。 ② 蒲津：蒲津关，在今山西永济黄河岸边，是由晋入陕的必经渡口。 ③ 高嶙峋：形容秋天的云气突兀不平之状。 ④ 荆榛(zhēn 真)：泛指丛生的荆棘类灌木。

莫要弹筝叩缶坐叹时局不利，
日月怎能没有圆缺消长？
为我弹唱一支伊凉的乐曲，
张义潮曾带领十一州的土地回归大唐。
奇才剑客今日怎会断绝？
怎奈现时举目所见都是迷迷茫茫。
都城朝中的人士多为狐鼠之辈，
旧日的须眉丈夫变成了温驯的儿女模样。
生女必教她穿昭君出塞的胡服，
生男定要他学好鲜卑语以便邀宠荣光。
我仿效李密也把《汉书》挂在牛角，
可独自走出郊外能有谁相伴在身旁？
自从烽火照亮了桑干河水，
人们不敢再到故国宫前凭吊满地禾黍的荒凉。
好朋友您西去要从蒲津关渡河，
正可喜云气峥嵘秋空爽朗。
华山下有空地可以建造房屋，
我们相约结伴去铲除那荆榛丛莽。

雨中至华下宿王山史家[1]

本诗作于康熙十六年(1677)秋,它记述了作者冒雨访友的过程。作者超脱常套,并未写友人门扉相迎,宾主欢叙的场面,而是用"荒径"、"谷口"、"东墙"这些典故来写友人的隐士身份,又以"松阴"、"菊黄"来烘托友人的坚贞高洁,其中饱含着赞许之情。最后两句表面是自

① 华下:华山下。王山史:名弘撰,字无异,又字山史,陕西华阴人,明秀才,明亡不仕。康熙十七年(1678)被征参加博学鸿词科考试,拒不前往,未获准许,在京以不入试罢归。王为人好学不倦,热诚待友,顾炎武在《广师》一文中对他作了评价。康熙二年(1663)顾炎武游览华山时,访王山史于华阴家中。此次重访,开始了买山定居的考虑。

嘲，实际上披露了自己甘愿为图谋复国奔波不已的心怀。

重寻荒径一冲泥①，谷口墙东路不迷②。
万里河山人落落，三秦兵甲雨凄凄③。
松阴旧翠常浮院④，菊蕊初黄欲照畦。

---

① 重寻：二次访问，故称。荒径：语本陶渊明《归去来兮辞》"三径就荒"。《昭明文选》李善注引《三辅决录》云：汉蒋翊隐居时，于舍前竹下开辟了三条小路，只与求仲、羊仲二人往来，后人遂以"三径"为隐士居所之称。冲：涌。 ②"谷口"句：借典写王山史隐居。汉扬雄《扬子法言·问神》载：谷口（汉县名，故址在今陕西乾县西北）人郑子真。隐居山岩下耕种，虽居处偏僻，但名震京师。墙东：《后汉书·逸民传》载：逄（páng 旁）萌与平原人王君公为好友。王在遭战乱时不离家出走，而是做买牛卖牛生意的经纪人，来隐蔽和保全自己。当时人为他编了句话说"避世墙东王君公"。 ③ 三秦兵甲：指康熙十二年（1673）陕西、甘肃一带发生的战乱。该年吴三桂起兵后，驻甘肃平凉的清陕西提督王辅臣（原为高迎祥、李自成部将，名马鹞子，李自成死后，他降清改名），与吴三桂相呼应，起兵反清，先后攻占兰州、定边、临洮等大片地区，历经三年，为清将图海所败，复降清。三秦：项羽破秦后，将秦关中陕之地分为三部分，命秦将章邯等三人分别辖治，合称三秦。见《史记·项羽本纪》。其后泛称陕西地区为三秦。凄凄：形容雨天凄凉、迷濛的景象。 ④ 阴：同"荫"。松阴：指松树下覆的枝叶，与下句"菊蕊"成对。

自笑漂萍垂老客，独骑羸马上关西。

【翻译】

再次来寻访荒径，全都涌淌着浊水污泥，
谷口墙东是隐士的住处，道路不会失迷。
万里河山人烟稀少零落，
饱经战火的三秦如今秋雨凄凄。
松树的绿荫依旧青翠，长久地飘浮在院落之上，
细嫩的菊蕊初吐娇黄，以自己的光彩映照着田畦。
可笑我这如萍踪飘流垂老的羁旅之客，
独自骑着一匹瘦马来到关西。

过李子德(四首选二)

其　一

康熙十六年(1677)秋,家住富平县的李子德,亲自去王山史住处迎接顾炎武到韩家村自己家中。顾炎武有诗四首纪其事。这第一首诗记述了初进李家家门拜见老母、与李氏结为兄弟的亲切气氛,反映出两人生死之交的情谊。由李子德隐居环境的幽雅、自然以见其坚贞的心志,两人心心相印,更得到慰藉。

忆昔论交日，星霜一纪更①。
及门初拜母，让齿忝为兄②。
树引流泉细③，山依出月明④。
相看仍慰籍，均不负平生。

【翻译】

回想起从前订交的时光，
岁星霜天已越过了一纪。
来到家门初次拜见老母，
你谦让了年岁，我有愧做了长兄。
成排绿树引来了泉水的涓涓细流，
月明山依伴着升起的明月双双分外明净。
彼此相看仍感到莫大的慰藉，
我们心同志合都没有辜负平生。

① “忆昔”二句：一纪，十二年。顾与李于康熙二年订交，至本年已十五个年头，这里说一纪，是举成数，实际上过了一纪。② 齿：年岁。忝（tiǎn 舔）：自谦用词，有辱、羞愧之意。按，顾比李大十八岁。③“树引”句：形容树木夹水流而立。④“山依”句：作者句下夹注说李子德“居在月明山下”。按，在其他诗的自注中多作“明月山”。

其　四

为恢复故国奔走半生的顾炎武，在晚年终于下定决心结束漂泊生活，定居华阴。他的这个决定，既有年老体衰的原因，更重要的是从有利于恢复事业出发，有意选择一个良好的客观环境。顾炎武在《与三侄书》中强调指出：陕西民风朴实，尊学重道；华阴地势险要，既便于得到信息，又利于进出和退守。在本诗中，作者对秦人尊学重道良好风气的满意心情流露了出来。

拟卜南山宅①，先寻北道邻②。
关河愁欲遍③，缟纻竟谁亲④？

---

① 卜宅：选择住所。南山：此处指住所以南的华山。 ② 北道邻：指李子德。富平在华阴西北，故称。北道出自《后汉书·耿弇传》"北道主人"一语。 ③ 关河：泛指，与河山义同。 ④"缟纻（zhù 注）"句：写知交难寻。缟纻：缟带与纻衣。《左传·襄公二十九年》载：吴国公子季札，受聘于郑国，见郑相子产，感到两人似如旧友相识，于是赠送子产缟带，子产则回赠纻衣（纻麻制成）。后世常以缟纻比喻深厚的友谊。

异国逢矜式①，同人待隐沦②。
便思来岳顶，挥手谢风尘。

【翻译】

我打算在南山择地定居，
先来寻访北边的友邻。
忧愁不已想游遍全国的河山，
以礼相待，以心相交，别处竟有谁与我相亲？
在家乡外遇到值得敬重的人士，
志同道合的朋友厚待我这隐沦之人。
于是想来到华岳的顶峰，
挥手告别那跋涉奔走的仆仆风尘。

---

①“异国”句：写自己在外地遇到可以敬重效法的人。作者句下夹注：“郭君传芳时为富平令。”郭传芳，字九芝，大同人。为人重道好学。矜（jīn 今）式：此指值得敬重和效法的人物。语出《孟子·公孙丑下》。 ②“同人”句：指作者至富平访问李颙事。同人：旧时称志同道合的人或同事为同人。作者句下夹注：李处士颙。李颙（yóng 勇阳平）字中孚，又字二曲，陕西周至人。以研究理学的成就，被称为明末大儒。明亡后隐居家中。康熙二年（1663）顾炎武游陕西时，二人订交。康熙十二年被荐赴清廷为官，李称病坚拒，被强行抬至省城，但他滴水不入口，并手持白刃，以自杀抗议。经过六年反复斗争，清统治者不得已，将他放归。隐沦：隐士，此处作者自称。

春　雨

本诗作于康熙十七年(1678),是顾炎武为幸免被荐博学鸿儒而作。清王朝建立后,对汉族知识分子,一方面大兴文字狱,实行残酷杀戮政策;另一方面又以崇儒重道相标榜,对他们进行笼络和软化。康熙十七年,康熙帝下令要各地荐举“学行兼优,文词卓越”的所谓“博学鸿儒”。一时之间,各省督抚和府县官吏闻风而动,不论本人自愿与否,强行荐举,全国各地知名的文人都在网罗之列。那些本来就热衷功名利禄的人,由此飞黄腾达,志得意满;而像顾炎武、傅青主、李颙等人,则坚决拒绝。顾炎武由于对清王朝持一贯的明确态度,被许多人认为不合时宜，这使他免于被荐。在这首诗中，作者写出了自己对现实的倔强不驯的态度，对“心期轩冕”的文人的愤慨情绪，也抒发了自己幸免于被荐，卧观行云，保持自由之身的轻松心情。末两句表明，他拒绝名位，埋头治经，是出于为“后王”治理天下提供借鉴的政治目的，也与当时的志图恢复有关。

平生好修辞，著集逾十卷①。本无郑卫音，不入时人选②。年老更迂疏③，制行复刚褊④。东京耆旧尽⑤，羸瘵留余喘⑥。放迹江湖间，犹思理坟典⑦。朝来阅征书，

---

①“著集”句：顾炎武的诗文集最早的本子为潘耒所刻，已有诗文集各六卷。据此句，写本诗时，诗文集手稿已近完成。 ②“本无”二句：说明自己的作品与当时社会上流行的淫丽柔靡的文风不同。郑卫：指《诗经》中的《郑风》和《卫风》，里面多表现男女爱情的诗歌，旧时历来被认为是淫荡的作品，称“郑卫之音”。 ③ 迂疏：迂怪疏阔。 ④ 制行：立身行事。刚褊(biǎn 扁)：刚直，褊狭。 ⑤ 东京：指东汉。作者《日知录·两汉风俗》说：“三代以下，风俗之美。尚无过于东京者。……东京之末，节义衰而文章盛。”这里借指旧明。耆(qí 棋)旧：老人故旧。 ⑥ 羸(léi 雷)：瘦弱疲病。瘵(zhài 债)：病。 ⑦ 坟典：古代典籍的总称。语出《左传·昭公十年》：“是能读三坟、五典。”

处士多章显①。何来南郡生？心期在轩冕②。幸得比申屠，超然竟独免③。春雨对空山，流泉傍清畎④。枕石且看云，悠然得所遣。未敢慕巢由⑤，徒夸一身善。穷经待

① 章：光彩。 ②“何来”二句：借典痛斥热衷功名、丧失气节的人。作者原注引《后汉书·申屠蟠传》云：申屠蟠与七千多客人参加黄琼的葬礼，相互谈论，应对自如，无人能及。只有南郡一书生能应酬对谈。临别时，该生与申屠握手说：你“非聘则征”，这样可以在京都再见。申屠听后极为愤慨，指斥南郡生是教人违心追求富贵之徒，甩手离去，不再与他交谈。轩：华美的车子。冕：高贵的帽子。古代规定大夫以上官员才能乘轩戴冕，后世因以轩冕作为爵禄官位的代称。③“幸得”二句：借典说明自己幸免被征鸿儒。作者原注：“《申屠蟠传》：党锢之祸，惟蟠超然免于评论。”据《后汉书·申屠蟠传》载：东汉末申屠蟠为著名文人蔡邕赏识，但他拒绝朝廷征召做官，隐居精研经学。在当时宦官乱政和董卓废立君主引起的战乱中，朝廷官吏被牵连者甚多。申屠蟠因未做官，避免了卷入政争的纠纷。 ④ 清畎（guǎn 管）：田间的水渠。⑤ 巢由：传说中远古的两位隐士巢父和许由。帝尧要将天下让给巢父，巢父辞谢不受。见《高士传》。许由：字武仲，颍川阳城（故址在今河南登封东南）人。帝尧知其贤，尊为师，并准备以天下相让，他力辞不受，避隐于箕山。尧又召他为九州长，他以听到这个消息为辱，跑到颍水边清洗自己的耳朵。见《庄子·逍遥游》及《高士传》。

后王，到死终黾勉①。

【翻译】

平生爱好雕章琢句撰文辞，
写出的集子已超过了十卷。
本来就没有淫靡之音，
入不了流俗时人的编选。
进入老年更加迂怪任性，
立身行事又是那么刚直狭褊。
前朝的老人故旧都已去世，
只留下我一个瘦弱多病的人还苟延残喘。
我纵身在江湖尽情漫游，
心中仍想着整理古代的典籍文献。
清晨起来看到朝廷征选文士的诏令，
家居不仕的读书人大多扬名做了显官。
从哪里来的一位南郡书生？
心内总是盼望着乘华车、戴冠冕。
我幸运比得上汉朝的申屠蟠，

---

① "穷经"二句：作者在与友人的书信中，说自己五十岁后专心研究经史；又说另有《日知录》，上篇谈经术，中篇谈治道，下篇集博闻，共三十卷。有新王兴起，将供他治理天下之用。穷经：深入研究经书典籍。黾（mǐn 敏）勉：努力。

能超然物外，独自避免了被征的难堪。

在春雨中面向迷蒙寂静的山峦，

又见那田间清清的水渠紧靠着奔流的山泉。

头枕石上且观赏天空的行云，

悠然自在得到了惬意的消遣。

我不敢羡慕巢父、许由那样的高士得到人君的赏识，

只堪夸保全自身人格的完善。

我研究经书等待向后世圣明的君王献策，

直到老死，从不懈怠，永远勤勉。

关中杂诗(五首选二)

其　一

本组诗篇作于康熙十七年(1678)春夏间，是作者由太原再次入陕重游各地时所作。顾炎武在陕西游历期间，尽管不断受到当地各方人士的邀请、欢迎，甚至受到富平县令郊迎二十里的礼遇，但是，他环顾中国大地，自己的良朋挚友或遭惨杀或贫病谢世，而儒林中的名流则守节隐居者少，心怀爵禄、待诏都门者多，这种情势，不能不使顾炎武产生一种失落和孤独之感。然而顾炎武并未因此而气馁、消沉，而是年愈老而志愈坚,位愈卑而节愈高。这五首诗反映了他的这种思想感情。在这第一首诗中,作者把自己比作雁、鸡之类普通禽鸟,表示要终老蓬蒿,这固然可以说表现了作者平易、朴素的本色,但实际上又包含了作者对趋炎附势、飞黄腾达的禄蠹之流的蔑视。了解这点,也就能理解诗中所写的雁常“飞迅”、鸡宿“愈高”和登华山之顶视天下若秋毫这些昂首天外、自视甚高的诗句之精义所在。

文史生涯拙①,关河岁月劳。
幽情便水竹②,逸韵老蓬蒿。
独雁飞常迅,寒鸡宿愈高。
一窥西华顶③,天下小秋毫④。

---

① 拙:粗疏低浅。 ② “幽情”句:据李子德(因笃)写的挽吊顾炎武的诗中透露,顾平生喜爱亭台流水、曲径鲜花,每每顾盼流连,不欲离去。便:这里是安适、适宜之意。 ③ 窥(kuī亏):看一眼之意。 ④ “天下”句:天地像秋毫一样小。秋毫:鸟兽之毛,秋天更生,细而尖锐,称秋毫,通常用以比喻极细小的东西。语出《孟子·梁惠王上》。

【翻译】

研治文史的生涯已心劳日拙，
关河颠沛的日子也十分疲劳。
幽静的情趣适宜于流水翠竹的环境，
身怀飘逸的气韵埋没在蓬蒿中终老。
孤单的大雁飞翔起来常常极为迅速，
抗寒之鸡夜宿时栖息的地方愈来愈高。
站在西岳华山顶峰瞥视一眼，
整个天下就像秋天的毫毛一样微小。

其　四

这首诗痛惜有高风亮节的良朋挚友的谢世，缅怀往日的情谊，高度评价了他们流芳千古、彪炳日月的人品和文章。

徂谢良朋尽①，雕伤节士空②。

---

① 徂(cú 殂)谢：死亡。徂同“殂”。良朋：指归庄等人。
② 雕伤：受外力摧残而死的人。节士：指吴炎、潘柽章二人。

延陵虚宝剑①,中散绝丝桐②。
名誉荪兰并③,文章日月同。
今宵开敝箧,犹是旧华风④。

【翻译】

离世而去,我的好朋友已经失尽,
惨遭迫害,世上的节士也已丧空。
延陵季子在树上空挂了他的宝剑,
嵇康血溅东市,一支妙曲绝响于丝桐。

① "延陵"句:借典写与归庄等人的友谊。《史记·吴太伯世家》载:吴国公子季札被封于延陵(今江苏武进南),人称延陵季子。季札出使北方,路过徐君处,徐看中季的宝剑而未言;季心知徐意,但因要出使大国,不能相赠。待返回访问徐时,徐已死,季札于是将宝剑挂于徐墓旁树上,以表示对徐君的友谊。 ② "中散"句:借典哀痛才士(指吴、潘)被杀造成的损失。三国魏人嵇康官中散大夫。他因对当时黑暗政治不满并遭人诬陷,被司马昭所杀。嵇康精于作曲、操琴。他所作的《广陵散》一曲,美妙动人,但生前不愿传人,临刑时弹曲并慨叹:"《广陵散》于今绝矣!"丝桐:指用桐木做成的琴。 ③ 荪兰:两种香草。 ④ "今宵"二句:指翻检、编次亡友的遗诗。作者句下原注:"与李生云霑次第亡友遗诗。"华风:优美的风格。

他们的名誉与香气袭人的荪兰一样流芳于世，
他们的文章光辉不灭与经天的日月相同。
今夜打开破旧的书箱，
亡友的遗诗仍然洋溢着往日的华美之风。

寄次耕时被荐在燕中

本诗作于康熙十八年(1679)。清廷开博学鸿词科之举,影响极广,也波及到顾炎武的好友李子德、王山史和门徒潘耒等人。李王迫于清王朝的政治压力,不得不违心应征。潘耒(次耕)是因文字狱牵连被杀的潘柽章之弟。顾炎武出于对亡友的尊敬和怀念,收潘耒为徒,带他随侍左右十余年,经常以节义相教诲。面对征召之令,潘耒虽以母老固辞,但最终仍应词科,入翰林,违背了素志。这种世事的沉浮,人心的变化,给顾炎武以极大的精神刺激。失望、痛心、孤独、愤慨,各种复杂的情感在他的内心激荡。在这首诗中,作者对李、王和潘耒应试词科表明了自己的态度,同时，再一次申明了自己以死拒绝荐举的坚强决心。诗中的凛然正气，铮铮铁言，充分展示出这位刚强老人威武不屈、贫贱不移的英雄气概。

昨接尺素书①，言近在吴兴。② 洗耳苕水滨，叩舷歌《采菱》③。何图志不遂，策蹇还就征④。辛苦路三千，裹粮复羸縢⑤。夜驱燕市月，晓踏卢沟冰⑥。京洛多文人⑦，一贯同淄渑⑧。分题赋淫丽，角句争飞腾⑨。关西

---

① 尺素书：书信。素：白绢。古人书信写在白绢上，后来即以素书代指书信。 ② 吴兴：浙江吴兴县，今湖州市。 ③"洗耳"句：指潘次耕原先持不与清王朝合作的态度，隐居于苕水之滨。洗耳：指许由拒绝尧让天下事，见《春雨》注。这里指潘次耕以被荐举为耻。苕（tiáo 条）水：又名苕溪，发源于浙江天目山，北流经湖州市，旁入太湖。采菱：作者原注："郭璞《江赋》：'咏采菱以叩舷。'"采菱当是古代民歌。 ④ 策蹇（jiǎn 减）：鞭策驽马。蹇：驽马。 ⑤ 羸縢（léi téng 雷疼）：缠着绑腿。羸：缠绕。 ⑥ 卢沟：卢沟河，即今北京市西之永定河。 ⑦ 京洛：即京都。洛：洛阳，中国古都之一，常被作为国都的通称。 ⑧ 淄渑（shéng 绳）：二水名，都在山东。相传二水味道不同，合则难辨，只有春秋齐国的宠臣易牙能辨识。见《列子·说符》。这里比喻京都文人一向好坏难辨。 ⑨"分题"二句：讥刺应试博学鸿词科的文人，只写华丽不实、迎合时尚的诗文，以求高官厚禄。淫丽：内容空洞，华而不实。角句：在词句上竞争。

有二士，立志粗可称①，虽赴翘车招，犹如畏友朋②。傥及雨露濡③，相将上诸陵④。定有南冠思⑤，悲哉不可胜。转盼复秋风，当随张季鹰⑥。归咏《白华》诗⑦，膳羞与晨增⑧。嗟我性难驯，穷老弥刚棱。孤迹似鸿冥⑨，心尚防

---

① “关西”二句：李子德、王山史在与顾炎武的交往中，曾表示隐居不仕和为恢复大业尽力的态度，故诗中称他们“立志粗可称”。 ② “虽赴”二句：写李、王二人对应试词科感到内疚。李子德在致顾炎武的信中，王山史在致顾的诗中，都表示过大节有亏，愧对友朋之意。翘车：古代招聘贤士的车子称翘车。语本《左传·庄公二十二年》：“翘翘车乘，招我以弓。” ③ 傥（tǎng 倘）：同“倘”，假如。濡：沾湿。雨露濡：喻受到恩泽。 ④ 诸陵：指明帝诸陵墓。 ⑤ 南冠：囚犯的代称。语出《左传·成公九年》：“晋侯观于军府，见钟仪问之曰：‘南冠（楚冠）而絷（捆绑）者谁也？’有司对曰：‘郑人所献楚囚也。’” ⑥ “转盼”二句：借典勉励潘、李、王等早日辞官回乡。《晋书·张翰传》载：晋代人张翰，字季鹰，有文才，被齐王司马冏（jiǒng 窘）任为东曹掾。张翰知天下将乱，因秋风起，思念家乡吴郡的莼菜和鲈鱼，说：“人生贵在称心如意，我怎能为做官而羁绊在数千里外要名爵呢？”于是从都城洛阳辞官回乡。 ⑦ 白华：《诗经》中的篇章，其辞在秦时亡失，《诗序》说它的旨义是“孝子之洁白”，即行为纯洁。这里用以勉励潘耒等坚守节操。 ⑧ “膳羞”句：意谓称心如意，而饮食日佳。膳羞：指饭菜。 ⑨ 鸿冥：远走高飞的鸿雁。冥：高远。

弋矰[1]。或有金马客[2]，问余可共登[3]？为言顾彦先，惟办刀与绳[4]！

【翻译】

昨日接到你的书信，

说道近时身在吴兴。

一直在苕水边洗耳羞闻荐举，

击着船舷悠悠哉唱起《采菱》。

怎料到此志终不得遂，

竟然鞭策着驽马前去应词科之征。

辛辛苦苦奔走三千里路，

携带着口粮还要腿缠行縢。

夜晚送走燕市的明月，

---

① 弋矰（yì zēng 意增）：古代系有丝绳用以射鸟的箭。汉扬雄《法言·问明》："鸿飞冥冥，弋人何篡（捕捉）焉？"诗中鸿冥、弋矰即化用此典而来。 ② 金马客：做官的人。金马：金马门，汉长安宫殿之门，后世作为官署的代称。 ③ 可登：指登宫殿，即做官。 ④"为言"二句：借典明志。《晋书·顾荣传》载：晋人顾荣，字彦先，出身江南（吴中）大族。他在致杨彦明信中说：自己做齐王司马冏的主簿，常忧祸事加身，见刀与绳，往往想自杀。全祖望《亭林先生神道表》云："诸公争欲致之，先生预令门人之在京者辞曰：'刀绳具在，无速我死！'"

黎明又去踏上卢沟的冰层。
京都聚集的文人很多，
一贯像淄渑二水那样难以分辨得清。
他们分到题目后作那些虚浮华靡的诗文，
在辞句上费心角逐，力争官位升腾。
关西有二位文士，
立下的志愿大体可以赞称。
他们虽然乘翘车前往应聘，
但仍然心知行节有亏，畏惧友朋。
倘若念及先朝的雨露之恩，
他们会一起前去进谒皇明的诸陵。
那时定然产生南国俘囚的思念，
心中难以承受无限的悲痛。
转念盼着秋风来临，
当会追随张季鹰的先例，毅然辞官返里以慰乡思之情。
回家咏唱《白华》诗，欣慰自己的品行未被玷辱，
称心如意饭菜也香，胃口与日俱增。
可叹我的性情难以驯服，
愈是贫穷年老愈加刚直强硬。
孤单的境遇似高天远飞的鸿雁，
心中还得提防被人的飞箭射中。
有那已登上殿堂封官得爵的人士，

询问我是否可以一起攀登？
我向他们举示晋代顾彦先的事例，
已准备好自尽的快刀与麻绳。

悼　亡(五首选四)

其　一

这一组诗篇作于康熙十九年(1680)冬。自晋代潘岳写下悼念妻子的《悼亡》诗三首以后，历代文人均以此为题表达对亡妻的深情。顾炎武于明崇祯四年(1631)结婚，清顺治十四年(1657)第一次出游北方，顺治十八年返乡与妻子团聚，但同年又北上各地游历，从此直到他逝世为止，二十年间再未回乡。顾炎武的妻子是其嗣母王氏的侄女，他们婚后情爱深厚。但以天下兴亡为己任的顾炎武，却不肯在夫妇恩爱和悲欢离合上花费自己的心思笔墨。这组悼亡诗是在康熙十九年十一月妻子去世,接到讣闻后所作。作品语言质朴,感情真挚、深沉,读来感人至深。这第一首诗通过追忆新婚共誓相聚偕老的情景,深切表示了因长期别离给妻子造成无限痛苦的内疚心情。

独坐寒窗望藁砧①,宜言偕老记初心②。
谁知游子天涯别,一任闺芜日夜深③。

【翻译】

你独坐寒窗前想望远方的夫君,
应当是在念叨白头偕老的话,记起当初的心音。
谁料想一别后我成了长久不归的天涯游子,
听任你在寂寞的闺房中凄凉的心情日夜加深。

---

① 藁(gǎo 稿):禾秆编的席子。砧(zhēn 真):案板。古代处人死刑,往往在砧上砍头,用草席裹尸,因此藁砧常连用。古诗集《玉台新咏》有一诗写女子痛思被处死的丈夫,有"藁砧今何在"的诗句,后世遂以"藁砧"作为丈夫的代称。
② 宜:应当。 ③ 闺芜:指丈夫远游以后冷落的闺房。作者原注:"江淹《悼室人》诗:'窗前岁时阻,闺芜日夜深。'"

其　二

这首诗追忆与家乡抗清义士出征前受到妻子的慰劳和祝愿的往事，对妻子先于自己逝去而自己终未归乡相聚，倍感痛楚。

北府曾缝战士衣①，酒浆宾从各无违②。
虚堂一夕琴先断③，华表千年鹤未归④。

【翻译】

你曾在军府给从军的战士缝制征衣，

也曾用酒浆酬劳宾客与随从，对各方的人士都接待

---

① 北府：指顺治二年（1645）六月从军出征苏州事。北府：指今扬州市。见《感事》其七注。 ② 宾从：宾客及随从。违：缺失。 ③ 琴先断：琴弦先断。古人以琴声和奏比喻夫妻和谐幸福。语出《诗经·周南·关雎》及《小雅·棠棣》。因此，人们常用琴弦之断比喻失去一方（多用于女方）。 ④"华表"句：借典极言自己离家甚久，仍不得归。华表：古代设置在宫殿、城垣或陵墓等处的石柱。《搜神后记》载：辽东人丁令威学道于灵虚山。后化作白鹤归辽，停落在城门华表上。有一少年举弓欲射，鹤飞翔空中，口吐人言："有鸟有鸟丁令威，去家千岁今始归。"

周到，礼数不亏。

不料想空堂上一夕琴弦先断，

仍不见华表上有离去千年的老鹤回归。

其　四

这首诗告慰妻子的亡灵：有婆母的坟墓相伴，有年幼的嗣孙送葬，其中透露出不得亲自料理后事的歉疚心情。在烦妻转告父母的言辞中，却充满着恪守遗训，坚持民族气节的自豪之情。

贞姑马鬣在江村①，送汝黄泉六岁孙②。

地下相烦告公姥③，遗民犹有一人存④。

---

① 贞姑：作者的嗣母王氏。王氏年方十七，未出嫁而丈夫顾同吉去世。她遂即前往顾家，终身守节，并笃孝公婆，受到明代朝廷的表彰，称为“贞孝”。姑：儿媳对婆母的称呼。马鬣（liè 猎）：马鬣封的简称。本指像马鬣（马鬃毛）形状的坟墓（见《礼记·檀弓上》），这里是坟墓之意。封：封土筑墓，即坟墓。 ②“送汝”句：作者之侄洪慎生子，命名世枢，过继为嗣孙，到次年（1681）顾妻安葬时，恰满六岁。 ③ 公姥（mǔ 亩）：公婆。 ④“遗民”句：顾炎武嗣母王氏，临终时遗言炎武“勿事二姓”、“勿为异国臣子”。顾炎武遵守母训，终身不仕清朝，故有此语。

【翻译】

贞孝婆母的坟墓同在江村，
送你长眠黄泉的有六岁的嗣孙。
到地下相烦你禀告公婆，
先朝遗民还有我一人尚存。

其　五

这首诗借用乐羊子之妻切断机丝的旧事，赞美妻子对自己的事业的理解和帮助，言简意赅，耐人寻味。

摩天黄鹄自常饥①，但惜流光不可追。

① “摩天”句：写自己有宏伟抱负，但常为困苦生活所煎熬。摩天：迫近天空，即飞到高空。鹄（hú 胡）：天鹅类大鸟。自常饥：据作者《与李子德书》云：他在山西汾州一带居留时，当地因灾荒，米价昂贵，出现以人为食的惨象。在汾州的费用，三倍于华阴。故有“常饥”之叹。

他日乐羊来旧里，何人更与断机丝[1]？

【翻译】

有志高飞的黄鹄自甘常忍饥饿，
只可惜流逝的光阴不可追回。
将来一旦乐羊子中断事业回到故里，
有谁人剪断机丝启示他顿然省悔？

①“他日”句：东汉人乐羊子，远出从师求学，一年后思家归来。其妻持刀至织机前以织帛为喻：织品由蚕而成丝，由丝而逐寸、逐尺而织成匹，是日积月累之功，一旦中断，前功尽废。求学中道而归，如同织帛中断的结果一样。乐羊子为妻之言感动，复出求学七年不归，终于学业有所成就。见《后汉书·列女传·乐羊子妻》。

散文

郡县论一

《郡县论》是作者探讨地方行政制度改革问题的一组论文，共有九篇。本文是第一篇。作者从中论述了从封建制（即西周分封制）到郡县制的发展变化，指出“方今郡县之敝已极”，也到了变的时候了。作者提出了“寓封建之意于郡县之中”的主张，认为只有这样，“二千年以来之敝可以复振。”本文反映了作者具有一定的历史进化观点。他看到中央过度专权的弊端，看到中央和地方政治的腐败无能使老百姓一天天贫困、中国一天天衰弱和混乱的事实，认为要想改变现状，只有进行变革，这是历史发展的必然。在当时的历史条件下，具有这种思想是很难能可贵的。作者所提出的变革主张，究其实质，是要削弱专制主义的中央集权，使地方有一定的自治权力，这在客观上也是有进步意义的。当然，这不过是一种改良方案。

知封建之所以变而为郡县①，则知郡县之敝而将复变②。然则将复变而为封建乎？曰：不能。有圣人起，寓封建之意于郡县之中③，而天下治矣。

盖自汉以下之人，莫不谓秦以孤立而亡。不知秦之亡，不封建亡，封建亦亡；而封建之废，固自周衰之日而不自于秦也。封建之废，非一日之故也，虽圣人起，亦将变而为郡县。方今郡县之敝已极，而无圣人出焉，尚一

① 封建：指西周分封制。分封制到西周时已趋完备，由天子分封亲戚、功臣或旧部落首领为诸侯，赐以山川土田，建立邦国。诸侯是世袭的，所属卿大夫一般也是世袭的，这是贵族世袭制。春秋后期，楚、晋、秦各国相继设县。战国时，七国都先后设置郡县两级的地方行政机构，通称郡县制（参见顾炎武《日知录》卷二十二"郡县"条）。郡县官吏有一定任期，这是官僚政治。秦始皇灭六国，推广了郡县制。两汉以后，郡之上设置州，为三级。明清时，一般为省、府和州县三级，各级地方官均有一定任期。 ② 敝：衰败。 ③"寓封建"句：即顾炎武在《郡县论二》中所主张的县令若称职，可以"任之终身"，且可举传于子弟。但若"不职"，处罚则非常严厉。

一仍其故事[①]，此民生之所以日贫，中国之所以日弱而益趋于乱也。

何则[②]？封建之失，其专在下；郡县之失，其专在上。古之圣人，以公心待天下之人，胙之土而分之国[③]；今之君人者，尽四海之内为我郡县犹不足也，人人而疑之，事事而制之[④]。科条文簿日多于一日[⑤]，而又设之监司[⑥]，设之督抚[⑦]，以为如此，守令不得以残害其民矣[⑧]。不知有司之官[⑨]，凛凛焉救过之不给[⑩]，以得代为幸[⑪]，而无肯为其民兴一日之利者，民乌得而不穷[⑫]，国乌得而不弱？率此不变[⑬]，虽千百年，而吾知其与乱同事，日甚一日者矣。然则尊令长之秩[⑭]，而予之以生财治人之权，罢

① 仍：沿袭。故事：旧规，旧制。 ② 何则：为什么呢？则，语气词。 ③ 胙（zuò 作）：赐与。 ④ 制：制约，控制。 ⑤ 科条：法令条规。文簿：公文案卷。 ⑥ 监司：监察地方属吏之官。⑦ 督抚：总督和巡抚。 ⑧ 守令：郡县的长官。郡称守，县称令。 ⑨ 有司：指各级官吏，主要指地方长官。 ⑩“凛凛”句：意思是地方官吏怀着戒惧之心，为图补救自己的过失还怕来不及。凛凛焉：恐惧的样子。给（jǐ 几）：及。 ⑪ 幸：幸运。⑫ 乌得：怎么能。 ⑬ 率：遵循，沿袭。 ⑭ 秩（zhì 置）：指官吏的品级。

监司之任，设世官之奖①，行辟属之法②，所谓寓封建之意于郡县之中，而二千年以来之敝可以复振。后之君苟欲厚民生，强国势，则必用吾言矣。

【翻译】

知道封建制演变为郡县制的原因，就能了解郡县制的衰败，也将还要发生演变。那么是不是将再变为封建制呢？我认为，这是不可能的。要是有圣人出现，把封建制的含意包容于郡县制之中，那天下就可以治理好了。

汉代以来，人们没有不认为秦朝是因为孤立无援而灭亡的，但人们并不了解秦朝之所以灭亡，不实行封建制会亡，实行封建制也会亡；封建制的废除，本来是从周王朝衰弱之时开始的，不是从秦朝才开始的。封建制的废除，并非一朝一夕的原故，即使有圣人出现，也将会改变为郡县制。现在郡县制的衰败已发展到了极点，而又没有圣人出来，一切还是因袭旧制，这就是人民一天天贫困，中国一天天衰弱而且越来越走向混乱的原因。

---

① 世官：指世代承袭的官职。 ② 辟（bì 蔽）：召。这里是委任之意。属：指县令属吏，如主簿、尉、博士、驿丞、司仓等等。辟属意谓这些属吏可以由县令择人委任，“报名于吏部”备案。（参见顾炎武《郡县论二》）

这是为什么呢？这是因为封建制的弊病是下面专权；郡县制的弊病是上面专权。古时候的圣人，是用公心去对待天下之人，赐给他们土地，并让他们分封邦国；现在的君王，把四海之内都作为自己的郡县，还感到不满足，对每个人都怀疑，对每件事都加以控制，各种法令条规，公文案卷一天比一天多，又设立监司、设立督抚，以为这样，郡守和县令就不会去残害老百姓了。却不知负有专职的地方官吏，战战兢兢，只图补救自己的过失还怕来不及，以求有人接替自己为幸，而没有愿意替老百姓兴办一天好事的，老百姓怎么能不穷，国家怎么能不弱？如果照此下去而不改变，就是再过千百年，我认为天下也会动乱不已，而且一天比一天更糟。如果能尊重各级长官的品级，给他们以生财治人的权力，取消监司的职任，设立对于世官的奖赏，允许县令委派属吏，即把封建制的含意包容于郡县制之中，那么两千年以来的衰败现象就可以重新获得拯救。将来的统治者如果要使老百姓的生活富裕，使国势强盛，一定要采纳我的这些主张。

郡县论三

本文是《郡县论》的第三篇。作者认为一个地方官吏的称职与否，主要视其是否为老百姓多办一些实事，使老百姓能够安居乐业。怎样才能发挥地方官吏的作用？作者以喂养马牛作为比喻，说明如果信任饲养员，放心让他们去干，那么无需很多人，就可以把马牛喂养好。但是现实却不是这样，君主专权，通过郡县制把天下死死控制在自己手里，地方官有职无权，普遍受到怀疑和牵制，“人人而疑之，事事而制之”（参见《郡县论一》），根本无法尽其才，用其力，把事情办好。

何谓称职？曰：土地辟，田野治，树木蕃①，沟洫修②，城郭固，仓廪实③，学校兴，盗贼屏④，戎器完⑤，而其大者则人民乐业而已。

夫养民者，如人家之畜五牸然⑥：司马牛者一人，司刍豆者复一人⑦，又使纪纲之仆监之⑧，升斗之计必闻之于其主人，而马牛之瘠也日甚⑨。

吾则不然。择一圉人之勤干者⑩，委之以马牛，给之以牧地，使其所出常浮于所养，而视其肥息者赏之⑪，否则挞之⑫。然则其为主人者，必乌氏也⑬，必桥姚也⑭。

故天下之患，一圉人之足办，而为是纷纷者也。不信其圉人，而用其监仆，甚者并监仆又不信焉，而主人之耳目乱矣。于是爱马牛之心，常不胜其吝刍粟之计，而畜产耗矣。故马以一圉人而肥，民以一令而乐。

---

① 蕃：繁殖，生长。 ② 洫（xù序）：沟渠。 ③ 廪（lǐn 禀）：粮仓。 ④ 屏（bǐng饼）：除去。 ⑤ 戎器：武器装备。 ⑥ 五牸（zì 自）：五畜，指牛羊猪鸡犬。牸：母牛。这里泛指雌性牲畜。 ⑦ 刍（chú 除）：喂牲口的草。 ⑧ 纪纲之仆：即管事的仆人。语见《左传·僖公二十四年》。纪纲，管理。 ⑨ 瘠：瘦。 ⑩ 圉（yǔ 雨）人：养马的人。 ⑪ 息：繁殖。 ⑫ 挞（tà 踏）：鞭打，这里指处罚。 ⑬ 乌氏（zhī 支）：人名，乌氏倮，善养牛马。见《史记·货殖列传》。 ⑭ 桥姚：人名。姓桥名姚，以养马牛羊致富。见《史记·货殖列传》。

【翻译】

什么叫称职？即要做到：土地得到开辟，田野得到耕种，树木得到繁殖，沟渠得到修治，城郭坚固，仓库充实，学校兴办起来，盗贼得到清除，武器军备充足，而最重要的是老百姓能够安居乐业。

所谓供养百姓，就如同人家饲养牲畜一样：管马牛的一人，管饲料的一人，又派仆人去监督他们，连投用饲料一升一斗的计量都要上报主人决定，其结果，马牛必然一天比一天更加瘦了。

如果是我就不这样。将挑选一个勤劳能干的饲养员，把马牛交给他，给他一块牧地，使牧地所出产的饲料经常多于喂养马牛所需要的，然后发现那些把马牛养肥并且得到繁殖的人，加以奖赏，否则就处罚他。那么作为牧主，一定会成为乌氏倮和桥姚那样的富翁。

因此，现在天下的弊病在于：一个养马人足以办到的事，却要让很多人去办，从而造成混乱。不信任养马人，还要派仆人去监督，甚至连仆人也不信任，那么主人的耳目就会受到惑乱了。于是爱惜马牛的心愿总是压不过吝惜草料的计较，因而畜产就受到损耗了。所以说，马因一个饲养员而长肥，人民因一个县令而安乐。

郡县论九

本文是《郡县论》的第九篇，主旨谈“取士”问题。作者在《生员论》中曾痛斥科举制度的种种危害，主张废除科举制度。在这篇文章里，又明确主张以下举上试的制度来代替科举制度，这种把下面的推举与上面的考核结合起来的办法，有利于选拔真才实学的官吏，改革官僚中的腐败陋习。作者还主张选用“有道德而不愿仕”的士人为人师，认为这样不仅可以加强教化，而且可以免于士人竞争功名。这些思想虽不无局限，但有利于封建社会的改革。

取士之制，其荐之也①，略用古人乡举里选之意②。其试之也，略用唐人身言书判之法③。县举贤能之士，间岁一人试于部④。上者为郎⑤，无定员；郎之高第得出而为补令⑥；次者为丞⑦，于其近郡用之；又次者归其本县，署为簿尉之属⑧，而学校之设，听令与其邑之士自聘之，谓之师不谓之官，不隶名于吏部。而在京，则公卿以上仿汉人三府辟召之法⑨，参而用之。

夫天下之士，有道德而不愿仕者，则为人师；有学术才能而思自见于世者⑩，其县令得而举之，三府得而辟之，其亦可以无失士矣。或曰：间岁一人，功名之路无乃狭乎⑪？化天下之士使之不竞于功名⑫，王治之大者

---

① 其：其中。荐：推荐。 ② 乡举里选：古代取士之法。即由乡绅选拔、推荐。 ③ 身言书判：唐代选拔人才的标准。《新唐书·选举志下》："凡择人之法有四：一曰身，体貌丰伟；二曰言，言辞辩正；三曰书，楷法遒美；四曰判，文理优长。四事皆可取，则选德行，德均以才，才均以劳。" ④ 间（jiàn 见）岁：隔一年。 ⑤ 郎：战国秦汉时，君王的侍从官。 ⑥ 高第：成绩优等的。补：实授官职以补空缺。令：县令。 ⑦ 丞：这里指县丞，县长官的副职。 ⑧ 署：这里有委任的意思。簿尉：主薄和县尉，均为县的辅佐官职。 ⑨ 三府：汉代太尉、司徒、司空的府署，合称三府。辟（bì 蔽）召：经地方荐举，由朝廷征召入仕。 ⑩ 见（xiàn 现）：同"现"，表现，显示。 ⑪ 无乃……乎：不是……吗？ ⑫ 化：教育，感化。

也[①]。且颜渊不仕[②]，闵子辞官[③]，漆雕未能[④]，曾晳异撰[⑤]，亦何必于功名哉！

【翻译】

取士的制度，在推荐方面，可大体采用古人由乡里选举的内容；在考试方面，可粗略采用唐朝“身”、“言”、“书”、“判”的方法。县推举贤能之士，每隔一年推举一人到吏部考试。好的可以当郎官，无定员；郎官中成绩最优秀的，可以委任县令之职；次一等的，可以当县丞一类的官职，在邻近的郡县任用；再次一等的，回到本县，可以委任主簿、县尉一类的官职。至于学校教学人员的设置，可以听从县令与当地人士自己聘任，称为老师，不称为官员，其人员不属于吏部。而在首都，公卿以上的

---

① 王治：统一天下，治理国家。大者：最重要的东西。
② 颜渊：名回，字子渊，孔子弟子。好学而自甘清苦。见《论语·雍也》。 ③ 闵子：即闵子骞，名损，字子骞，孔子弟子。孔子推荐他到费邑作官，他辞绝了。见《论语·雍也》。 ④ 漆雕：即漆雕开，姓漆雕，名开，字子开，孔子弟子。孔子让他去做官，他说我还没信心。见《论语·公冶长》。 ⑤ 曾晳（xī 希）：名点，孔子弟子。有一次孔子和几个学生漫谈各人志向，其他几位学生都谈了自己治国的抱负，当孔子问到曾晳，曾晳说他的志向不同，愿做教育工作。见《论语·先进》。异撰：这里指所言不同，志趣不同。

官员可以仿效汉朝三府通过推荐征召入仕的方法，参照采用。

天下的士人，有道德却不愿做官的，则可以为人师；有学术才能而想要在社会上表现自己的，县令知道后应当推荐他们，三府知道了应当征召他们，这样也就可以不至于埋没他们了。有人说每隔一年才推荐一人，功名之路不是太狭窄了吗？我认为如果能教育天下的士人，使他们不在功名上互相竞争，那已是治国平天下的最重要方法。况且颜渊不出去做官，闵子骞辞绝做官，漆雕开对做官没有信心，曾皙别有志向当教师，他们又何必在功名上有所追求呢。

钱粮论上

《钱粮论》分为上下两篇，这里选的是上篇。在这一篇里，作者抨击了当时的田赋制度，竭力反对国家征收田赋使用银钱的办法。作者通过对山东，特别是对陕西关中一带的实际考察，描绘了“岁甚登，谷甚多，而民且相率卖其妻子”的惨状。进而分析了造成这种局面的原因：老百姓“有谷而无银”，“所获非所输也，所求非所出也”，只好以贱价出售粮食，换取银两，向官府缴纳，从而受到官府和商人的双重压迫和剥削。作者强烈呼吁改变现行的田赋制度，主张“度土地之宜，权岁入之数，酌转般之法”，在交通不便的地区，让老百姓缴纳实物田赋。本文反映了作者同情人民疾苦的思想，但改革的方法仍表现出阶级和历史局限性。

自禹、汤之世，不能无凶年，而民至于无糧卖子[1]。夫凶年而卖其妻子者，禹、汤之世所不能无也；丰年而卖其妻子者，唐、宋之季所未尝有也[2]。

往在山东，见登、莱并海之人多言谷贱[3]，处山僻不得银以输官[4]。今来关中[5]，自鄠以西至于岐下[6]，则岁甚登[7]，谷甚多，而民且相率卖其妻子[8]。至征粮之日，则村民毕出，谓之人市。问其长吏[9]，则曰，一县之鬻于军营而请印者[10]，岁近千人，其送亡或自尽者，又不知凡几也。何以故？则有谷而无银也。所获非所输也，所求非所出也。

夫银非从天降也，矿人则既停矣[11]，海舶则既撤

---

① 糧(zhān 沾)：粥。亦作“饘”。 ② 季：代，朝代。 ③ 登：登州，在今山东蓬莱市，明清时为登州府。莱：莱州，在今山东莱州市，明清时为莱州府。 ④ 输：交纳。 ⑤ 关中：指陕西省。 ⑥ 鄠：即今陕西户县。明清时属西安府。岐下：岐山下。岐山，在今陕西岐山县南，县以山得名。 ⑦ 登：谷物成熟。 ⑧ 相率：犹言相从。 ⑨ 长吏：指当地官员。 ⑩ 鬻(yù 育)：卖。请印：请求出具证明，盖上印章。 ⑪ 矿人：矿工。

矣①,中国之银在民间者已日消日耗;而况山僻之邦,商贾之所绝迹,虽鞭挞之力求之,亦安所得哉!故谷日贱而民日穷,民日穷而赋日诎②。逋欠则年多一年③,人丁则岁减一岁,率此而不变,将不知其所终矣。

且银何自始哉?古之为富者,菽粟而已④。为其交易也,不得已而以钱权之⑤。然自三代以至于唐,所取于民者,粟帛而已。自杨炎两税之法行⑥,始改而征钱,而未有银也。《汉志》言秦币二等⑦,而银锡之属施于器饰,不为币。自梁时始有交、广以金银为货之说⑧。宋仁宗景祐二年,始诏诸路岁输缗钱⑨,福建二广易以银,江东以帛。所以取之福建二广者,以坑冶多而海舶利也。至

---

① 海舶:海上运输。 ② 诎(qū 屈):穷竭,匮乏。 ③ 逋(bū 布阴平)欠:拖欠。 ④ 菽:豆类植物。 ⑤ 权:暂时代替。 ⑥ 杨炎:唐德宗时宰相。两税:夏秋两税。唐初实行租庸调法,到德宗建中元年(780)杨炎制两税法,把租庸调合并为一,规定用钱纳税。 ⑦《汉志》:《汉书》中有《食货志》、《地理志》、《艺文志》等,简称为《汉志》。这里是引用《食货志》中的内容。秦兼并天下,把货币分为上下二等,以黄金为上,以铜钱为下。 ⑧ 交:交州,属广西省。广:广州。 ⑨ 路:宋金元地方区划名。宋代的路原是为征收赋税转运漕粮而划分的区域,后来逐渐带有行政区和军区的性质。缗(mín 民)钱:用绳穿连成串的钱,即贯钱。

金章宗始铸银，名之曰“承安宝货[1]”，公私同见钱用[2]。哀宗正大间，民但以银市易而不用铸。至于今日，上下通行而忘其所自。然而考之《元史》，岁课之数[3]，为银极少。然则国赋之用银，盖不过二三百年间尔。

今之言赋必曰钱粮，夫钱，钱也；粮，粮也，亦乌有所谓银哉[4]？且天地之间，银不益增而赋则加倍，此必不供之数也。昔者唐穆宗时，物轻钱重，用户部尚书杨於陵之议[5]，令两税等钱皆易以布帛丝纩[6]，而民便之。吴徐知诰从宋齐丘之言[7]，以为钱非耕桑所得，使民输钱，是教民弃本逐末也。于是诸税悉收谷帛紬绢[8]。是则昔人之论取民者，且以钱为难得也，以民之求钱为不务本也，而况于银乎？

先王之制赋，必取其地之所有。今若于通都大邑行商麕集之地[9]，虽尽征之以银，而民不告病。至于遐陬僻

---

① 承安宝货：章宗承安二年(1197)铸造“承安宝货”银币，自一两到十两，分为五等，每两折钱二贯。② 见(xiàn 现)钱：即现钱。③ 课：征收。④ 乌有：哪里有。⑤“用户部尚书”句：事见《旧唐书·穆宗纪》。⑥ 纩(kuàng 况)：丝棉絮。⑦ 吴：五代时杨行密所建的割据国家，地处淮南。徐知诰：本名李昪，吴国大丞相徐温的养子，改姓名叫徐知诰，被吴国封为齐王，建都金陵。后据有吴国。宋齐丘：素与徐知诰有交，被任为齐国左丞相，多有建言。⑧ 紬(chóu 酬)：粗绸。⑨ 麕(qún 裙)：成群。

壤①，舟车不至之处，即以什之三征之而犹不可得。以此必不可得者病民，而卒至于病国，则曷若度土地之宜②，权岁入之数③，酌转般之法④，而通融乎其间？凡州县之不通商者，令尽纳本色⑤，不得已，以其什之三征钱。钱自下而上，则滥恶无所容而钱价贵⑥，是一举而两利焉。无蠲赋之亏⑦，而有活民之实；无督责之难⑧，而有完逋之渐⑨，今日之计，莫便乎此。夫树谷而征银⑩，是畜羊而求马也；倚银而富国，是恃酒而充饥也。以此自愚⑪，而其敝至于国与民交尽⑫，是其计出唐、宋之季诸臣之下也。

【翻译】

从禹汤时代开始，不可能没有灾荒之年，因而老百姓往往落到因没有饭吃而卖儿卖女的地步。如果说灾荒之年而出卖自己妻子儿女的，禹汤时代就不可避免，那么丰

---

① 遐陬(zōu 走阴平)：遥远的角落。 ② 曷若：何如。度(duó 夺)：考虑。 ③ 权：衡量。 ④ 转般：转运。 ⑤ 本色：指交纳的实物田赋。 ⑥ 滥恶：指民间私铸使用的滥恶钱。这种钱粗制滥造，质量低劣。 ⑦ 蠲(juān 捐)：除去，减免。 ⑧ 督责：督察，责罚。 ⑨ 完逋之渐：意思是交齐拖欠赋税的顺当结果。渐(jiān 间)：浸润。这里指循序渐进的自然功效。 ⑩ 树：种植。 ⑪ 愚：愚弄，欺骗。 ⑫ 交：全，都。

收之年而出卖自己妻子儿女的，唐宋时代却未曾有过。

以前我在山东时，听见登州、莱州和东海之滨的人多次谈到粮食价格低贱，那些生活在穷山僻壤的人得不到白银向官府缴纳赋税。如今我来到关中，从户县以西到岐山脚下，则是年年大丰收，打下的粮食很多，但老百姓还是家家出卖自己的妻子儿女。一到征粮的时候，村民们全都出来，人们称之为人市。询问当地的官长，据他们说，一县之中把子女卖给军营请求出具证明盖上印章的，每年将近千人，那些逃亡或者自尽的，又不知有多少。这是什么原因呢？这是因为老百姓手里只有粮食而没有白银。地里收获的不是用来缴纳的，官府所征求的不是地里所出产的。

白银不是从天上掉下来的。现在矿工已经停止采矿了，海上运输也被撤消了，中国民间的白银正在一天天消耗掉，况且山野偏僻的地区，本是商人到不了的地方，官府就是使尽鞭挞之力去向百姓征收白银，又哪里能够得到呢！因此粮食一天天低贱，而老百姓一天天贫困，老百姓一天天贫困，而赋税一天天匮乏。逃亡或拖欠不交的一年比一年多，人口一年比一年减少，如果照此下去而不改变办法，那将不知会有什么结果了。

况且使用白银又是从什么时候才开始的呢？古代积累财富的人，家里只不过存有豆类、谷物罢了。为了交易，才不得已暂时使用铜钱。从夏商周三代到唐代，向老百姓所索取的，只是粮食丝织品罢了。到杨炎制定的两税法实行，才开始改变征收铜钱，但仍然没有用白银的。《汉书·食货志》记载秦的货币分为二等，但银锡之类还是用来作装饰品，不作货币。从梁代起才有交州、广州两地用金银作货币的说法。宋仁宗景祐二年，开始命令各路每年缴纳贯钱，而福建、两广改用白银，江东用帛。之所以向福建、两广征收白银，是因为这两个地方采矿冶炼多，并且海运方便。到了金章宗时才开始铸银币，称为"承安宝货"。无论是公家或是私人都一样使用现钱。哀宗正大年间，老百姓只用白银作交易，但不铸银。直到今天，上上下下都在使用白银，却不知道它的来由。然而考察《元史》，每年征赋的总数中，用白银的极少。由此看来，国家赋税用白银来缴纳，大概不过二三百年的时间罢了。

现在谈到赋税总要提到钱粮，钱是钱，粮是粮，哪里有所谓白银呢？况且天地之间，白银不再增多，但赋税却成倍增长，这样白银的数量就必然供应不上。过去在唐穆宗时，东西便宜而货币值钱，后来采用了户部尚书杨於陵的建议，把两税征收的铜钱都改为布帛丝棉，方便了老百姓。五代时吴国的徐知诰听从宋齐丘的话，认为铜钱不是种田养蚕所能得到的，让老百姓缴纳铜钱，这是要老百姓舍本逐末。于是各种赋税都改为征收谷帛绸绢。由此看来，前人议论向民征取的问题，尚且认为铜钱难得，认为老百姓去寻求铜钱是不务本，何况对白银呢？

先王制定赋税，总是收取老百姓土地上所能生产出来的东西。现在，如果是在大城镇，在商人成群聚集的地方，即使征收的都是白银，老百姓还不至于感到困苦，但如果是在偏远的角落，在穷乡僻壤、车船不能到达的地方，即使只征收十分之三的白银也还是不能得到。如果用这种肯定不能办到的方法危害老百姓，最后将要危害到国家，那么何如考虑土地的出产，权衡每年收获的数量，酌用转运的办法，而在向百姓征收税赋时采取变通灵活的政策呢？凡是不通商的州县，让老百姓全部缴纳实物田赋，实在不得已，以其中的十分之三征收铜钱。钱的质量又从下到上等级分明，那么质量低劣钱就无人接受，因而钱的价值就贵重，这样就可以一举而两利了。没有免除赋税的亏损，却有救活百姓的实效，没有督察责罚的重重困难，却有交齐拖欠的顺当结果。现在的办法，没有什么能比这更便利的了。种粮食而征收白银，这等于养羊而求马，依靠白银而富国，这等于依靠酒而充饥。如果以此来愚弄自己，那么它的弊病将会使国家和老百姓都陷入绝境。由此看来，这样的计策要比唐宋末代那些臣子出的计策还要低劣。

生员论上

这是作者抨击生员制度的文章，共三篇，这是第一篇。在这篇文章里，作者尖锐地指出，以八股文取士是培养不出人才的。当时生员全国不下五十万，“然求其成文者，数十人不得一，通经知古今，可为天子用者，数千人不得一也。”其中绝大多数人不学无术。由于生员享有一定的特权，可以保护身家的利益，人们“日夜求之”，甚至采用极不正当的手段取得资格。因此作者主张废除现行的制度，对生员的名额严格加以控制，录取生员应进行切实的考核，并且取消生员的特权，以保证培养出对国家有用的人才。

本文对以八股文取士弊病的批判，对当时

科举场上黑暗腐败现象的揭露，大胆尖锐，令人信服，表明了作者敢于面对社会现实的批判、改革精神。

国家之所以设生员者何哉①？盖以收天下之才俊子弟②，养之于庠序之中③，使之成德达才，明先王之道，通当世之务，出为公卿大夫，与天子分猷共治者也④。

今则不然。合天下之生员，县以三百计，不下五十万人，而所以教之者，仅场屋之文⑤。然求其成文者，数十人不得一，通经知古今，可为天子用者，数千人不得一也。而嚚讼逋顽⑥，以病有司者⑦，比比而是⑧。上之人以是益厌之，而其待之也日益轻⑨，为之条约也日益苛⑩。

然以此益厌益轻益苛之生员，而下之人犹日夜奔走之如骛⑪，竭其力而后止者何也？一得为此，则免于编氓

---

① 生员：科举时代，在中央和地方各级学校学习的人统称为生员。明清时代，凡经过县试、府试和院试取入府、州、县学的，都称生员，俗称秀才。 ② 才俊：才能卓越的人。 ③ 庠（xiáng 祥）序：学校。殷代叫序，周代叫庠。 ④ 猷（yóu 由）：谋划。 ⑤ 场屋之文：指科举考试的文章。场屋：科举考试的地方。 ⑥ 嚚（yín 银）：愚蠢而顽固。讼：好争辩。逋：逃脱职责。顽：愚昧狂妄。 ⑦ 有司：见《郡县论一》注。 ⑧ 比比：到处。 ⑨ 轻：轻慢，看不起。 ⑩ 条约：以条文为约束的文件。苛：苛刻。 ⑪ 骛（wù 务）：快跑。

之役①，不受侵于里胥②；齿于衣冠③，得于礼见官长，而无笞捶之辱④。故今之愿为生员者，非必其慕功名也，保身家而已。

以十分之七计，而保身家之生员，殆有三十五万人。此与设科之初意悖⑤，而非国家之益也。

人之情孰不为其身家者？故日夜求之，或至行关节⑥，触法抵罪而不止者，其势然也。今之生员，以关节得者十且七八矣，而又有武生、奉祀生之属⑦，无不以钱鬻之。夫关节，朝廷之所必诛，而身家之情，先王之所弗能禁，故以今日之法，虽尧舜复生，能去在朝之四凶⑧，而不能息天下之关节也。

然则如之何？请一切罢之，而别为其制，必选夫五经兼通者而后充之⑨。又课之以二十一史与当世之务而

---

① 编氓(méng 萌)：编入户籍的普通百姓。 ② 里胥：乡吏。 ③ 齿：次列，并列。衣冠：指士大夫，官绅。 ④ 笞(chī 吃)：用鞭、杖或竹板抽打。 ⑤ 悖(bèi 背)：违反，违背。 ⑥ 行关节：指暗中行贿，说人情。 ⑦ 武生：古代科举制度，分为武科和文科，参加武科考试的生员称武生员。奉祀生：孔庙中主管祭祀的人员。 ⑧ 四凶：古代四个凶人，指不服从舜的控制的四个部族首领，即浑敦、穷奇、梼杌(táo wù 桃务)、饕餮(tāo tiè 涛贴去声)，皆被舜流放。 ⑨ 五经：儒家的五部经典，即《周易》、《尚书》、《诗经》、《仪礼》、《春秋》。

后升之①。仍分为秀才、明经二科，而养之于学者，不得过二十人之数，无则阙之。为之师者，州县以礼聘焉，勿令部选。如此而国有实用之人，邑有通经之士，其人材必盛于今日也。

然则一乡之中，其粗能自立之家，必有十焉，一县之中，必有百焉。皆不得生员以芘其家②，而同于编氓，以受里胥之凌暴，官长之笞捶，岂王者保息斯人之意乎③？则有秦汉赐爵之法，其初以赏军功，而其后或以恩赐，或以劳赐，或普赐，或特赐。而高帝之诏有曰："今吾于爵，非轻也，其令吏善遇高爵，称吾意。"至惠帝之世，而民得买爵。夫使爵之重得与有司为礼，而复其户勿事④，则人将趋之。开彼则可以塞此，即入粟拜爵，其名尚公⑤，非若鬻诸生以乱学校者之为害也⑥。

夫立功名与保身家，二涂也⑦；收俊乂与恤平人⑧，二术也⑨；并行而不相悖也，一之则敝矣。夫人主与此不

① 课：考核。二十一史：指《史记》、《汉书》、《后汉书》、《三国志》、《晋书》、《宋书》、《南齐书》、《梁书》、《陈书》、《魏书》、《北齐书》、《周书》、《南史》、《北史》、《隋书》、《唐书》、《五代史》、《宋史》、《辽史》、《金史》、《元史》。 ② 芘：通"庇"，保护。 ③ 保：保护、安抚。息：生息，繁殖。 ④ 复：免除徭役和赋税。 ⑤ 尚：还。公：公允。 ⑥ 诸生：即生员。 ⑦ 涂：通"途"，途径。 ⑧ 俊乂(yì 易)：贤才。 ⑨ 术：方法，手段。

通今古之五十万人共此天下，其芘身家而免笞捶者且三十五万焉，而欲求公卿大夫之材于其中，以立国而治民，是缘木而求鱼也①。以守则必危，以战则必败矣。

【翻译】

国家为什么要设立生员呢？是为了招收天下那些有卓越才能的子弟，把他们放在学校中去培养，让他们成德成材，明白先王治国的大道，通晓当代各种政务，出来后成为公卿大夫，与天子一道出谋献策，治理天下。

现在却不是这样。总计天下的生员，如果一县以三百人来计算，全国不下五十万人，而用来教他们的，仅仅是科举考试的文章。但是要求他们能写出像样文章的，几十人中还不能得到一个；能够通晓经典，了解古今，可以被天子任用的，几千人中还不能得到一个，而愚蠢顽固，强辞好辩，逃脱职责，愚昧狂妄，使政府官员感到忧患的人，却到处都是。上面的人因此更加厌恶他们，对待他们一天比一天轻慢，用条文去约束他们也一天比一天苛刻。然而，对于这种越来越被厌恶，被看不起，被约束的生员，下面的人仍然日夜奔走急求，并且竭尽全力才肯罢休，这是为什么呢？这是因为如果一旦成为生

① 缘：攀，登。

员,那就可以不被编入普通老百姓的户籍而免去服徭役,不受乡吏的侵害;就可以和士大夫平起平坐,受到官长的礼遇,不再遭受被鞭打的耻辱。因此现在那些希望使自己成为生员的人,他们并不一定是仰慕功名,而是为了保护身家利益罢了。

如果按十分之七计算,那么为了保护身家利益的生员,大概就有三十五万人。这和原来设立科举的意图相违背,并不符合国家的利益。按人之常情,谁不是为了身家的利益?因此人们才日日夜夜去追求它,有的人甚至暗中行贿托人情,触犯法律犯了罪还不罢休,这是客观形势造成的结果。现在的生员中,通过行贿托人情而得到的将近十分之七八,另外还有武生、奉祀生之类,没有不是用金钱买来的。行贿托情,朝廷一定要惩罚,但是关系到身家的情分,就是先王也不能去禁止。因此按照现在的法律,即使尧舜再生,他们能够除掉身居朝廷的四凶,但无法杜绝天下行贿托情的现象。

那么怎么办?请废除现行一切做法,另外创立制度。一定要挑选那些兼通五经的人去充任生员,再用二十一史和当今的政务进行考核,然后再提升他们。仍然分为秀才、明经两个科目,在学校中培养的人,数量不得超过二十人,如果不够就空缺。作老师的,州县以礼聘任,不要由吏部选派。这样国家便有实用的人才,地方便有通经之士人，世间的人才一定比现在多。

那么一乡之中，其中大致能自立之家，肯定有十家；一县之中，肯定有百家。他们都不得以生员的身份来庇护其家，而是同普通老百姓一样，使他们同样受到乡吏的欺凌，官长的鞭打，这难道是治天下者保护、抚育这些人的本意吗？那么有秦汉赐爵之法，此法开始是为了奖赏军功，后来有的是用来恩赐，有的是用来劳赐，有的是用来普赐，有的是用来特赐。汉高祖的诏令说："如今我对于爵位，不是使它轻贱。如果使官吏能很好对待显贵爵位，我就满意。"到汉惠帝时，老百姓能够买爵位。如果让爵位的贵重足能与官吏以礼相待，并且免除他家的徭役和赋税，那么人人都将会去追求它。用赐爵之法可以杜塞买爵，就是缴纳粮食然后授予爵位，这从名义上说还是公正的。不像可以用钱买到生员资格那样，扰乱学校教育所造成的危害。

建立功名和保护身家利益，这是两条途径；招收有杰出才能的人和抚恤普通的人，这是两种手段。两者同时进行而不互相违背，如果混同起来，那就会出现弊端。如果国君和不通晓古今的五十万人一起来治理天下，其中还有将近三十五万人是为了庇护身家利益，为了避免遭受鞭打的，而国君还要想在他们之中寻求公卿大夫之材，用来立国治民，这等于爬到树上去抓鱼啊。依靠他们保卫国家，国家一定危险；依靠他们去打仗，一定要失败。

生员论中

本文是《生员论》的第二篇。作者紧接第一篇对生员制度作了进一步的揭发和批判。作者开宗明义，首先提出了废生员之制以除各种弊端的结论，然后层层论述，证成结论。他揭露了生员的种种罪状：第一，许多生员实际上是地方上官吏的爪牙和帮凶，他们横行霸道，有时甚至连官府衙门都不敢得罪。第二，许多生员占有大量土地，但按当时法律规定，他们都享有免除赋役的特权。因而沉重的负担便转嫁到普通老百姓身上，给老百姓带来很多痛苦。第三，生员们一旦中了科举，便相互勾结，结为私党。从小处看，败坏政事，危害百姓；从大处看，互相倾轧，甚而威胁到国君的统治。指出了生员制度所造成的严重后果："败坏天下之人材，而至于士不成士，官不成官，兵不成兵，将不成将，夫然后寇贼奸宄得而乘之，敌国外侮得而胜之。"条理清晰，结构严密，逻辑性强，具有很强的说服力和战斗性。

废天下之生员而官府之政清，废天下之生员而百姓之困苏①，废天下之生员而门户之习除②，废天下之生员而用世之材出。

今天下之出入公门以挠官府之政者③，生员也；倚势以武断于乡里者④，生员也；与胥史为缘⑤，甚有身自为胥史者，生员也；官府一拂其意⑥，则群起而哄者⑦，生员也；把持官府之阴事⑧，而与之为市者⑨，生员也。前者躁⑩，后者和⑪；前者奔，后者随；上之人欲治之而不可治也，欲锄之而不可锄也⑫，小有所加⑬，则曰是杀士也，坑

① 苏：苏醒，这里指解救。 ② 门户：派别，这里指结党营私。 ③ 挠：阻挠。 ④ 武断：横行霸道。 ⑤ 胥史：古代官府中办理文书的小吏。这里指州县衙门中的吏役。为缘：互相勾结。 ⑥ 拂：违背。 ⑦ 哄：吵闹，扰乱。 ⑧ 阴事：隐秘的事。 ⑨ 为市：做交易。 ⑩ 躁：暴乱。 ⑪ 和：附和。 ⑫ 锄：灭除。 ⑬ 小有所加：稍稍加以惩罚。

儒也。百年以来，以此为大患，而一二识治体能言之士①，又皆身出于生员，而不敢显言其弊，故不能旷然一举而除之也②。故曰废天下之生员而官府之政清也。

天下之病民者有三：曰乡宦③，曰生员，曰吏胥。是三者，法皆得以复其户④，而无杂泛之差⑤，于是杂泛之差，乃尽归于小民。今之大县至有生员千人以上者，比比也。且如一县之地有十万顷，而生员之地五万，则民以五万而当十万之差矣⑥；一县之地有十万顷，而生员之地九万，而民以一万而当十万之差矣。民地愈少，则诡寄愈多⑦，诡寄愈多，则民地愈少，而生员愈重。富者行关节以求为生员⑧，而贫者相率而逃且死，故生员之于邑人无秋毫之益⑨，而有丘山之累⑩。然而一切考试科举之费，犹皆派取之民，故病民之尤者⑪，生员也。故曰废天下之生员，百姓之困苏也。

---

① 识治体：懂得治理国家的大体。 ② 旷：公开。 ③ 乡宦：旧日官僚，或由于退休，或由于免职，在家乡闲居，因为有钱有势，在家乡成为特殊人物。 ④ 法：这里有根据法律、制度的意思。 ⑤ 杂泛之差：各种杂项的差使和徭役。 ⑥ 当：承担，承受。 ⑦ 诡寄：为逃避徭役和粮税投靠在生员等权势门下的人，当时称为诡寄。 ⑧ 行关节：见《生员论上》注。 ⑨ 邑人：本县的人。 ⑩ 累：负担。 ⑪ 尤：显著，特别。

天下之患，莫大乎聚五方不相识之人而交之①，使为朋党。生员之在天下，近或数百千里，远或万里，语言不同，姓名不通，而一登科第②，则有所谓主考官者，谓之座师；有所谓同考官者③，谓之房师；同榜之士④，谓之同年；同年之子，谓之年侄；座师、房师之子，谓之世兄；座师、房师之谓我，谓之门生；而同门生之所取中者，谓之门孙；门孙之谓其师之师谓之太老师。朋比胶固⑤，牢不可解，书牍交于道路⑥，请托遍于官曹⑦。其小者足以蠹政害民⑧，而其大者至于立党倾轧，取人主太阿之柄而颠倒之⑨，皆此之繇也⑩。故曰废天下之生员而门户之习除也。

国家之所以取生员而考之以经义、论、策、表、判者⑪，欲以明六经之旨，通当世之务也。今以书坊所刻之

---

① 五方：泛指各方。 ② 科第：科举中的等第，即秀才、举人、进士。 ③ 同考官：主考官外参加阅卷的官员。 ④ 榜：考试后公布的录取名单。 ⑤ 朋比：结成死党。胶固：像胶一样粘结牢固。 ⑥ 书牍：书信文牍。 ⑦ 官曹：官府。 ⑧ 蠹（dù杜）：败坏。 ⑨ 太阿：古宝剑名。相传为春秋时欧冶子、干将所铸。柄：剑把。太阿之柄：泛指权柄。 ⑩ 繇：同“由”。 ⑪ 经义：科举考试时用以解释、发挥经书义理的一种文体。开始于宋代，明清两代形成一种固定的八股文体。论：论说事理的文体。策：科举考试用于对政治、经济等时事答问的文体。表：奏章的一种。判：用于裁断的一种公文文体。

文，谓之时文①，舍圣人之经典，先儒之注疏与前代之史不读，而读其所谓时文。时文之出，每科一变，五尺童子能诵数十篇而小变其文②，即可以取功名，而钝者至白首而不得遇③。老成之士，既以有用之岁月，销磨于场屋之中④，而少年捷得之者⑤，又易视天下国家之事⑥，以为人生之所以为功名者，惟此而已。故败坏天下之人材，而至于士不成士，官不成官，兵不成兵，将不成将，夫然后寇贼奸宄得而乘之⑦，敌国外侮得而胜之。苟以时文之功，用于经史及当世之务，则必有聪明俊杰通达治体之士⑧，起于其间矣。故曰废天下之生员而用世之材出矣。

【翻译】

废除天下的生员，官府的政治就能清明，废除天下的生员，老百姓的困穷就能得到解救，废除天下的生员，结党营私的恶习就能消除，废除天下的生员，对国家社会有用的人才就会出现。

如今天下能够出入于衙门并且阻挠官府政事的，是

---

① 时文：科举应试之文，这里指八股文。 ② 小：稍。 ③ 钝：迟钝。这里指质朴愚直，不灵巧。遇：得志。 ④ 销磨：即消磨。 ⑤ 捷得：很快得到。 ⑥ 易视：看得轻易。 ⑦ 奸宄（guǐ 轨）：犯法作乱的人。 ⑧ 治体：治国的大体。

生员；凭借权势在乡里横行霸道的，是生员；和州县衙门中的官吏互相勾结，甚至自己就充当衙门官吏的，是生员；官府一旦违背他们的意愿，就群起作乱的，是生员；掌握官府中隐秘之事，并以此和他们做交易的，是生员。如果前面的人闹乱子，后面的人就响应；前面的人胡奔乱闯，后面的人就紧随。上面的人想惩办他们而又不可能惩办，想除掉他们而又不可能除掉，要是对他们稍稍加以惩罚，就会说这是杀士，是坑儒。一百年以来，因此而成为大患，而少数几个懂得治国大体、能够发表有益言论的人，又都是生员出身，他们不敢明言其弊病，因此不能公开地一举而除掉他们。因此说废除天下的生员，官府的政治就能清明。

天下危害老百姓的有三种人：一是乡宦，一是生员，一是吏胥。这三种人，根据法律都可以免除他们家的徭役和赋税，又没有各种杂项差使，于是就把这些全归老百姓来负担。如今大县中生员达到千人以上的，到处都是。如果一县的土地有十万顷，生员的土地有五万顷，那么老百姓就要以五万顷地去承当十万顷地所负担的差使；一县的土地有十万顷，生员的土地有九万顷，那么老百姓就要以一万顷地去承当十万顷地所负担的差使。老百姓的土地越少，那么想逃避徭役和赋税，去投靠生员门下的人便越多，这种人越多，老百姓土地就越少，因而生员就越受到重视。富有的人通过行贿托情而取得生员资格，贫穷的人则一个接一个逃跑或死亡，因此生员对于本县的人来说，不仅没有丝毫的好处，反而带来沉重的负担。然而一切科举考试的费用，还都从老百姓那里派取。因此，危害老百姓最严重的，是生员。所以说废除天下的生员，老百姓的困穷就能得到解救。

天下的忧患，没有比聚合各方互不相识之人使之相勾结而成为私党这件事再大的了。生员遍布天下，相隔近的有数百千里，相隔远的有万里，语言互不相同，姓名互不通晓，但一旦考中了科举，那么有所谓主考官的人，称之为座师；有同考官的人，称之为房师；同榜的士人，称之为同年；同年的儿子，称之为年侄；座师、房师的儿子，称之为世兄；座师、房师对所取中的考生本人称为门生；而同门生取中的人，称之为门孙；门孙称他们老师的老师为太老师。这些人结成死党，就像胶粘在一起，牢不可破。书信往来于道路，请托蔓延于官府。这种关系小则足以败坏政事、危害百姓，大则发展到建立党派，互相倾轧，夺取国君的大权，倒行逆施，这都是由于生员的缘故。所以说废除天下的生员，结党营私的恶习就能消除。

国家录取生员之所以用经义、论、策、表、判等文章来考试他们，是为了使生员了解六经的旨意，通晓当代的政务。现在把书坊刻印的经义称之为时文，舍弃圣人的经典、先儒的注疏和前代的史书不读，而去读那些所谓时文。时文产生以后，每一科变化一次，小孩子只要能背诵几十篇，并且稍为改变一下原文，即可以取得功名，而那些不卖乖讨巧的老实人到头发白了也不能如愿以偿。年高持重之士，他们已经把有用的岁月，消磨在考场之中，而年轻快中的人，又把天下国家的事情看得很轻而易举，认为人生用来取得功名的本事，不过如此罢了。因此败坏天下的人才，以至于士不成士，官不成官，兵不成兵，将不成将，然后寇贼、犯法作乱的人能够乘机而起，敌对国家、外来侵侮者能够取胜。如果把用于攻读时文的功夫，用于经史及当代的政务，那么必定会有聪明俊杰通达治国大体的人，出现于其中了。所以说废除天下的生员，对国家社会有用的人才就会出现了。

生员论下

本文是《生员论》的第三篇，紧接前两篇对生员制度所作的揭露和批判，提出了废除生员制度的设想和方案。作者认为必须通过两条途径来取士，以替代当时的生员制度：一是“辟举之法”，即朝廷通过广泛征召和推荐选拔人才，不限于生员身份。二是“并存生儒之制”。但对于生员要有一定的限额，取消岁贡和举人两种办法，要挑选那些博学多才的人参加考试。这样做的结果，生员的人数虽然少了，但加重了它的地位和作用，并且可以避免结党横行。作者所提出的两条途径，在当时是具有一定进步意义的，论证也切实有力。但毕竟还是对封建社会取士制度的一种改良主张，难免有历史局限。

问曰：废天下之生员，则何以取士？曰：吾所谓废生员者，非废生员也，废今日之生员也。请用辟举之法①，而并存生儒之制②，天下之人，无问其生员与否，皆得举而荐之于朝廷，则我之所收者，既已博矣，而其廪之学者为之限额③，略仿唐人郡县之等④：小郡十人，等而上之⑤，大郡四十人而止；小县三人，等而上之，大县二十人而止。约其户口之多寡⑥，人材之高下而差次之⑦，有阙则补，而罢岁贡举人之二法⑧。其为诸生者⑨，选其通隽⑩，皆得就试于礼部，而成进士者⑪，不过授以簿尉亲

① 辟（bì 必）举：征召和推荐。 ② 生儒：即生员。 ③ 廪（lǐn 凛）之学者：即廪生。廪生为生员名目之一。明初府、州、县设学，府学生员四十人，州、县学以次减十人，每人每月给廪膳米六斗。后来名额增多，食廪者谓之廪膳生员，省称廪生。增多者谓之增广生员，省称增生，无廪米。后来名额再增，称附学生员。 ④ 等：等级。 ⑤ 上：增加。 ⑥ 约：大约计算一下。 ⑦ 差次：排出等级次序。 ⑧ 岁贡：科举制度，贡入国子监的生员之一种。明清两代，每年从府、州、县学中选送年资长久的廪生升入国子监肄业，称为岁贡。举人：明清两代，为乡试考中者的专称，作为一种出身资格。 ⑨ 诸生：见《生员论上》注。 ⑩ 通隽（jùn 俊）：博学多才。 ⑪ 进士：凡是举人经过会试考中者为贡士，由贡士经过殿试录取者为进士。

民之职，而无使之骤进，以平其贪躁之情。其设之教官，必聘其乡之贤者以为师，而无隶于仕籍①；罢提学之官②，而领其事于郡守。此诸生之中，有荐举而入仕者；有考试而成进士者；亦或有不率而至于斥退者③；有不幸而死，及衰病不能肄业，愿给衣巾以老者。阙至于二人三人，然后合其属之童生④，取其通经能文者以补之。

然则天下之为生员者少矣，少则人重之，而其人亦知自重。为之师者不烦于教，而向所谓聚徒合党⑤，以横行于中国者，将不禁而自止。若夫温故知新，中年考较⑥，以蕲至于成材⑦，则当参酌乎古今之法⑧，而兹不具论也。或曰：天下之才，日生而无穷也，使之皆壅于童生⑨，则奈何？吾固曰：天下之人，无问其生员与否，皆得举而荐之于朝廷，则取士之方，不恃诸生之一途而已也。夫取士以佐人主理国家⑩，而仅出于一涂，未有不弊者也。

---

① 隶：隶属，附属。 ② 提学：官名，各省主管学校和教育行政的官员。 ③ 率：遵从。 ④ 童生：明清科举，凡未经录取入学的考生，无论年龄老幼，皆称为童生。入学以后则称为生员。 ⑤ 向：过去。 ⑥ 考较：考试、考查。《礼记·学记》："比年入学，中年考较。" ⑦ 蕲（qí 其）：求。 ⑧ 参酌：参考斟酌。 ⑨ 壅：堵塞。 ⑩ 佐：辅助。

【翻译】

有人问：如果废除天下的生员，那么用什么方法取士？回答是：我所说的废除生员，并非废除所有的生员，而是废除今日的生员。请求采用征召和推荐的方法，而又使生员制度并存，如果天下的人，不问他是否是生员，都能得到举用并且向朝廷推荐，那么我们所要征召的人，就会很多了，而对于那些廪生，要规定限额，大致可以仿照唐朝所规定的郡县等级：小郡十人，超过等级的，大郡可增到四十人为止；小县三人，超过等级的，大县可增到二十人为止。约计郡县中户口的多少，人材的高下，然后排出等级次序，如有缺额就补充，并且取消岁贡和举人两种办法。那些做生员的人，可挑其中博学多能、才智出众的，让他们都到礼部去考试，考中进士的，只不过授于他主簿县尉一类能够亲临百姓的官职，不要让他们升得很快，以便平息他们的贪婪急躁的心情。如果设立教官，一定聘请乡里的贤者为师，并且不要把他们隶属于官员之列，取消提学官职，让郡守来管理此事。在生员之中，有经推荐而做官的；有经考试而成为进士的；也有因不遵从规定而被斥退的；有不幸而死的，有衰老生病而不能完成学业的，希望供给衣物而终老的。如果空缺名额达到二人或三人，然后聚合那些童生，挑选其中通晓经典，善于写文章的加以补充。

如果能这样做，那么生员的人数就少了。人数少了人们就会重视它，而作为生员也就知道自重。作他们老师的，就会不厌其烦地教育他们，而以前所说的聚徒结党，在各处横行霸道的现象，将会不禁而止。至于让他们经常去温故知新，进行年中考核，以便要求他们成材，那就应当参考斟酌古今的一切办法，这里不再详尽论述。有人说：天下的人才，每天在不断出现，如果让他们都堵塞在童生这一阶段，那怎么办？我本来就说过：天下的人，不问他是否是生员，都可以选举出来向朝廷推荐，那么取士的方法，就不会只依靠诸生这一种途径了。取士是为了辅助国君治理国家，如果仅仅只出于一种途径，那没有不出现弊端的。

初刻日知录自序

本文写于康熙十五年(1676)。《日知录》是作者花了三十年心血写成的巨著,阐明关于时政的卓越见解,体现了作者在学术上各方面的成就。但作者并不以此为满足,在他看来,“昔日之得,不足以为矜,后日之成,不容以自限”,“天下之理无穷”,学无止境,因而“老而益进”,直至“绝笔”为止。这篇序充分表明了作者严谨的治学态度和虚心好学的进取精神。

炎武所著《日知录》①，因友人多欲钞写，患不能给②，遂于上章阉茂之岁刻此八卷③。历今六七年，老而益进，始悔向日学之不博，见之不卓，其中疏漏往往而有④，而其书已行于世，不可掩。渐次增改⑤，得二十余卷，欲更刻之，而犹未敢以为定，故先以旧本质之同志⑥。盖天下之理无穷，而君子之志于道也，不成章不达⑦，故昔日之得，不足以为矜，后日之成，不容以自限⑧。若其所欲明学术，正人心，拨乱世以兴太平之事⑨，则有不尽于是刻者，须绝笔之后，藏之名山，以待抚世宰物者之

---

①《日知录》：初刻本八卷，康熙九年（1670）刻于淮安。后经作者增修为二十卷，又经增修，至康熙十五年（1676）成三十卷。今本三十二卷是顾炎武弟子潘耒于康熙三十四年（1695）在福建建阳刻印的，时顾炎武已逝世十三年。《日知录》是以笔记形式写成的读书心得。内容涉及经义、政事、史地、艺文、兵事、天象、术数等方面，是顾炎武用三十年时间写成的最主要代表作，自称平生之志与业尽在此书中。《日知录》内容丰富，考证精审，体系缜密，对后世有深远的影响。

② 给（jǐ几）：供应，满足。 ③ 上章阉茂：这是岁阳、岁阴纪年法。《尔雅·释天》："（太岁）在庚曰上章。"又"（太岁）在戌曰阉茂。"上章阉茂为庚戌年，即公元1670年。 ④ 往往：常常。 ⑤ 渐次：逐渐，不断。 ⑥ 质：询问。 ⑦"君子"二句：见《孟子·尽心上》。章，《说文》："乐竟为一章。"成章，意思是完成某一件事，或取得一定成就。达：通达。 ⑧ 限：限止，限定。 ⑨ 拨：治理。

求①，其无以是刻之陋而弃之则幸甚②！

【翻译】

炎武所著《日知录》，因朋友们多想抄写，担心不能满足要求，于是在庚戌年刻此八卷。到现在已经过了六七年，人虽老了，但有所长进，才后悔以前学习不广博，见识不高，书中疏漏之处常常存在，但书已刊行于世，不能遮掩。经过反复不断增改，现得二十多卷，想再次刻印，但还不敢自以为定论，所以先用旧本向志同道合的朋友询求意见。

天下的道理无穷无尽，而君子对于道的追求，不获得成就，也就不算通达，所以以往的收获，不足以骄傲自满，以后的成就，也不容许用来把自己框住。至于那些想要阐明学术，端正人心，治理乱世，达到太平诸事，那么还有不限于这个刻本的内容的，须在我绝笔之后，把书藏在名山，以待治理天下者的需求。如果不因为这个刻本的浅陋而抛弃它，那就十分值得庆幸了。

---

① 抚世宰物者：指统治者。 ② 其：如果。

《广宋遗民录》序

本文写于康熙十八年(1679)。《广宋遗民录》是明末清初朱明德补充明程敏政的《宋遗民录》的一部书。其书今已失传。顾炎武曾亲身参加过抗清斗争,后来以明代遗民的身份云游四方,对遗民的生活有深切的体会,所以在这篇序言里,他肯定了收录宋代遗民的意义,对这项工作表示赞赏。但他又深感到在黑暗动乱的时代的“求友之难”,指出有些遗民虽见于著录,却未必都能保持其节操:“昔时所称魁梧丈夫者,亦且改形换骨,学为不似之人。”借此对于明代遗民中投降变节的人进行了揭露和谴责。本文措词含蓄委婉,深刻有力,表明了作者坚定的立场。

子曰："有朋自远方来，不亦乐乎①？"古之人学焉而有所得，未尝不求同志之人。而况当沧海横流②，风雨如晦之日乎③？于此之时，其随时以就功名者固不足道，而亦岂无一二少知自好之士④？然且改行于中道⑤，而失身于暮年⑥。于是士之求其友也益难。而或一方不可得，则求之数千里之外；今人不可得，则慨想于千载以上之人。苟有一言一行之有合于吾者，从而追慕之，思为之传其姓氏而笔之书⑦。呜呼，其心良亦苦矣⑧！

吴江朱君明德⑨，与仆同郡人，相去不过百余里，而未尝一面。今朱君之年六十有二矣，而仆又过之五龄⑩，一在寒江荒草之滨⑪，一在绝障重关之外⑫，而皆患乎无朋。朱君乃采辑旧闻，得程克勤所为《宋遗民录》而广之⑬，至四百余人，以书来问序于余，殆所谓一方不得其人，而求之数千里之外者也。其于宋之遗民，有一言一

---

① "有朋"二句：见《论语·学而》。 ② 沧海横流：海水到处泛滥，比喻动乱不安。 ③ 风雨如晦：见《诗经·风雨》。晦：昏暗，比喻暗无天日。 ④ 自好：洁身自爱。 ⑤ 改行于中道：指中途变节。 ⑥ 失身：这里指丧失操守。 ⑦ 笔之书：记载到书上。 ⑧ 良：诚然。 ⑨ 吴江：今江苏吴江市。 ⑩ 五龄：五岁。 ⑪ "寒江"句：指江南吴江市。 ⑫ 绝障：指路途极远而又互相阻隔。这里指关中，当时作者在陕西各地游历。
⑬ 程克勤：即程敏政，字克勤，安徽休宁人。成化时进士，值讲东宫，著有《明文衡》、《宋遗民录》、《篁墩集》等。

行或其姓氏之留于一二名人之集者，尽举而笔之书，所谓今人不可得，而慨想于千载以上之人者也。

余既尠闻①且耄矣②，不能为之订正，然而窃有疑焉：自生民以来，所尊莫如孔子，而《论语》、《礼记》皆出于孔氏之传③，然而互乡之童子④，不保其往也⑤，伯高之赴⑥，所知而已；⑦孟懿子、叶公之徒⑧，问答而已；食于少施氏而饱⑨，取其一节而已⑩。今诸系姓氏于一二名

---

① 尠（xiǎn 险）闻：寡闻。 ② 耄（mào 帽）：年老。 ③《论语》：主要记载孔子及其弟子言行的书，出自孔子弟子及后学之手，是儒家学派的经典著作。《礼记》：记录战国秦汉间儒家言论的书，据说也是“七十子（孔子门徒）后学者所记。”（《汉书·艺文志》） ④“互乡”二句：《论语·述而》：“互乡难与言，童子见，门人惑。子曰：‘……人洁己以进，与其洁也，不保其往也。’”互乡是古代一地名，已不可考。 ⑤ 保：守。指死记住，死抓住。 ⑥ 伯高：人名。赴：报丧。今作“讣”。 ⑦ 所知：一般相识的人。《礼记·檀弓上》：“伯高死于卫，赴于孔子。孔子曰：‘……所知，吾哭于野，于野则已疏。’”孔子的话是说，对于相识的人，我到郊外去哭吊他，哭吊于郊外就表示太疏远了。 ⑧ 孟懿子：鲁国大夫，姓仲孙，名何忌，“懿”为谥号。《论语·为政》：“孟懿子问孝，子曰：‘无违。’”叶（shè 摄）公：楚属地叶（今河南叶县南）县尹，叫沈诸梁，字子高。《论语·子路》：“叶公问政。子曰：‘近者悦，远者来。’” ⑨ 少施：复姓。鲁惠公子施父之后。《礼记·杂记下》：“孔子曰：‘吾食于少施氏而饱，少施氏食我以礼。’” ⑩ 一节：指“少施氏食我以礼。”

人之集者，岂无一日之交而不终其节者乎？或邂逅相遇而道不同者乎？固未必其人之皆可述也。然而朱君犹且眷眷于诸人①，而并号之为遗民，夫亦以求友之难而托思于此欤？庄生有言②："子不闻越之流人乎③？去国数日，见其所知而喜；去国旬月，见所尝见于国中者喜④；及期年也⑤，见似人者而喜矣。"余尝游览于山之东西、河之南北二十余年⑥，而其人益以不似⑦。及问之大江以南，昔时所称魁梧丈夫者⑧，亦且改形换骨，学为不似之人；而朱君乃为此书，以存人类于天下。若朱君者，将不得为遗民矣乎？因书以答之。吾老矣，将以训后之人，冀人道之犹未绝也⑨。

【翻译】

孔子说："有朋友从远方来，不也是很高兴的吗？"古人通过学习有所收获，未曾不寻求志同道合之人。何况在动荡不安、风雨阴暗的时代呢？在这个时候，那些随

---

① 眷眷（juàn juàn 卷卷）：念念不忘。 ② 庄生：庄子。引文见《庄子·徐无鬼》。 ③ 流人：因犯罪而被流放的人。 ④ 国中：国都中。 ⑤ 期（jī 基）年：周年。 ⑥ 山之东西：指今山东、山西。山，太行山。河之南北：指今河南、河北。河，黄河。 ⑦ 益：越来越，更加。 ⑧ 魁梧：高大的样子。丈夫：指男子。 ⑨ 人道：人伦之道。

着时俗浮沉去追求功名的人固然不值得称道，但是难道就没有一两个稍为知道洁身自好的士人吗？可是仍然还有人在中途变节，在晚年丧失了操守。于是士人寻求朋友越发困难。有的人在一地得不到，则到千里之外去寻求；今人之中得不到，则感慨地遥想千年以上的人。如果其中有一言一行符合自己心意的，于是便追慕之，想着为他们流传姓名而把他们的事迹写在书上。唉，他的用心确实也够劳苦的了！

吴江朱明德君，和我是同郡人。两家相距不过一百多里，但未曾见过一面。现在朱君已六十二岁了，我比他大五岁，一个在南方长满荒草的江滨，一个在北方远隔高山重关的塞外，都在为没有朋友忧虑。朱君于是就搜集旧闻，得到程克勤所著《宋遗民录》并且加以扩充，增加四百多人，来信要我作序，这大概就是所谓一方得不到志同道合之人，而求之于千里之外的情况吧。他对于宋的遗民，只要有一言一行的，或他们的姓名有存留于一两位名人集子中的，全部加以列举并写在书中，这大概就是所谓今人之中不可得，便慨然遥想千年以前的人的情况吧。

我既寡闻，又已年老，不能为它订正，但我私下尚存疑问：自有人类以来，人们所尊崇的莫过于孔子，《论语》、《礼记》都出于孔门弟子之手，然而孔子所以接见互乡的童子，只是赞许他当时有上进心而不咎既往，对于伯高的讣告，孔子只是按对待一般相识的礼节，在郊外吊哭罢了；对于孟懿子、叶高之徒，只是问事答话的交往罢了；孔子在少施氏那儿吃了一顿饱饭，只是取决于他的以礼相待罢了。现在这些由于有交往而姓氏出现在一两位名人集子中的人，难道就没有只和这些名人有短暂的交往而不能最终保住他们节操的吗？或者只是偶然相遇而思想主张根本不同的吗？无疑未必这些人都是可值得记述的。然而朱君尚且对这些人念念不忘，并且把他们称之为遗民，这大概是由于寻求朋友的实际困难而把自己的思想愿望寄托在这些人身上的吧？庄子说："您没有听说过越国的被流放的人吗？离开自己国都不几天，看见他相识的人就高兴；离开自己国都满一个月，看见他曾经在都城中见过面的人就高兴；等到满了一年，只要看见像是家乡的人就高兴。"我曾经在山东、山西、河南、河北等地游览二十多年，我所遇到的那些人越发不像人。等到到大江以南去询问，以前被人们称作堂堂大丈夫的，都已彻里彻外改形换骨，学做不像人的人了。但朱君却写成这部书，把这类不像人的人留名天下。至于朱君这样的人，难道不能成为真正的遗民吗？因而我写了这些来回答他。我已经老了，我将以此来告诫后人，希望人伦之道还不至于断绝。

与友人论学书

本文约作于作者中年后期，即顺治十四年(1657)北上游历以后，具体年代不可考。宋明以来，社会上坐而论道，空谈天理、性命的理(道)学相当流行。顾炎武生活在明朝覆亡、清朝初兴的社会剧烈动荡的时期，他对脱离实际空谈心性的恶劣学风给国家民族造成的危害，有深入的观察，清醒的认识和切肤之感。这篇文章用正本清源的方法，一方面揭露所谓心性之说或是与儒家先哲的学术思想无关，或是歪曲了他们的命题；另一方面则着重阐述广博地学习文化知识和实际本领，重视自己的道德修养而有羞耻之心，这才是儒家先哲为学思想的本意。由于时代的局限，顾炎武不可能有新的思想武器对空疏无用的心性之学作出根本性的批判，但是，他从治学必须联系社会实际的角度，敢于对当时被官方奉为统治思想的心性之学加以否定，这就充分表现出他作为进步思想家的勇气和真知灼见。本文论点鲜明，论述缜密，语言简劲有力，是顾炎武政论文的代表作。

比往来南北，颇承友朋推一日之长，问道于盲①。窃叹夫百余年来之为学者，往往言心言性②，而茫乎不得其解也。

命与仁，夫子所罕言③。性与天道④，子贡之所未得

① 盲：指无知识而愚昧之人，是作者自谦之词。 ② 心性：这是宋明理（道）学思想体系中的概念。心被认为是万物的本原，性是天理在人身上的体现。明代王阳明更进一步认为心就是性，就是天理，这是一种主观唯心主义哲学思想。顾炎武在这里说的言性言命的学者，指的就是王阳明学派。③“命与仁”二句：语本《论语·子罕》：“子罕言利与命与仁。”命：命运。儒家指的是人的吉凶祸福，夭寿贵贱。仁：儒家的道德规范，具有广泛的内容，其核心是人与人之间有差等的爱睦关系。 ④ 天道：儒家关于自然界风雨晦晴的变化和关于上帝、天命等神学方面的学说。

闻也[①]；性命之理，著之《易传》[②]，未尝数以语人。其答问士也，则曰："行己有耻[③]。"其为学，则曰："好古敏求[④]。"其与门弟子言，举尧舜相传所谓"危微精一"之说[⑤]，一切不道，而但曰："允执厥中，四海穷困，天禄永终[⑥]。"呜呼！圣人之所以为学者，何其平易而可循也。故曰："下学而上达[⑦]。"颜子之几乎圣也[⑧]，犹曰："博我

---

① 子贡：姓端木，名赐，字子贡，孔子的学生。《论语·子罕》载："子贡曰：'夫子之文章，可得而闻也；夫子之言性与天道，不可得而闻也。'"意为孔子从来不对学生讲性与天命。 ② 易传：是指解释《易经》（包括六十四卦及卦辞、爻辞）的著作，相传为孔子所作，不足信。据近人研究，大体为战国末期或秦汉之际的作品。 ③"其答问"二句：孔子回答子贡问什么叫士时，有"行己有耻"的话，见《论语·子路》。 ④"其为学"三句：孔子谈论自己做学问的方法时，有"好古敏以求之"的话，见《论语·述而》。 ⑤"举尧舜"句：这里所引尧舜的话，原文见伪《尚书·大禹谟》："人心惟危，道心惟微，惟精惟一，允执厥中。"意为：人心多私欲，因此太危险，道心（自然法则）太玄妙，只有聚精会神专心致志地去钻研，才能把握它的不偏不倚的真谛。"危微精一"是对原文的概括。 ⑥"允执"三句：语出《论语·尧曰》。允：诚实。执：抓住，掌握。厥：其。禄：禄位。 ⑦"下学"句：语出《论语·宪问》。 ⑧ 颜子：姓颜，名回，字子渊，孔子的弟子。颜回以勤奋好学和深厚的品德修养，受到孔子的高度称赞，在后世又被尊为"复圣"，所以这里说他"几乎圣"。

以文①。”其告哀公也②，明善之功，先以博学。自曾子而下③，笃实无若子夏④，而其言仁也，则曰：“博学而笃志，切问而近思⑤。”

今之君子则不然，聚宾客门人之学者数十百人，“譬诸草木，区以别矣⑥，”而一皆与之言心言性，舍多学而识，以求一贯之方⑦；置四海之穷困不言，而终日讲“危微精一”之说。是必道之高于夫子，而其门弟子之贤于子贡，祧东鲁而直接二帝之心传者也⑧。我弗敢知也。

《孟子》一书，言心言性，亦谆谆矣。乃至万章、公孙

① “博我”句：语出《论语·子罕》。 ② 哀公：春秋时鲁国最后一个君主。《论语·儒行》载：哀公问孔子所穿的衣服是否儒服，孔子回答说：君子的根本标志在于博学，而不在于服装的形式。 ③ 曾子：姓曾，名参（shēn 申），字子舆，孔子的弟子。 ④ 子夏：姓卜，名商，字子夏，孔子的弟子。 ⑤ “博学”二句：语出《论语·子张》。 ⑥ “譬诸”二句：语出《论语·子张》。 ⑦ “舍多”二句：语本《论语·卫灵公》中孔子与子贡的对话。孔子认为多学而识（记住）并不重要，重要的是能有一个基本的思想贯穿所学到的东西。顾炎武因要批判空谈心性，所以在此处强调博学多识的重要，认为同样是不可舍弃的。 ⑧ 祧（tiāo 挑）：原意为后嗣，这里引申为承嗣的后代之意。东鲁：指孔子，孔子是鲁人。二帝：指尧和舜。心传：不通过书籍经卷而以心相传授。这里是亲自传授之意。

丑、陈代、陈臻、周霄、彭更之所问①，与孟子之所答者，常在乎出处、去就、辞受、取与之间②。以伊尹之元圣③，尧舜其君其民之盛德大功，而其本乃在乎千驷、一介之不视不取④。伯夷、伊尹之不同于孔子也⑤；而其同者，则以"行一不义、杀一不辜而得天下，不为⑥。"是故，性也、命也、天也，夫子之所罕言，而今之君子之所恒言也；出处、去就、辞受、取与之辨，孔子、孟子之所恒言，而今之君子所罕言也。谓忠与清之未至于仁⑦，而不知不忠与清而可以言仁者，未之有也。谓不忮不求之不足以尽道⑧，而不知终身于忮且求而可以言道者，未之有也。我弗敢知也。

① 万章、公孙丑等六人：他们都是孟子的弟子，其中陈臻是齐国人，周霄是魏国人。 ②"与孟子"二句：万章等与孟子的问答，见《孟子·公孙丑》和《孟子·万章》等篇。 ③ 伊尹：商初大臣，相传系奴隶出身，曾辅佐汤王建立商朝。元圣：大圣。 ④"尧舜"二句：意思取自《孟子·万章上》。原文说："伊尹耕于有莘之野，而乐尧舜之道焉。非其义也，非其道也，禄之以天下(以天下的财富作为他的俸禄)，弗顾也；系马千驷(四马为驷)弗视也；非其义也，非其道也，一介(小草)不以与人，一介不以取诸人。" ⑤ 伯夷：见诗歌《哭归高士》其二注。 ⑥"则以"三句：语出《孟子·公孙丑上》。 ⑦"谓忠"句：语本《论语·公冶长》。 ⑧"谓不忮"句：语本《论语·子罕》。忮(zhì 至)：忌恨。

愚所谓圣人之道者如之何？曰：“博学于文①，”曰：“行己有耻。”自一身以至于天下国家，皆学之事也；自子臣弟友以至出入、往来、辞受、取与之间，皆有耻之事也。“耻之于人大矣②！”不耻恶衣恶食，而耻匹夫匹妇之不被其泽。故曰：“万物皆备于我矣，反身而诚③。”呜呼！士而不先言耻，则为无本之人；非好古而多闻，则为空虚之学。以无本之人而讲空虚之学，吾见其日从事于圣人而去之弥远也。虽然非愚之所敢言也，且以区区之见，私诸同志，而求起予④。

【翻译】

近来往来南北各地，因为我年岁稍大一点，而颇受到朋友们的推重，向我这无知盲人询问道理。我私下里慨叹百多年来做学问的人，往往谈论心性，然而却模模糊糊并没有能够真正理解。

命运与仁德，这是孔夫子很少谈论的问题；人性和天道，也是子贡从来未在孔夫子那里听到的事情。人性和命运的道理，写在孔子解释《易经》的著作里，但他并

---

① “博学”句：语出《论语·雍也》和《论语·颜渊》。② “耻之”句：语出《孟子·尽心上》。③ “万物”二句：语出《孟子·尽心上》。④ 起予：启发我。

未经常拿来讲给别人听。他回答关于什么叫士的问题，就说："自己立身行事要有羞耻之心。"他谈做学问，就说："爱好古代的历史文化，勤奋敏捷地去学习。"他与学生们谈话，举凡尧舜相传的所谓"危微精一"之说，一概不谈论，而只是说："一定要准确掌握住不偏不倚的准则，当心天下的百姓陷入穷困，上天给予的禄位就会永远终止。"哎呀！圣人做学问的方法，是多么平易而又便于遵循啊！所以说："只要努力学习人事，就可以上通天理。"颜渊几乎就是圣人了，他仍然说："用各种文化知识来丰富我。"孔子回答鲁哀公的问题，说明行善的功效，首先在于博学。孔子的学生，从曾参以下，忠厚诚实没有比得上子夏的了，而子夏谈论仁德，却说："广博地学习知识而又专心致志，恳切地发问请教而又接触实际独立思考。"

当今的先生们却不是这样，他们聚集起宾客门徒进行学习的有数十上百人，他们的性情、智力，"就像草木那样有所区别"，然而却一概对他们讲论心性，撇开多方面的学习和记忆，而去追求用一个道理统贯一切的方法；把天下穷困的现实搁在一边避而不谈，却整天讲"危微精一"的玄妙学说，这必定是他们的学说比孔子高超，他们的门徒比子贡贤能，他们是继承孔子血统的嫡系后代，而又是直接受到尧舜亲自传授的人。我是不敢冒然确信这个的。

《孟子》这部书，谈论心性，也够恳切不倦的了，但关系到万章、公孙丑、陈代、陈臻、周霄、彭更所问的问题，和孟子所作的答复，却经常集中在出仕还是隐居、辞职还是做官、拒绝还是接受、取得还是给予这些实际问题上。就拿伊尹这样的大圣人来说，他具有能使所辅佐的国君成为尧舜、能使他治理下的人民成为尧舜时代的人民那样的盛大道德和丰功伟绩，然而他做人的准则却在于不管对四千匹马的巨大财富，还是对一丁点微不足道的东西都不动心，不屑一顾，更不拿取。伯夷、伊尹的为人是与孔子不同的，然而他们也有相同的地方，就是“采用哪怕是做一件不合理的事情、杀死一个无罪的人的手段而得到天下，坚决不干。”所以，性呀，命呀，天呀，这些孔子很少谈论的事情，却成了今天的先生们经常谈论的事情；出仕还是隐居、辞职还是做官、拒绝还是接受、取得还是给予这些问题的论辨，是孔子、孟子经常谈论的事情，今天的先生们却很少谈及。明说只是做到对国君忠诚和自身清白还没有达到仁，然而不知道对国君不忠诚和自身不清白却可以称得上仁的人，是没有的；明说只是做到不忌恨、不贪婪还不足以算作是完全掌握了道，然而不知道一辈子既忌恨、又贪婪却可以称得上有道的人，是没有的。我是不敢知道有这种事情的。

我所说的圣人之道是怎样的呢？回答是："广博地学习文化知识"，"自己立身行事要有羞耻之心"。从自身的修养到治理天下国家，都是应当学习的事情；从当儿子、做臣下、待兄弟、交朋友到外出或家居、与社会交往、拒绝还是接受、取得还是给予诸如此类，都是与羞耻有关系的事情。羞耻对于人来说实在是重大得很啊！不应当对穿破衣服、吃粗饭野菜感到羞耻，所以说："天下万物的当然之理都在我的心中具备了，只要反躬自问，就能实实在在做出善事。"哎呀！士人不先讲羞耻，那就是没有根基的人；不喜好古代的历史文化并扩大自己的见闻，那就是空虚的学问。以一个没有根基的人，而去谈论空虚的学问，我看他每日追随圣人去做人却离圣人越来越远呢。虽然如此，这不是我敢谈论的事情，姑且把这点浅见陋识，私下谈给志同道合的人，以请求他们对我有所启发。

与叶讱庵书

康熙十七年(1678),清朝政府决定纂修《明史》和开博学鸿儒科试,企图以此网罗海内名儒。当时顾炎武的同乡、内阁学士叶讱庵等准备推荐顾炎武出来做官,顾炎武闻知后于康熙十八年写此信断然拒绝。作者在信中称赞他的嗣母王氏"国亡绝粮""蹈首阳之烈"的壮举,决心遵其遗嘱,誓不与清廷合作,表现了坚贞的气节。

去冬韩元少书来①,言曾欲与执事荐及鄙人②,已而

① 韩元少:名菼(tǎn 毯),字元少,别字慕如,清长洲人。
② 执事:办事人员。书信中常用作有官职的人的敬称。

中止。顷闻史局中复有物色及之者①。无论昏耄之资②,不能黾勉从事③,而执事同里人也,一生怀抱,敢不直陈之左右④。

先妣未嫁过门⑤,养姑抱嗣⑥,为吴中第一奇节⑦。蒙朝廷旌表⑧。国亡绝粒⑨,以女子而蹈首阳之烈⑩。临终遗命,有"无仕异代"之言,载于志状⑪,故人人可出而炎武必不可出矣⑫。

---

① 史局:即史馆。官修史书的机构。 ② 无论:不说,不要说。耄(mào 帽):年老。 ③ 黾(mǐn 悯)勉:努力。 ④ 左右:对对方不直称其名,只称他左右,表示尊敬。 ⑤ 先妣(bǐ 比):指作者的嗣母王氏。妣:封建社会对已故母亲的称呼。 ⑥ 嗣(sì 似):这里指嗣子。作者从小过继给他的堂叔顾吉同为子。 ⑦ 吴中:指作者家乡江苏昆山一带。奇节:特出的能坚守节操的人。 ⑧ 朝廷:指明朝。旌表:表彰。封建社会,为提倡封建礼教,对所谓"义夫、节妇、孝子、顺孙",常由官府立牌坊,赐匾额,称为旌表。作者堂叔十八岁就病逝,未婚妻王氏自愿守节,当时的巡按御史王一鹗为此奏请朝廷加以旌扬。 ⑨ 国亡绝粒:王氏在明朝灭亡、清兵渡江后,绝食十日而死。 ⑩ 蹈:遵循,实行。首阳之烈:指伯夷、叔齐耻食周粟,饿死首阳山之事。见《史记·伯夷列传》。作者以此典故赞扬王氏的崇高气节。烈:刚正而有节操。 ⑪ 志状:指作者为王氏所写的《先妣王硕人行状》一文。志状是一种文体,一般用来记述死者的生平事迹。志,记载。状,又称行状。 ⑫ 出:出仕做官。

《记》曰①:“将贻父母令名②,必果③;将贻父母羞辱,必不果。”七十老翁何所求?正欠一死!若必相逼,则以身殉之矣!一死而先妣之大节愈彰于天下,使不类之子得附以成名④,此亦人生难得之遭逢也⑤。谨此奉闻。

【翻译】

去年冬天韩元少来信,说曾想和您推荐我,不久而中途停止。最近听说史馆中又有人访求到我。且不说我这糊涂老朽之材不能努力从事,就以您是我的同乡来说,我的一生抱负,岂敢不向您直接陈述。

我的先母因夫早亡未嫁过门,奉侍婆母,抚育嗣子,可算是吴中第一个特出的坚守节操的人,因而蒙受朝廷表彰。明亡以后毅然绝食,作为一个女子而能蹈循伯夷、叔齐饿死首阳山的刚正气节。她临终时留下遗嘱,有“不要在别的朝代做官”的话,这些都记载于我为她所写的志状之中。因此人人都可以出来做官,唯独炎武我是一定不可以出来做官的。

《礼记》上说:“将会给父母留下美名,这样的事就一

---

① 记:指《礼记》。以下引文见《礼记·内则》,原文是:“父母虽没,将为善,思贻父母令名,必果;将为不善,思贻父母羞辱,必不果。” ② 贻:遗,留。令名:美名。 ③ 果:成,实现。 ④ 附:依附,依靠。 ⑤ 遭逢:机遇。

定把它办成；将会给父母留下羞辱，这样的事一定不让它成功。”我这七十老翁还有什么可追求呢？只欠一死了！如果您一定要逼迫我，那我只有为她而死了。我一死而先亡母的大节更加彰明于天下，我这个不像样的儿子能够依靠她而成名，这也是人生难得的机遇啊。谨此奉闻。

与李中孚书

李中孚，名颙（yóng 永阳平），字中孚，号二曲，陕西周至县人，是当时关中著名的学者。李中孚和顾炎武在学术上并不一致，但他们的思想和行动却是完全一致的，因此二人成为知交。这封信是顾炎武晚年定居华阴县时写的。信中叙述了他想南归而又不能成行的苦衷，表达了不愿求于人的孤高性格。但另一方面，他又出资帮助建造朱熹祠堂。对于宋明理学，顾炎武批判王阳明的“心学”而标榜朱熹的理学，并对理学加以改造，提出经学即理学的主张。至于对李中孚要求为他母亲写祠文一事，顾炎武感到十分为难。顾炎武一生不愿作应酬文字，他与李中孚是好友，难以断言拒绝。于是以母祠未建为由，实际上只不过是给李中孚面子的借口罢了。王山史(弘撰)《山志》云:“顾亭林行谊甚高，而与人过严。诗文矜重，心所不欲，虽百计求之，终不可得，或是致怨弗顾也。”他自己在《与人书三》中也说:“故凡文之不关于六经之旨、当世之务者，一切不为。”顾炎武在这一问题上律己甚严，这是他高洁品行的又一具体表现。

衰疾渐侵，行须扶杖，南归尚未可期。久居秦、晋①，日用不过君平百钱②，皆取办囊橐③，未尝求人。过江而南，费须五倍，舟车所历，来往六千，求人则丧己，不求则不达，以此徘徊未果。

---

① 秦晋:指陕西、山西一带。 ②“日用”句:汉严君平居成都，以卖卜为生，得百钱后即闭门读书。见《汉书·王贡两龚鲍传序》。作者用此典，意谓过着隐居自给的生活。 ③ 囊橐(tuó驼):这里用《诗经·公刘》:“于橐于囊”之义，囊橐都是用来盛东西的口袋，这里指行囊，盘缠。

华令迟君谋为朱子祠堂①，卜于云台观之右，捐俸百金，弟亦以四十金佐之。七月四日买地，十日开土，中秋后即百堵皆作②。然堂庐门垣，备制而已③，不欲再起书院。惟祠中用主④、像⑤，遵足下前谕，主题曰太师徽国文公朱子神位，像合用林下冠服⑥，敢祈足下考订明确示之⑦。

太夫人祠已建立否⑧？委作记文⑨，岂敢固辞，以自外于知己。顾念先妣以贞孝受旌⑩，顷使舍侄于墓旁建一小祠，尚未得立，日夜痛心。若使不立母祠，而为足下之母作祠文，是为不敬其亲而敬他人矣，足下亦何取其人乎？贵地高人逸士甚不乏人⑪，似不须弟；若谓非弟不可，则时乎有待，必鄙愿已就，方可泚笔尔⑫。

---

① 迟君：迟维城，字屏万，时为华阴县令。朱子：朱熹(1130—1200)，宋徽州婺源人。阐发儒家"仁学"和《大学》、《中庸》的思想，继承和发展二程（程颢、程颐）的学说，集宋代理学思想之大成，后世并称程朱。 ② 百堵：语见《诗经·鸿雁》。百，言其多。堵(dǔ 睹)，土墙。 ③ 备制：符合体制。 ④ 主：神主，牌位。 ⑤ 像：神像。 ⑥ 合：应当，应该。林下：树林之下，这里指退隐之所。 ⑦ 祈：请求。 ⑧ 太夫人：对李中孚之母的敬称。 ⑨ 委：托付。 ⑩ 顾：只是。 ⑪ 高人：超脱世俗之人，多指隐士。逸士：隐士。 ⑫ 泚(cǐ 此)笔：用笔蘸墨，即写字，写作。这里指为李中孚之母写祠文。

【翻译】

我越来越衰弱多病，走路需扶着拐杖，返回南方还不能说很有希望。我长久居住在陕西、山西一带，日用不超过君平卖卦的百钱，都取用于自己的腰包，未曾求过别人。渡江南去，费用需增加五倍，坐船乘车，来往需六千，如果央求别人，则会丧失自己志气，不央求别人，则又不能达到目的，因此犹豫徘徊，南去的愿望不能实现。华阴县令迟君筹划建造朱熹祠堂，地址选在云台观右边，他捐赠俸薪百金，我也出四十金相助。七月四日买地，十日开工，中秋节后即可峻工。但只有堂庐门垣，符合体制罢了，不打算再盖书院。祠堂里用的神主和神像，遵从您以前指示，神主题为太师徽国文公朱子神位，神像应着退隐时的冠服，望您考订并明确指示。

太夫人祠堂建成了没有？托付我写祠文，我岂敢执意推辞，从而自外于知心朋友。但是想到我先母以忠贞孝道受到表彰，近来让舍侄在她墓旁建一小祠，还未建成，为此我日夜焦心。如果不为先母建立祠堂，而为您母亲作祠文，这是不尊敬自己的至亲却去尊敬他人了，您对这样的人又有什么可取的呢？贵地高人逸士一类的人并不缺少，似乎不需要我；如果您认为非我不可，那么时间还得等待，一定要在我为母立祠的愿望实现以后，才可动笔。

与三侄书

这封信写于康熙十八年(1679),顾炎武此时已六十七岁了,定居于陕西省华阴市。顾炎武为什么要定居此地,我们从这封信中可以看出缘由。首先他喜欢这里淳朴的民风,即"慕经学、重处士、持清议",具有重视实学,议论国家大事的优良传统。其次,这里是四方会要之处,可以掌握天下大势,会见天下人士。而且这里的地理险要,既易于防守,也有利于进取。可见他完全是从反清复明的大计考虑的。

此信生动地描述了华阴一带的风土人情、山川地貌,表达了作者壮志未酬的理想和抱负。

新正已移至华下。① 祠堂、书院之事虽皆秦人为之②，然吾亦须自买堡中书室一所，水田四五十亩，为饔飧之计③。秦人慕经学④，重处士⑤，持清议⑥，实与他省不同。黄精松花⑦，山中所产，沙苑蒺藜⑧，止隔一水，终日服饵⑨，便可不肉不茗⑩。

然华阴绾毂关、河之口⑪，虽足不出户，而能见天下之人，闻天下之事。一旦有警，入山守险不过十里之遥；

---

① 新正：新年正月。祠堂：即新建的朱熹祠堂。 ② 秦人：指陕西人。 ③ 饔飧（yōng sūn 拥孙）：指饭食。饔，早餐；飧，晚饭。 ④ 经学：研究儒家经书，为经书作训诂，或发挥经中义理之学。自汉以来，推崇儒家，经学成为历代封建王朝的统治思想。汉代的经学注重训诂，传统称为汉学。宋代经学注重义理，故称理学，或称道学、宋学。顾炎武的经学思想主张汉宋兼采，经世致用，他标榜理学，认为经学即理学，公开与明代通行的空疏心学对立。 ⑤ 处士：有才德而隐居不仕的人。 ⑥ 清议：公正的评论。这里指议论国家大事，议论当权者的得失。 ⑦ 黄精：草名。叶似竹而短，根如嫩姜，可入药。松花：松树花，可入药。 ⑧ 沙苑：地名，在陕西大荔县南洛、渭之间。蒺藜：草名。生于沙地，布地蔓生，果实表面突起如针状，可入药。据李时珍《本草纲目》卷十六“蒺藜”条记载，蒺藜有红白两种，沙苑产的蒺藜为白蒺藜。 ⑨ 饵：这里指药。 ⑩ 茗：茶。 ⑪ 然：而。绾毂（wǎn gǔ 晚骨）：言控制路口。毂，车轮中心插轴的部分。比喻处于中枢地位，对各方面起联络、扼制的作用。关：指潼关，在华阴东。

若志在四方，则一出关门，亦有建瓴之便①。今年三月乘道涂之无虞②，及筋力之未倦，出崤、函③，观伊、洛④，历嵩、少⑤，亦有一二好学之士闻风愿交，但中土饥荒⑥，不能久留，遂旋车而西矣⑦。彼中经营方始，固不能久留于外也。

【翻译】

我在新年正月移居至华山下。朱子祠堂、书院的建造虽然都是本地人出力，但我也必须自己买下书院土围中的书室一所，水田四五十亩，为糊口作打算。本地人士仰慕经学，看重处士，坚持清议，确实和他省不同。黄

---

① 建瓴（líng 灵）："高屋建瓴"的略语。《汉书·高帝纪》："譬犹居高屋之上建瓴水也。"意思是把瓶水从高屋脊上倾倒。比喻居高临下，不可阻遏之势。 ② 涂：通"途"。虞：戒备，警戒。 ③ 崤（xiáo 校阳平）：崤山，也作"殽山"。在河南洛宁北，西北接陕县界，东接渑池界。函：函谷，关名。在河南灵宝南，是秦的东关。东自崤山，西至潼津，深险如函，通名函谷。 ④ 伊：即伊河。出河南庐氏县东南，东北流经嵩县、伊川、洛阳，至偃师，入洛河。洛：即洛河。源出陕西洛南，流经河南省西部。 ⑤ 嵩（sōng 松）：嵩山，五岳之一。在河南登封市北。少（shào 绍）：指少室，山名。在河南登封市北，嵩山西，东太室少室，相距七十里，总名为嵩山。 ⑥ 中土：中原地区，这里指河南。 ⑦ 旋：回，还。

精、松花，是生长在山里的而沙苑产的蒺藜，和我这里只有一水之隔，如果取来整天当药服用，便可以不需吃肉不需喝茶。

而且华阴扼制着关、河之口，即使足不出户，就能见天下之人，闻天下之事。一旦有紧急情况，入山守险，不过十里路远。如果志在四方，那么只要一出关门，就有高层建瓴的有利形势。今年三月，我趁路上没有警戒，以及身体还不怎么疲乏，出崤山、函谷关，观察伊河、洛水，游历嵩山、少室，也有几个好学之士听到消息愿与我结伴而行，只是中原一带饥荒，不能久留，于是驾车回西边去了。那里的居处正开始经营，本来不能在外久留。

与人书一

在这封短信中，作者提出做学问只有破除自我封闭状态，走出书斋，扩大见闻并虚心向别人学习，才能不断进步。这是作者对我国古代学者虚心好学的优良传统的总结，表现了作者一生身体力行的治学态度。

人之为学，不日进则日退。独学无友，则孤陋而难成①；久处一方，则习染而不自觉。不幸而在穷僻之域，无车马之资，犹当博学审问，“古人与稽”②，以求其是非

① “独学”二句：语本《礼记·学记》：“独学而无友，则孤陋而寡闻。”陋（lòu 漏）：见闻狭窄。 ② “古人”句：语出《礼记·儒行》：“儒有今人与居，古人与稽。”稽（jī 鸡）：考证。

之所在，庶几可得十之五六。若既不出户，又不读书，则是面墙之士①，虽子羔、原宪之贤②，终无济于天下。子曰："十室之邑，必有忠信如丘者焉，不如丘之好学也③"。夫以孔子之圣，犹须好学，今人可不勉乎？

【翻译】

人做学问这种事情，不是每天进步，就会每天退步。一个人独自学习，没有朋友相互交流切磋，就必然见识褊狭浅薄而难以有所成就；长久地住在一个地方，就必然浸染成习惯而不能自己觉察出来。不幸而生长穷困偏僻的地区，没有足够的车马费可以外出，仍然应当广博地学习、仔细地询问，援引古人以作考证，而探求事情是非的根由，这样也许可以得到十分之五六的真理。如果既不走出家门，又不读书，那就是面墙无知之人，即使像子高、原宪那样有贤德，终究也无助于天下。孔子说："就是十户人家的地方，一定有像我这样又忠心又讲信用的人，只是不如我喜爱学习罢了。"就凭孔子这样的圣明，尚且必须好学不厌，今天的人能不努力吗？

---

① 面墙：比喻人不学习，像面向墙壁那样，一无所见。语出《后汉书·和熹邓皇后纪》。 ② 子羔：姓高，名柴，字子高，孔子的弟子。见《论语·先进》。原宪：又名原思，字子思，孔子的弟子。见《论语·雍也》。 ③ "十室"三句：语出《论语·公冶长》。

与人书三

文风与学风密切相关，顾炎武既提倡务实的学风，必然提倡文以载道、经世致用的文风，这封信标榜前圣，针砭时弊，明确提出改革文风的主张。顾炎武在其他文章中还说过："文须有益于天下"（《日知录》卷十九），"君子之为学，以明道也，以救世也"（《与人书二十五》），可与此信互参。

孔子之删述六经①，即伊尹、太公救民于水火

① 删：删改修订。述：传述。孔子认为他自己"述而不作"（《论语·述而》）。六经：指儒家的六部经典，即诗、书、礼、乐、易、春秋。

之心[1]，而今之注虫鱼、命草木者[2]，皆不足以语此也。故曰："载之空言，不如见诸行事[3]。"夫《春秋》之作，言焉而已，而谓之行事者，天下后世用以治人之书，将欲谓之空言而不可也。愚不揣[4]，有见于此，故凡文之不关于六经之指、当世之务者[5]，一切不为。而既以明道救人，则于当今之所通患，而未尝专指其人者，亦遂不敢以辟也[6]。

【翻译】

孔子删订传述六经，就像伊尹、太公从政那样，完全出于把老百姓从水火之中挽救出来的一片赤诚之心，而今天那些注解虫鱼考释草木的文人，都不值得用这话来评价他们。因此说："记载一些泛论是非的空言，还不如通过对当时人们所作所为的记述中表现出褒贬。"《春秋》的写作，不过是用语言来记述罢了，而称之为人们行为规范的道理，在于天下后代用它来作为治理人的书，如果硬是想把它称之为空言，那是不可以的。我不顾自

---

① 伊尹：商汤臣，名挚，辅助商汤攻灭夏桀有功，被尊为阿衡（宰相）。尹：官职。太公：见《赋得秋鹰》诗注。 ② 命：名。在这里与"注"同义。 ③ "载之"句：见《史记·太史公自序》，引文有省略。 ④ 揣（chuāi 踹平声）：度量高低。 ⑤ 指：通"旨"，意思，意旨。 ⑥ 辟：通"避"，回避。

己的浅薄,由于有了这样的见解,所以凡是与六经的旨意以及当今事务无关的文章,一概不写。既然写文章是为了阐明圣贤的道理,拯救人民,那么对于现在流行的通病,而未曾专指哪一个人的,也就不敢回避了。

与人书十

本文反映了顾炎武严肃认真、刻苦独创，精益求精的治学精神。他把治学、写作过程比喻为“采山之铜”以铸钱，认为必须经过亲自采掘和反复提炼才能获得真知卓见。他讽刺那些轻取巧窃的当今学者，而用自己的巨著为这种严谨学风提供了一个范例。

尝谓今人纂辑之书，正如今人之铸钱。古人采铜于山，今人则买旧钱，名之曰废铜，以充铸而已。所铸之钱既已粗恶①，而又将古人传世之宝，舂锉碎散②，不存于

① 粗恶：粗制滥造。 ② 舂：捣。锉：铡碎。

后，岂不两失之乎？承问《日知录》又成几卷，盖期之以废铜；而某自别来一载，早夜诵读，反复寻究，仅得十余条，然庶几采山之铜也①。

【翻译】

我曾认为今人编辑的书，正如今人之铸钱。古人在山上采矿炼铜以铸钱，今人则购买旧钱，叫它作废铜，用来充当原料铸钱。其结果不仅铸出来的钱粗糙质恶，而又把古人传世之宝，捣碎铡烂，不能留传于后，这岂不是两方面的损失吗？承蒙询问《日知录》现在又完成了几卷，这大概是把它作为用废铜铸钱来期待吧。而我自相别一年，起早贪黑读书，反复探讨研究，只写得十来条，这样差不多可以算是在上山采铜来铸钱了吧。

① 庶几（jī 基）：也许，差不多。

与人书十七

本文认为，写诗作文要勇于开拓，贵在创新。作者本是极为推崇杜甫、韩愈、欧阳修的，他的诗作就是宗杜甫的。但他反对在文学创作中刻意模仿，终不离前人蹊径，认为一生依傍他人，断不能登峰造极。这是针对当时文坛中复古摹拟之风而发的，话说得简要而中肯。

君诗之病在于有杜①，君文之病在于有韩、欧②。有

① 杜：杜甫，字子美，唐代诗人。② 韩：韩愈，字退之，唐代诗文家，在散文创作上为唐宋八大家之一。欧：欧阳修，字永叔，宋代诗文作家，为唐宋八大家之一。

此蹊径于胸中①，便终身不脱依傍二字，断不能登峰造极。

【翻译】

您的诗歌的毛病在于有杜甫诗歌的痕迹，您文章的毛病在于有韩愈、欧阳修文章的痕迹。如果心里有这样做诗做文的框框束缚，那就一辈子不能够摆脱“依傍”二字，也就断然不能达到文学创作的最高境地。

① 蹊径：门径，路子。

与人书十八

著书为文应当以有关国计民生的大事为重，这是顾炎武一贯的思想主张和行动准则。作者在本文中辞谢了友人为个人著文的请求，并以自己往日拒绝挚友李颙的再三请求为例，重申自己的主张。虽然他的看法有欠全面之处，但对国家社会的强烈责任感，确实是值得称道的。

《宋史》言刘忠肃每戒子弟曰①："士当以器识为先，

① 刘忠肃：即刘挚，字莘老，北宋永静军东光（今河北东光）人。任县令有政绩，官至尚书右丞、右仆射。"忠肃"是他死后的谥号。

一命为文人，无足观矣。”仆自一读此言[1]，便绝应酬文字，所以养其器识而不堕于文人也。悬牌在室，以拒来请，人所共见，足下尚不知邪？抑谓将随俗为之，而无伤于器识邪？中孚为其先妣求传再三[2]，终已辞之，盖止为一人一家之事，而无关于经术政理之大[3]，则不作也。韩文公文起八代之衰[4]，若但作《原道》、《原毁》、《争臣论》、《平淮西碑》、《张中丞传后序》诸篇[5]，而一切铭状概为谢绝，则诚近代之泰山北斗矣。今犹未敢许也。此非仆之言，当日刘叉已讥之[6]。

① 仆：仆人，这里是第一人称的谦词。 ② 中孚：即李颙，字中孚，见诗歌《过李子德》其四注。顾炎武拒绝为李颙的母亲写传一事，见《与李中孚书》。 ③ 经术：研究儒家经典大义之学。 ④ 韩文公：指唐代文学家韩愈，他死后谥“文”，被尊称文公。文起八代之衰：这是宋代苏轼对韩愈在文学史上的地位和影响的高度评价。意为韩愈的文学活动振兴了八个朝代（指东汉、魏、晋、宋、齐、梁、陈、隋）的衰微文风。语见《潮州韩文公庙碑》。 ⑤《原道》等文：是韩愈所作关于政治思想、重大历史事件和历史人物的论文或传记文章。 ⑥ 刘叉：中唐时河朔（今河北南部）人，《新唐书》说他的《冰柱》、《雪车》等诗超出卢仝、孟郊之上。他曾受到韩愈的接待，后因事与韩愈发生争执，竟将韩愈的黄金数斤拿走，宣称：“这是你阿谀墓中人（韩愈为人作了大量墓志、碑铭一类的文章）得来的，不如给我做寿！”以此对韩进行讥讽。见《新唐书·刘叉传》。

【翻译】

《宋史》说刘挚告诫子弟道："读书人应当以器量见识为首要的事情，一旦被称为文人，就不值得重视了。"我自从读到这句话，便拒绝写应酬文字，为的是从此涵养自己的器量见识而不至落到文人圈子中去。我在住室上悬挂了牌子，用它拒绝人们前来请求写文章，这是人人都见到的，您还不知道吗？还是将要托辞说可以随风就俗来做，而不会损伤器量见识呢？中孚为他去世的母亲再三向我请求写传，我最终还是推辞掉这件事，因为这只是为了一人一家的事情，而与经典大义和国家政道的大事无关，那就不能写。韩愈的文章振兴起八个朝代衰微的文风，假如他只作了《原道》、《原毁》、《争臣论》、《平淮西碑》、《张中丞传后序》等文章，而一切墓志铭、行状之类的文章一概谢绝，那就确实成为近代像泰山北斗那样卓越而值得敬仰的人物了。但现今仍然不敢这样称许他。这并非是我个人的说法，当时刘叉就已讽刺过他了。

书吴、潘二子事

康熙二年(1663)发生了一起因庄廷鉞刊刻《明史》而引起的文字狱大案,顾炎武的两位朋友吴炎和潘柽章也株连及难。(详见《汾州祭吴潘二节士》诗提示)。这年十月,顾炎武在山西游历,当他在汾州(今汾阳市)听到这个不幸的消息时,在旅馆里写下了这篇文章,以遥祭被害的挚友。文中详述了《明史》一案的始末,描写了吴、潘二人的情志和才学,赞扬了他们放弃仕途,先以诗文自豪,后又决定纂修《明史》的坚持民族气节的行动,表现了他们临危不惧的可贵精神。字里行间,寄托了作者对遇难朋友的同情和怀念以及对当权者无耻行径的愤慨。这是一篇传记性散文。文章章法谨严，感情充沛，人物形象生动，性格突出，具有浓厚的文学色彩。

先朝之史，皆天子之大臣与侍从之官承命为之，而世莫得见。其藏书之所，曰皇史宬①。每一帝崩②，修《实录》③，则请前一朝之书出之，以相对勘，非是莫得见者。人间所传止有《太祖实录》④。国初人朴厚，不敢言朝廷事，而史学因以废失。正德以后⑤，始有纂为一书附于野史者⑥，大抵草泽之所闻⑦，与事实绝远，而反行于世。世之不见《实录》者从而信之。万历中⑧，天子荡然无讳⑨，于是《实录》稍稍传写流布⑩。至于光宗⑪，而十

---

① 皇史宬(chéng 成)：在北京东华门外旧太庙东南。明嘉靖十三年建，为收藏列朝实录之所。清代因之。. ② 崩：帝王死叫崩。 ③ 实录：编年史的一种体裁，专记某一皇帝统治时期的大事。 ④ 太祖：指明太祖朱元璋。 ⑤ 正德：明代皇帝朱厚照(武宗)年号。 ⑥ 野史：指私家编纂的史书。又叫稗(bài 败)史。 ⑦ 草泽：荒野。这里比喻在民间。 ⑧ 万历：明代皇帝朱翊(yì 义)钧(神宗)年号。 ⑨ 荡然：指胸怀宽广。 ⑩ 稍稍：渐渐。流布：流传。 ⑪ 光宗：明代皇帝朱常洛。

六朝之事具全①，然其卷帙重大②，非士大夫累数千金之家不能购，以是野史日盛，而谬悠之谈遍于海内③。

苏之吴江有吴炎、潘柽章④，二子皆高才，当国变后⑤，年皆二十以上，并弃其诸生，以诗文自豪。既而曰："此不足传也，当成一代史书，以继迁、固之后⑥。"于是购得《实录》，复旁搜人家所藏文集奏疏⑦，怀纸吮笔⑧，早夜矻矻⑨，其所手书，盈床满箧⑩，而其才足以发之。及数年而有闻，予乃亟与之交。二子皆居江村，潘稍近，每出入，未尝不相过⑪。又数年，潘子刻《国史考异》三卷，寄予于淮上，予服其精审⑫。又一年，予往越州⑬，两过其庐。及余之昌平、山西⑭，犹一再寄书来。

---

① 十六朝：原文如此。实际上从明太祖朱元璋至光宗朱常洛（包括建文帝和英宗复位的天顺朝）共十五朝。疑此处为作者一时笔误或传抄刻印之误。 ② 卷帙（zhì 志）：书籍的部头。帙，把数卷书用布或布口袋装起来的叫帙，即书套，书函。 ③ 悠：空虚的，脱离实际的。 ④ 吴炎、潘柽（chèn 趁）章：见《汾州祭吴潘二节士》诗注。 ⑤ 国变：指明朝灭亡。 ⑥ 迁：指司马迁，汉夏阳人，字子长，汉武帝时任太史令，著有《史记》。固：指班固，汉扶风安陵人，字孟坚，明帝诏为兰令史，后迁为郎，典校秘书，继承父班彪编成《汉书》。 ⑦ 旁搜：广泛搜集。奏疏：给皇帝的奏议。 ⑧ 怀纸吮（shǔn 顺上声）笔：怀带纸张，用笔吸墨，指写作。 ⑨ 矻矻（kū 枯）：极为劳苦的样子。 ⑩ 箧（qiè 切）：小书箱。 ⑪ 过：拜访。 ⑫ 精审：精密，周详。 ⑬ 越州：今浙江绍兴。 ⑭ 之，前往。

会湖州庄氏难作①。庄名廷鑨②，目双盲，不甚通晓古今。以史迁有“左丘失明，乃著国语”之说③，奋欲著书。其居邻故阁辅朱公国桢家④，朱公尝取国事及公卿志状疏草命胥钞录⑤，凡数十帙，未成书而卒。廷鑨得之，则招致宾客，日夜编辑为《明书》。书冗杂⑥，不足道也。廷鑨死，无子，家赀可万金⑦。其父胤城流涕曰⑧：“吾三子皆已析产，独仲子死无后⑨，吾哀其志，当先刻其书，而后为之置嗣。”遂梓行之⑩。慕吴，潘盛名，引以为重，列诸参阅姓名中。书凡百余帙，颇有忌讳语⑪，本前人诋斥之辞未经删削者。庄氏既巨富，浙人得其书，往往持而恐吓之⑫，得所欲以去。归安令吴之荣者，以赃系

① 会：适逢，恰巧遇上。湖州：今浙江吴兴区。 ② 庄廷鑨：见《汾州祭吴潘二节士》诗提示。 ③ 史迁：指司马迁。引文见司马迁《报任安书》，原文是：“左丘失明，厥有国语。” ④ 阁辅：官名。主持内阁大政。朱国桢：明乌程（今浙江吴兴县）人，字文宁。万历进士。天启初拜礼部尚书，兼文渊阁大学士。魏忠贤时，任首辅，累加太子太保。 ⑤ 志：一种文体，记事或记人物，如碑志，墓志，地方志。状：一种文体，记载人物的生平事迹，如行状。草：指文稿。胥（xū 虚）：封建时代衙门里的低级官吏。 ⑥ 冗杂：繁杂，多余。 ⑦ 赀（zī 资）：钱财。可：大约。 ⑧ 涕：眼泪。 ⑨ 仲子：次子。 ⑩ 梓（zǐ 子）行：刻板发行。 ⑪ 颇：很。忌讳：避忌。 ⑫ 往往：常常。

狱①，遇赦得出。有吏教之买此书，恐吓庄氏。庄氏欲应之，或曰："踵此而来②，尽子之财不足以给，不如以一讼绝之③。"遂谢之荣。之荣告诸大吏④，大吏右庄氏⑤，不直之荣。之荣入京师，摘忌讳语密奏之，四大臣大怒⑥，遣官至杭，执庄生之父及其兄廷钺及弟侄等，并列名于书者十八人皆论死⑦。其刻书鬻书，并知府、推官之不发觉者⑧，亦坐之⑨。发廷钺之墓，焚其骨，籍没其家产⑩。所杀七十余人，而吴、潘二子与其难。当鞫问时⑪，或有改辞以求脱者，吴子独慷慨大骂，官不能堪⑫，至拳踢仆地。潘子以有母故，不骂亦不辨⑬。

其平居孝友笃厚⑭，以古人自处，则两人同也。予之适越⑮，过潘子时，余甥徐公肃新状元及第⑯，潘子规余慎无以甥贵稍贬其节⑰，余谢不敢。二子少余十余岁，而

---

① 系（jì 记）狱：逮捕入狱。 ② 踵（zhǒng 肿）：跟随，追随。 ③ 讼：辩论是非。 ④ 大吏：大官。 ⑤ 右：保护。 ⑥ 四大臣：1661年，清顺治第三子玄烨（即康熙）继登帝位，当时年仅八岁，国家政务由索尼、遏必隆、苏克萨哈、鳌拜四人辅佐掌管，这四人称为四大臣。 ⑦ 论：判处。 ⑧ 推官：官名。各府置推官一人，专管一府刑狱，俗称刑厅。 ⑨ 坐：定罪。 ⑩ 籍没：没收财物入官。 ⑪ 鞫（jū 居）：审讯，查问。 ⑫ 堪：经受得起，忍受。 ⑬ 辨：通"辩"。 ⑭ 孝友：孝敬父母，友爱兄弟。笃（dǔ 睹）厚：真诚厚道。 ⑮ 适：前往，到。 ⑯ 徐公肃：名元文，字公肃，号立斋，顾炎武的三外甥。 ⑰ 规：劝告。

予视为畏友①，以此也。方庄生作书时，属客延予一至其家②，予薄其人不学③，竟去，以是不列名，获免于难。二子所著书若干卷，未脱稿，又假予所蓄书千余卷尽亡④。予不忍二子之好学笃行而不传于后也⑤，故书之。且其人实史才，非庄生者流也。

【翻译】

先朝的历史，都是天子的大臣和侍从官接受诏命写成的，因而世人没法见到。皇朝史书的藏书之处，叫做皇史宬。每一朝的皇帝死了，纂修《实录》时，就请求拿出前一朝的书，以便互相核对比较，要不是这样就无法看到。现在世间所传的只有《太祖实录》。开国之初，人们都很朴实憨厚，不敢谈论朝廷之事，史学因此而废失。明武宗正德以后，开始有了编成一书附在野史上的，但大抵都是民间的传闻，和真实情况相差甚远，却反而刊行于世。世上那些没有见到《实录》的人便也跟着相信它。万历年间，天子胸怀坦荡，没有什么忌讳，于是《实录》逐渐开始传抄流传。到了光宗朝，自开国以来的十

① 畏友：品格端重，使人敬畏的朋友。 ② 延：邀请，接待。 ③ 薄：鄙薄，轻视。 ④ 假：借。亡：丢失，丧失。 ⑤ 笃行：专心实行。

六个朝代的《实录》都记载俱全，但是书的部头特别大，不是士大夫中蓄积数千金资财的人家是买不起的，因此野史一天比一天多，那些错误虚妄的言论充斥海内。

江苏吴江有吴炎和潘柽章两人，他们都是优秀之才，明朝灭亡之后，他们都已二十多岁了，一起放弃了科举之路，以写作诗文自豪。但过了不久他们又说："这还不足以留传后世，应当写出一代史书，以继承司马迁、班固的事业。"于是他们买来《实录》，广泛搜集人们所收藏的文集奏疏，埋头写作，起早熬夜，劳苦不已。他们亲手所写的书稿，堆满了床，装满了书箱，他们的才能得到充分发挥。数年间就出了名，我于是经常和他们交往。这两人都居住在靠江边的村庄，潘距我稍近，每当出门归家，未曾不互相拜访。又过了几年，潘君刻《国史考异》三卷，从淮上寄给我，我佩服此书的精密周详。又过了一年，我前往越州，两次拜访他家。等我到昌平、山西以后，他还一再给我寄信来。

正在这时，湖州庄氏的祸难发生。庄氏名叫廷钺，双目失明，不怎么通晓古今。因为司马迁有"左丘失明，乃著国语"的话，便想发奋著书。他的邻居是曾经当过阁辅的朱国桢家，朱公曾搜集国家大事和公卿们的志、状、奏议草稿，命小吏钞录，共计数十函，书还没编成就死了。廷钺得到书稿，便招来宾客，日夜忙碌，编辑成

《明书》。此书内容繁冗驳杂，本不值得称道的。廷鑨死后，没有儿子，家财大约有万金。廷鑨之父胤城流着眼泪说："我的三个儿子都分了家，只有二儿子死了没有后嗣，我痛惜他的志向，应当先刻他的书，然后再为他安排继承人。"于是书得以刻板行世。因为仰慕吴、潘的盛名，想借重他们加重自己的地位，便把他们列入校阅者的姓名之中。书共有一百多函，其中很有一些忌讳的话，本来都是前人诋毁之辞而未经删除掉的。庄氏既然是巨富，浙江人得到他的书，常常拿着书去进行恐吓，索取想要的财物后才离去。归安县令吴之荣，因为贪赃枉法被捕入狱，后来遇到赦免才被放出。有一官吏教他买了此书，前去恐吓庄氏。庄氏想答应他的要求，有人向庄氏说："如果一个接着一个来，就是把您的财产都用尽，也满足不了他们的要求。不如通过辩明是非来拒绝他。"于是谢绝了之荣的要求。之荣把此事告诉了大官，可大官却袒护支持庄氏，认为之荣无理。之荣到了京师，把书中有关忌讳的话摘录下来向朝廷密奏，四大臣大怒，派遣官吏到杭州，逮捕了庄廷鑨的父亲和其兄廷钺以及弟侄等，还有在书上列名的十八个人，全部都被处死。那些凡参与刻书、卖书的，以及知府、推官不发觉的，也都因此犯了罪。还挖开廷鑨的坟墓，焚烧了他的尸骨，没收了庄氏的家产。被杀的有七十多人，吴、潘二人也同时遇难。在审讯时，有人改变言辞要求宽恕解脱，吴炎独慷慨陈词，痛骂不绝，官吏不能容忍，对他拳打脚踢，直至打倒在地。潘柽章因为担心连累母亲，不骂也不申辩。

吴、潘二人平时对父母孝敬，对兄弟友爱，感情真诚厚道，以古人为榜样，从这方面看，那么他们二人是相同的。我前往越州去拜访潘君时，我的外甥徐公肃新考中了状元，潘君劝我一定小心谨慎，不要因为外甥显贵而降低自己的气节，我很感激他，表示不敢这样。两君都比我小十几岁，我把他们视为我所敬畏的朋友，正因如此。当庄廷鑨编书时，他的门客邀请我到他家一次，我看不起此人不学无术，终于离开他家，因此书中没有把我的名字列上，使我幸免于难。两君所著的书有若干卷，尚未脱稿，又借我所藏的书一千多卷，已全部丧失。我不忍心让两君喜好学习、身体力行的美德不得流传后世，因此把他们的事迹写下来。并且他们确实是史学家的人才，不是庄廷鑨之流一类的人。

山阳王君墓志铭

康熙八年(1669),顾炎武的好友王略(字起田)病逝,顾炎武为他写了这篇墓志铭。王略是顾炎武在浙江吴兴县结识的一位盐商,家道十分富裕,但他不同于一般的富商大贾,为人正直,讲信用,能够慷慨周济别人。他曾替顾炎武在淮河和运河交会之处的王家营(今属淮阴)经营了一个别居,顾炎武到北方后,常把书稿寄到他家,《音学五书》正是王略帮助刊刻的,因此他们之间的友谊很深。这篇墓志铭叙述了顾炎武和王略的亲密交往和深厚情谊,赞扬了王略"仁而爱人,乐善不倦","居财有让"的品格。特别是突出描写了王略认顾炎武学生潘耒为婿的事迹，表现了他对潘家遭遇文字狱的深切同情。王略对清代统治者制造《明史》惨案的愤慨态度，他那种侠义肝胆的崇高气节和深厚的民族感情，跃然纸上，感人肺腑，使人起敬。

往余在吴中①，常郁郁无所交，出门至于淮上，临河不度②，徬徨者久之，因与其地之贤人长者相结，而王君起田最与余善，自此一二年或三四年一过也。王君与余同年月生，而长余二十余日，其行事虽不同而意相得，凡余心之所存，及是非好恶无不同者，虽不学古而闇合于义③，仁而爱人，乐善不倦，其天性然也。生八岁而孤，事母孝，事其兄恭，其居财也有让④。少为帖括之学⑤，及中年，遂闭户不试。家颇饶⑥，每受人之负⑦，折券不较⑧，以是其产稍落，而四方宾客至者，未尝不与之周旋⑨。当余在太原，而余友潘力田死于杭⑩，系累其妻子

---

① 吴中：今江苏吴县。 ② 河：黄河。当时黄河下游河道东出徐州。度：通“渡”。 ③ 闇：通“暗”。 ④ 让：谦让。 ⑤ 帖括：科举考试文体名称。唐代考试制度，明经科以“帖经”试士。后因应试的人多，考官常选偏僻的章句为题，考生因此将偏僻隐幽的经文，编为歌诀，熟读记忆，以应付考试，叫做帖括。 ⑥ 饶：富。 ⑦ 负：亏欠。 ⑧ 折券：毁弃债券。 ⑨ 周旋：应酬。 ⑩ 潘力田：即潘柽章。见《汾州祭吴潘二节士》诗注。

以北①。少弟耒年十八②，孑身走燕都③，介余一苍头以见王君④。王君曰："我固闻之。宁人尝与我言⑤，潘君力田，贤士也，不幸以非命终。而宁人之友之弟，则犹之吾弟也。"迎而舍之⑥。比其归也，则曰："家破矣，可奈何！吾有女年且笄⑦，将壻子⑧。间二年⑨，耒遂就昏⑩。王君与耒非素识也，特以宁人之友故，而余在远，弗及为之从臾也⑪。"每为余言："子行游天下二十年，年渐衰，可已矣！幸过我卜筑⑫，一切居处器用，能为君办之。"逡巡未果⑬，而别君之日，持觞送我大河之北⑭，留一宿，视余

---

① 系累：捆绑，拘囚。 ② 耒：潘耒，字次耕，号稼堂。潘力田弟，顾炎武学生。 ③ 孑（jié 杰）身：孤身。孑：单独，孤独。燕都：即北京。 ④ 介：凭借，通过。苍头：奴仆，家人。古时仆隶以深青色巾包头，故称。 ⑤ 宁人：即顾炎武。他原名绛，字宁人。 ⑥ 舍：屋舍。这里用作动词，留人居住的意思。 ⑦ 笄（jī 机）：簪子。古代女子年十五要盘发插笄，表示成年。 ⑧ 壻：同"婿"。 ⑨ 间（jiàn 见）：间隔。 ⑩ 昏：通"婚"。 ⑪ 从臾（sǒng yǒng 耸泳）：同"怂恿"，劝导。 ⑫ 卜筑：择地建筑。 ⑬ 逡（qūn 群阴平）巡：迟疑，徘徊。 ⑭ 觞（shāng 伤）：酒杯。

上马，为之出涕，若将不复见者。乃明年，余遂有山东之戹[①]，而海、岱以南大震[②]，君亦为里中儿所齮龁[③]，意不自得。又明年六月庚午，君卒。

惟君生平以朋友为天伦[④]，其待余如昆弟[⑤]，而余以穷戹蹇连[⑥]，无能申大义于诈愚凌弱之日者。以十九年之交，再三之约，而不获与之分宅卜邻[⑦]，同晨共夕；其终也，又不获视其含敛[⑧]，而抚其遗孤。吁，可悲矣！君讳略，字起田，淮安山阳人。家清江浦之南[⑨]，卒时年五十七。娶方氏，子一，宽。将以卒之某年某月其日葬于某

---

① 戹（è 饿）：困苦，灾难。今写作“厄”。这是指康熙七年(1668)发生的黄培诗案。当时惊隐诗社的陈济生搜集明天启、崇祯两朝的遗诗，编成《启祯诗集》。诗集中的每位诗人都写有传略，文字中多有禁碍之处。有人告发此书是顾炎武到达山东掖县以后在黄培家里辑录刊刻的。事情牵连到二十多人，顾炎武为此被囚禁了近七个月。 ②“海岱”句：海岱指东海和泰山之间。康熙七年鲁南山区发生地震，震中在沂水县。 ③ 齮龁（yǐ hé 以和）：侧齿咬。这里引申为毁伤。 ④ 天伦：指兄弟。兄先弟后，天然伦次，故称天伦。 ⑤ 昆弟：兄弟。 ⑥ 蹇（jiǎn 剪）连：艰难，困厄。 ⑦ 卜邻：择邻。《左传·昭公三年》：“非宅是卜，惟邻是卜，二三子先卜邻矣。” ⑧ 含敛：意思是办理丧事。含（hàn 汗）：古代丧礼，放在死者嘴里的玉物。敛：殡敛。 ⑨ 清江浦：镇名。属江苏淮安。

地之先茔①，而子壻来以状及宽书来，是不可以无铭②。

铭曰：少而孝，长而恭。好礼而敦③，乐善而从。为义勇而与人忠。胡天不吊④，而降此鞠凶⑤！士绝絃⑥，人罢舂⑦。以斯铭，告无穷。

【翻译】

以前我在吴兴时，总是心情郁闷，没有什么朋友可交，出门到达淮上，面临黄河而不渡，犹豫徘徊呆了好久，因而和当地的贤人长者互相结交，特别是王君起田和我最好，从此以后每一二年或三四年必拜访一次，王君和我同年同月生，比我大二十几天，他所作所为虽然和我不同，但我们的旨趣相投，凡是我心里所想的，以及是非好恶，我们之间没有不相同的，他虽然不学古人，然而他的举止言行和古人所提倡的义暗合，仁而爱人，喜欢行善，从不倦怠，这就是他的天性。他在八岁时失去

---

① 茔(yíng 迎)：墓地。 ② 铭：铭文，一种文体，用来记颂功德。铭文一般要求押韵。 ③ 敦：敦厚，淳厚。 ④ 吊：善，好。⑤ 鞠(jū 居)凶：极凶，最大的祸乱。见《诗经·节南山》。⑥ 绝絃：不奏乐。这里用的是伯牙鼓琴的典故，兼有失去知音的意思。伯牙善于弹琴，钟子期善于听琴，后钟子期死，伯牙破琴绝弦，终身不再弹琴。见《吕氏春秋·本味》、《列子·汤问》、《说苑·尊贤》等。 ⑦ 舂(chōng 冲)：用杵臼捣谷。

父亲，事奉母亲孝顺，对待兄长慕敬，他拥有财产，却很谦让。青少年时学过帖括，到中年，却关起门来不去应试。家道颇富，每被人家亏欠，他就毁掉债券，不去计较，因此家业逐渐衰败，但四方来的宾客，仍从来没有不应酬的。当我在太原的时候，我的朋友潘力田死于杭州，他的妻儿也被拘囚起来并发配北方。他的幼弟潘耒年十八，孤身一人到北京，通过我一个家人的引见和王君见了面。王君说："我本来就听说了。宁人曾对我说，潘君力田，是一位贤士，不幸死于非命。但宁人朋友的弟弟，就如同我的弟弟。"于是热情地接待他，并让他住下。等到潘耒要回家时，王君对他说："你已家破人亡了，该怎么办呢！我有一个女儿已成年，我愿收你为婿。"过了两年，潘耒于是和王君的女儿成婚。王君和潘耒素不相识，只是因为是我的朋友的原故，但我在远方，也没来得及为他们劝导，王君常对我说："您周游天下二十年，现在年纪已逐渐衰老，可以作罢了！如果您能荣幸地来访我，择地买屋定居，那么居处中的一切器具用品，我能替您置办。"但我迟疑不决，因而没能实现，离别王君的那一天，他举杯饯行，一直送我到黄河之北，挽留我住了一夜，眼盯着我上了马，为此流下了眼泪，好像将再也不能见到似的。转过一年，我遇上了山东的那场灾难，并且东海、泰山以南发生了大地震，王君也被同乡人所毁谤中伤，很不得意。再转过年的六月庚午日，王君病逝。

王君一生把朋友当成兄弟，他待我如同兄弟，而我因为穷困艰难，却不能在朋友受到欺凌迫害之时申明大义。王君因为我们两人有十九年的交情，对我再三邀请，但我不能和他相居为邻，朝夕共处；他逝世后，我又不能亲自为他办理丧事，抚养他留下的孩子，唉，太可悲了！王君名略，字起田，淮安山阳人。家住清江浦之南，死时年五十七，娶方氏，生有一子，名宽。将于死的某年某月某日葬于某地祖先的墓地，他的女婿潘耒把写好的行状和他的儿子王宽的信一并寄来，这样也就不可以没有墓志铭。

铭文道：从小孝顺父母，长大恭敬他人。好行礼仪，情义厚淳。愿做好事，闻风而从。见义勇为，待人忠诚。老天啊，为什么不发善心，竟然降此大凶！士人不再作乐，百姓也停止舂米之声。以此铭文，表达那无穷无尽的悼念之情。

与潘次耕

康熙元年(1662)冬,顾炎武开始了山西之行。顾炎武看到,在清朝严酷统治下,要想在江南立足,“岂得容身于其间”?倒不如在比较荒僻的地区居住下来,将来待机再起。顾炎武在康熙八年(1669)给他的学生潘耒的这封信正反映了他的这种思想和心情。这封信是答潘耒要求拜师之事的。信一开始,作者对潘家的不幸表示深切的同情和悲痛,勉励潘耒不要因此而消沉,要“奋然自立”。接着作者对拜师之事表示了谦虚的态度。但作者还是希望潘耒到北方来。他向潘耒介绍了自己艰苦的漫游生活,特别介绍了从事垦荒的情况,认为北方气候条件恶劣，生活艰苦，但一来可以取造物之利，二来可以在边地立业。作者希望和潘一起经营，其中寓有共图恢复的深义。这封信，文字朴实无华，但情深意切。

接手札如见故人①，追念痛酷，其何以堪！古人于患难之余，而能奋然自主，以亢宗而传世者②，正自不少，足下勉旃③，毋怠！

承谕负笈从游④，古人之盛节，仆何敢当！然中心惓惓⑤，思共晨夕，亦不能一日忘也。而频年足迹所至⑥，无三月之淹⑦，友人赠以二马二骡，装驮书卷，所雇从役，多有步行，一年之中，半宿旅店，此不足以累足下也。近则稍贷赀本⑧，于雁门之北⑨，五台之东⑩，应募垦荒。同事者二十余人，辟草莱⑪，披荆棘，而立室庐于彼。然其地苦寒特甚⑫，仆则遨游四方，亦不能留住也。彼地有水

---

① 手札：手书，亲笔信。 ② 亢（kàng 抗）：庇护。宗：宗族。 ③ 旃（zhān 沾）：语助词，“之焉”的合音。 ④ 负笈：游学。负：背。笈（jí 及）：书箱。 ⑤ 惓惓（quán 权）：诚恳的样子。 ⑥ 频年：连年。 ⑦ 淹：留。 ⑧ 赀（zī 资）：资财，钱财。 ⑨ 雁门：雁门关，在今山西北部地区。 ⑩ 五台：五台山，在山西五台县东北。 ⑪ 草莱：草茅、杂草之类。这里泛指未开垦的荒地。 ⑫ 苦寒：严寒。

而不能用，当事遣人到南方，求能造水车、水碾、水磨之人，与夫能出资以耕者。大抵北方开山之利，过于垦荒；蓄牧之获，饶于耕耨①，使我有泽中千牛羊，则江南不足怀也。

列子“盗天”之说②，谓取之造物而无事于人。若今日之江南，锥刀之末将尽争之，虽微如蠛蠓③，亦岂得容身于其间乎？文渊、子春并于边地立业④，足下倘有此意，则彼中亦足以豪，但恐性不能寒，及家中有累耳。

徐介白久不通书⑤，为我以此字达之，知区区未死⑥，宇内犹有一故人也。

---

① 耨(nòu)：除草。 ② 列子：人名。即列御寇，著有《列子》一书。盗天：盗取天地自然界所产生的东西。《列子·天瑞》：“夫禾稼土木禽兽鱼鳖，皆天之所生，岂吾之所有，然盗天而无殃。” ③ 蠛蠓(miè méng 灭萌)：小虫。 ④ 文渊：即马援，字文渊，东汉扶风茂陵人。光武帝(刘秀)建武十一年任陇西太守，十七年任伏波将军。他曾对宾客说：“男儿要当死于边野，以马革裹尸还。”(见《后汉书·马援传》)子春：杜子春。即《太平广记》转录的《续玄怪录》中的主人公。他是唐初长安富家子弟，因挥霍无度，家产荡尽，被亲友斥为败家子。后得一老者赠巨资到扬州经商获利，置田产、房舍，成为扬州巨富。 ⑤ 徐介白：徐白，字介白，一字笑庵。江苏吴江人。清朝建立后，抛弃举业，隐居灵严山，以种蔬菜瓜果自给。 ⑥ 区区：自称的谦词。

【翻译】

接到手书，如见故人，追念往事，悲伤惨痛，如何能够忍受！古人在遭受患难之后，仍能奋然自立，为了保护宗族而流芳后世，这种情况是不少的。望你努力，不要懈怠！

承蒙告知，要背着书箱随我游学，这本是古人的盛大礼节，我何敢承当！然而我的内心感情恳切，一直思念着和你朝夕相处，对此是一天也没有忘却的。但是连年来我足迹所到之处，停留的时间没有达到三个月的，友人赠送我两匹马两头骡子，都用来装驮书籍，所雇的随从仆役，多是步行，一年之中，有一半的时间是在旅店中度过的，这种情况不值得来劳累你的。近来我借了一些资本，在雁门关以北、五台山以东，招募了一些人来垦荒。一起参加的有二十多人，开荒地，劈荆棘，在那里建造房子。然而这个地区特别严寒，我还要到四方去漫游，也不能长期居住。这里有水但不会使用，管事的派人到南方，寻求能制造水车、水碾、水磨以及能资助耕种的人。一般来说，北方开矿山得到的好处，要超过垦荒；放牧牲畜的收获，要多于耕种，假如我在草泽中有千百只牛羊，那么江南也值不得留恋了。

列子所谓“盗天”之说，认为要取之于自然，而不与人相争。像现在的江南，就是连锥刀尖那样一点点地方，人们都将竭尽一切去争夺，即使是微小得如同小虫，岂能容身于其间。文渊、子春都曾在边远之地创过业，你如有此意，那么在这里也是值得自豪的，只是担心你忍受不了寒冷，而且还有家室拖累罢了。

徐介白很久不通音信，替我把这些话转达给他，使他知道我这个微不足道的人还没死，世上还有这么一位老朋友。

正　　始

本文选自《日知录》卷十三，题目为文章原有(以下各篇均同)。在这篇文章里，作者借古喻今，说明在国家、天下危亡的时刻人们应该抱有的态度。那就是“保国者，其君其臣肉食者谋之。保天下者，匹夫之贱，与有责焉。”作者把“亡国”与“亡天下”区别开来，认为“亡国”只是“易姓改号”，而“亡天下”则是“仁义充塞，而至于率兽食人，人将相食”的无道之世。作者赞赏那种为天下兴亡而斗争的志士。近百余年来广为流传的“天下兴亡，匹夫有责”的响亮口号，就是人们从这篇文章概括出来的格言。在当时，它寓有反抗清政府残暴统治的内容；在今天，它仍然可以鼓舞我们去为国家民族的繁荣昌盛而奋斗。

有亡国，有亡天下。亡国与亡天下奚辨？曰，易姓改号谓之亡国，仁义充塞而至于率兽食人，人将相食，谓之亡天下。

魏晋人之清谈何以亡天下①？是孟子所谓杨墨之言，至于使天下无父无君而入禽兽者也②。昔者嵇绍之父康被杀于晋文王③，至武帝革命之时④，而山涛荐之入

① 清谈：玄谈。指魏晋时以老庄学说和《易经》为依据而辨析名理的谈论。它不接触实际，不解决问题。 ②“是孟子”句：见《孟子·滕文公下》。杨：杨朱，战国魏人，字子居。他的学说重在爱己，不以物累，不拔一毛以利天下。墨：墨翟（dí 敌），墨家学派的创始人。主张兼爱、非攻、尚贤、尚同，反对儒家的繁礼厚葬，提倡薄葬、非乐。孟子认为：“杨氏为我，是无君也。墨子兼爱，是无父也。无父无君是禽兽也。” ③ 嵇绍：字延祖。仕晋，官至侍中。康：嵇康，字叔夜，三国魏谯郡人。少孤，为魏宗室婿，仕魏为中散大夫，有奇才，博洽多闻，崇尚老庄。工诗文，善鼓琴，精乐理。与阮籍、山涛、向秀、阮咸、王戎、刘伶友善，游于竹林，称“竹林七贤”。景元中，遭钟会诬谄，为司马昭所杀。晋文王：指司马昭，司马懿之子，字子上。 ④ 武帝：指晋武帝司马炎，司马昭之子，废魏称帝，建立晋王朝。革命：指朝代更替，这里指晋王朝建立。

仕[1]。绍时屏居私门[2]，欲辞不就。涛谓之曰："为君思之久矣。天地四时犹有消息[3]，而况于人乎一时。"传诵以为名言，而不知其败义伤教至于率天下而无父者也。夫绍之于晋，非其君也，忘其父而事其非君。当其未死三十余年之间，为无父之人亦已久矣，而荡阴之死何足以赎其罪乎[4]？且其入仕之初，岂知必有乘舆败绩之事[5]，而可树其忠名以盖于晚也。

自正始以来[6]，而大义之不明遍于天下。如山涛者既为邪说之魁[7]，遂使嵇绍之贤且犯天下之不韪而不顾[8]。夫邪正之说，不容两立。使谓绍为忠，则必谓王裒

---

① 山涛：字巨源，晋河内怀县人。仕晋为吏部尚书十余年，甄拔人物，各为品题，时称"山公启示"。 ② 屏（bǐng 丙）居：隐居。 ③ 消息：一消一长，互为更替。 ④ 荡阴之死：晋惠帝（司马衷）时，发生八王之乱，嵇绍随惠帝与成都王司马颖战于荡阴，兵败，百官侍卫皆溃散，独绍以身护卫惠帝。乱兵至，绍被杀。荡（tāng 汤）阴：地名。故城在今河南荡阴。 ⑤ 乘（shèng 圣）舆：皇帝诸侯坐的车。乘舆败绩：指晋惠帝兵败。 ⑥ 正始：三国时魏齐王（曹芳）年号。 ⑦ 魁：首。 ⑧ 不韪（wěi 伟）：过失，不对。

为不忠而后可也[①]。何怪其相率臣于刘聪、石勒[②]，观其故主青衣行酒而不以动其心者乎[③]？是故知保天下，然后知保其国。保国者，其君其臣肉食者谋之[④]；保天下者，匹夫之贱[⑤]，与有责焉耳。（节录）

【翻译】

有亡国，有亡天下。亡国和亡天下如何辨别？那就是：易姓改号叫做亡国；仁义的道路被阻塞，以至于达到率领禽兽来吃人，人与人之间也将你吃我我吃你，这叫做亡天下。

魏晋人的清谈为什么能够亡天下？原因就是孟子所说的杨朱墨翟的学说使天下人目无父母，目无君上，

---

① 王裒（póu 剖阳平）：晋城阳营陵人，字伟元，博学多能。父为司马昭所杀，他发誓不向晋称臣。隐居教书，朝廷征召都不去就职。家里贫穷，亲自耕种。及石勒攻陷洛阳，裒恋祖墓不去，被杀。 ② 刘聪：刘渊（东晋列国汉政权的建立者）四子。字玄明，一名载。晋永嘉四年，杀兄自立。并令刘曜（yào 耀）攻陷洛阳，执晋怀帝。于是骄奢淫暴，杀戮无已。与群臣饮宴，逼晋帝行酒，不久将晋帝鸩（zhèn 阵）杀。石勒：字世龙。羯族，上党武乡人。东晋列国后赵的创建者。③ 故主：指晋怀帝（司马炽）。青衣：汉以后以青衣为卑贱者之服，故称婢为青衣。刘聪为污辱怀帝，让他穿青衣行酒。行酒：巡行依次斟酒。 ④ 肉食者：指统治者。 ⑤ 匹夫：指平民百姓。

从而堕落为禽兽了。以前，嵇绍的父亲嵇康被晋文王所杀，到晋武帝建立晋朝时，山涛推荐嵇绍入朝作官，嵇绍当时隐居在家里，想推辞不去。山涛对他说："我替您考虑很久了。天地间春夏秋冬四季尚且有相互更替的时候，更何况人生短暂的一世。"人们把山涛的这些话作为名言加以传诵，然而不了解他这话败坏了仁义，伤害了教化，竟至使天下人目无父母。嵇绍对于晋王朝来说，晋王朝的国君并非他的国君，但他却忘了自己父亲被晋文王杀害，而去事奉并非他的国君。在他活在世上的三十多年之间，他作为目无父母之人已经很久了，那么在荡阴以死效忠又如何赎回他的罪过呢？况且当他初入朝做官的时候，他哪里知道晋王一定会发生兵败之事，而自己竟能树立忠名使晚节完美无缺。

自正始以来，大义不明的情况已经遍及天下。像山涛之流既是邪说的罪魁祸首，于是使嵇绍这样的贤人都去冒天下之大不韪而无所顾忌。邪正之说，不容许并存不悖。假如认为嵇绍是忠，那么就一定认为王裒是不忠才可以。否则如何能责怪那些晋代旧臣相率着去事奉刘聪、石勒，眼看着他的故主晋怀帝身穿青衣贱服为人行酒而无动于衷呢？因此，首先要知道保天下，然后才知道保国家。保国家，是为君为臣那些统治者所要考虑的；保天下，就是地位低贱的普通百姓都有责任。

廉　耻

本文选自《日知录》卷十三。作者在这篇文章中认为，在礼、义、廉、耻中，“耻尤为要”。因而他特别强调“行己有耻”。作者这样说是有所指的。他认为，明朝的灭亡，主要是由于明末士大夫的寡廉鲜耻。这些人中，有的人曾负有盛名，然而大敌当前，他们经不起敌人的威胁利诱，贪生怕死，置国家危亡于不顾，变节投降，屈膝取官，对此作者极为痛恨。本文是一篇笔记文，引用资料针对性很强，论述切中时弊。

《五代史·冯道传》论曰①："'礼义廉耻，国之四维②，四维不张，国乃灭亡。'善乎管生之能言也③。礼义治人之大法④，廉耻立人之大节⑤。盖不廉则无所不取，不耻则无所不为，人而如此，则祸败乱亡，亦无所不至。况为大臣而无所不取，无所不为，则天下其有不乱，国家其有不亡者乎！"然而四者之中，耻尤为要。故夫子论士曰："行己有耻⑥。"孟子曰："人不可以无耻。无耻之耻，无耻矣。"⑦又曰："耻之于人大矣。为机变之巧者，无所用耻焉⑧。"所以然者，人之不廉而至于悖礼犯义⑨，其原皆生于无耻也。故士大夫之无耻，是谓国耻。

---

①《五代史》：书名。有新旧两种。宋薛居正等曾撰《五代史》，仁宗时，欧阳修重加修订，撰《五代史记》，后为别于旧史，也称《新五代史》，这里指欧阳修所撰。冯道仕唐、晋、汉、周"四国十君"，历任宰相，自称长乐老。下段文字即引自《冯道传》序。 ② 维：系网的大绳，引申为对事物起重要作用的东西。这里指治国的大纲。 ③ 管生：即管仲，齐国大夫，姓管，名夷吾，字仲，齐桓公时任宰相，辅佐齐桓公称霸诸侯。"四维"的理论是管仲最早提出来的。见《管子·牧民》。
④ 法：制度。 ⑤ 节：节操。 ⑥ 行己有耻：语出《论语·子路》，指自己的所作所为，要有羞耻之心。 ⑦ "人不可"三句：语出《孟子·尽心上》。 ⑧ "耻之"三句：语出《孟子·尽心上》。 ⑨ 悖礼犯义：违反礼义。礼，主要指封建的等级关系，也包括民族、国家、社会的习俗和公约。义，合宜的原则。

吾观三代以下①，世衰道微，弃礼义，捐廉耻，非一朝一夕之故。然而松柏后雕于岁寒②，鸡鸣不已于风雨③，彼众昏之日，固未尝无独醒之人也④。顷读《颜氏家训》⑤，有云："齐朝有一士夫，尝谓吾曰：'我有一儿，年已十七，颇晓书疏⑥。教其鲜卑语及弹琵琶，稍欲通解⑦，以此伏事公卿，无不宠爱。'吾时俯而不答，异哉此人之教子也！若由此业自致卿相⑧，亦不愿汝曹为之⑨。"嗟乎，之推不得已而仕于乱世，犹为此言，尚有《小宛》诗人之意⑩；彼阉然媚于世者⑪，能无愧哉！

① 三代：指夏、商、周。以三代为盛世，这是儒家传统的说法。 ②"松柏"句：语本《论语·子罕》，原文是："岁寒然后知松柏之后雕也。" ③"鸡鸣"句：语本《诗经·风雨》，原文是："风雨如晦，鸡鸣不已。"作者引用《论语》、《诗经》意在比喻在恶劣环境中不随波逐流，忧国忧民的有志之士。 ④ 独醒之人：语本《楚辞·渔父》，原文是："屈原曰：'举世皆浊我独清，众人皆醉我独醒。'" ⑤《颜氏家训》：书名，北齐颜之推撰，下文引自《颜氏家训·教子》。文中说的那个齐朝士大夫，原是汉人，却教他儿子学鲜卑语，弹琵琶，向统治者邀宠献媚。 ⑥ 书疏：指上书、奏疏、信札之类。 ⑦ 稍：逐渐。 ⑧ 致：达到。 ⑨ 汝曹：你们。 ⑩ 小宛：指《诗经·小宛》。意：指《小宛》一诗的内容。旧说此诗是士大夫遭乱之时，兄弟相戒以免祸，又当教其子使为善（见《毛诗序》）。 ⑪ 阉然：即奄然，少有气息的样子。

罗仲素曰①："教化者，朝廷之先务；廉耻者，士人之美节；风俗者，天下之大事。"朝廷有教化，则士人有廉耻；士人有廉耻，则天下有风俗。（节录）

【翻译】

《五代史·冯道传》论说："'礼义廉耻，这是治国的四大纲领，这四大纲领不高张，国家就要灭亡。'好啊！管仲太会比喻了。礼义是治理人的大法，廉耻是培养人的大节。因为不知廉洁就会无所不取，不知羞耻就会无所不为，人如果这样，那么祸败乱亡没有不来临的。何况作为大臣而无所不取，无所不为，那么天下哪有不乱，国家哪有不灭亡的呢！"然而礼、义、廉、耻这四方面之中，耻最为重要。因此孔子在谈论士时说道："自己做事，要有羞耻之心。"孟子说："人不可以没有羞耻。没有羞耻心的那种耻辱，太无耻了。"又说："羞耻对于人关系重大。投机取巧的人，是没有地方用得着羞耻之心的。"所以这样说的原因，是由于人们贪得妄求，以至于发展到违犯礼义，其根源都是由于不知羞耻。因此士大夫不知羞耻，这叫做国耻。

---

① 罗仲素：罗从彦，字仲素，宋南剑（治所在今福建南平市）人。从师扬时，传二程之学，绍兴中卒，学者称豫章先生。

我观察夏、商、周以后，世道衰微，抛弃礼义廉耻，不是一朝一夕的原故。然而天寒才晓得松柏树最后凋零，风雨交加的时候，仍有鸡鸣不已，在那众人都昏暗、糊涂的时候，本来未尝没有独自清醒的人。近来读《颜氏家训》，其中有一段是这样的："齐朝有一位士大夫，曾对我说：'我有一个儿子，已十七岁了，颇精通写作书疏一类的文章。教他学习鲜卑语和弹琵琶，逐渐让他通晓，用此来服侍公卿，没有不宠爱他的。'我当时低着头没有回答，奇怪啊，此人竟这样的教子！如果通过这个门路能自行达到卿相地位，也不希望你们去做。"唉呀，颜之推迫不得已在乱世做官，还说这样的话，尚且还有《小宛》的作者所表达出来的严于教子的思想；那些苟延残喘、献媚讨好于世俗的人，能不感到惭愧吗？

罗仲素说："政教风化，是朝廷的首要事务；清廉有耻，是士人的美好的节操；风俗习尚，是天下的大事。"朝廷有了政教风化，那么士人就会有廉耻；士人有了廉耻，那么天下就会有好的风俗。

程　　文

本文选自《日知录》卷十六。作者主张"文章无定格"。他列举从唐以来科举考试用的文体,证明有了程式,就不能写出好文章。作者特别指出"经义之不成文又甚于前代",针对明清的八股文作了尖锐的揭露和批判。作者认为文风与人才的培养关系重大,也很有见地。

文章无定格①,立一格而后成文,其文不足言矣。唐

① 定格:固定的格式,程式。

之取士以赋①，而赋之末流最为冗滥。宋之取士以论策②，而论策之弊亦复如之。明之取士以经义③，而经义之不成文又有甚于前代者，皆以程文格式为之④，故日趋而下。晁、董、公孙之对所以独出千古者⑤，以其无程文格式也。欲振今日之文，在毋拘之以格式，而俊异之才出矣⑥。（节录）

【翻译】

文章没有固定的程式，如果规定某一程式然后再去写文章，那样的文章就不值得一提了。唐代用赋来取士，但赋发展到末流最为冗杂粗滥。宋代用论策来取士，但论策的弊病也是这样。明代用经义来取士，但经

---

① 赋：一种文体。赋中的律赋是唐宋时代科举考试所采用的一种试体赋。它要求押韵，注意平仄，对仗。一般由考官命题，并出八个韵字，规定八个韵脚，所以又叫八韵律赋。② 论策：见《生员论中》注。 ③ 经义：见《生员论中》注。④ 程文：科举考试用作示范的文章。因应试者必须依此程式作文，故称为程文。明以后将试官所拟作者称为程文，士子所作称为墨卷。 ⑤ 晁(cháo 潮)：指晁错，颍川(今河南禹县)人，汉景帝时政治家。董：指董仲舒，广川(今河北枣强)人，今文经学大师。公孙：指公孙弘，字季，菑川薛(今山东枣庄市薛城)人，汉武帝时丞相，治《春秋公羊传》。对：对策。见《生员论中》注 ⑥ 俊异：才能出众。

义写不成像样的文章又有比前代更糟的情况，其原因都是因为用程文格式去写，所以写出的文章一天比一天低下。晁错、董仲舒、公孙弘所写的对策之所以能特出于千古的原因，正是因为他们不受程文格式的限制。想要振兴今天的文章，在于不要用格式来限制，这样，才能出众的人就会出现了。

文须有益于天下

本文选自《日知录》卷十九。作者不仅提出了“文须有益于天下”的准则，而且具体说明什么样的文章有益于天下，什么样的文章有害于天下，为人们指出了判断是非的标准。这对于端正人们的写作态度，改变当时社会上的不良文风，无疑是有指导意义的。

文之不可绝于天地间者，曰明道也，纪政事也，察民隐也[①]，乐道人之善也。若此者，有益于天下，有益于将

① 隐：痛苦。

来，多一篇，多一篇之益矣。若夫怪力乱神之事①，无稽之言②，勦袭之说③，谀佞之文④，若此者，有损于己，无益于人，多一篇，多一篇之损矣。（节录）

【翻译】

文章之所以不能在天地间丧绝的原因，在于文章是用来阐明圣贤之道的，是用来记载政事的，是用来体察人民痛苦的，是用来乐于称道人们美德的。像这样的文章，有益于天下，有益于将来，多一篇，就多一篇的好处。至于那些满篇怪异、勇力、叛乱、鬼神之事，荒诞无稽的言谈，抄袭剽窃的言论，对人阿谀奉承的文章，像这样的文章，有损于己，无益于人，多一篇，就多一篇的损害。

---

① 怪力乱神：怪异、勇力、叛乱、鬼神。《论语·述而》："子不语怪力乱神。" ② 无稽之言：没有根据的言论。 ③ 勦袭：同"抄袭"。 ④ 谀佞（yú nìng 余宁去声）：用花言巧语奉承、讨好人。

文章繁简

本文选自《日知录》卷十九。在这篇文章里，作者论述了文章语言的繁简问题。他认为“辞主乎达，不论其繁与简矣”。并用《孟子》和《新唐书》正反两个例子来说明。文章语言的繁简，实质上就是文章的内容和形式的关系问题。言辞是用来表达思想内容的，作者不从形式上空论繁简，反对从主观出发“有意于繁简”，主张根据文以达意的客观需要“自然成文”，这个观点是辩证的。

韩文公作《樊宗师墓铭》曰①："维古于辞必己出，降而不能乃剽贼②，后皆指前公相袭，从汉迄今用一律③。"此极中今人之病。若宗师之文，则惩时人之失而又失之者也④。作书须注，此自秦汉以前可耳，若今日作书而非注不可解，则是求简而得繁，两失之矣。子曰："辞达而已矣⑤。"辞主乎达，不论其繁与简矣。繁简之论兴而文亡矣。《史记》之繁处必胜于《汉书》之简处。《新唐书》之简也，不简于事而简于文，其所以病也。

时子因陈子而以告孟子，陈子以时子之言告孟子⑥，此不须重见而意自明。齐人有一妻一妾而处室者⑦，其良人出，则必餍酒肉而后反⑧。其妻问所与饮食者，则尽富贵也。其妻告其妾曰："良人出，则必餍酒肉而后反，问其所与饮食者，尽富贵也，而未尝有显者来。吾将瞯良人之所之也⑨。"

---

① 韩文公：即韩愈，唐代文学家，字退之，谥文，世称文公。《樊宗师墓铭》：也作《南阳樊绍述墓志铭》，见《昌黎先生集》卷三十四。 ② 剽(piāo 漂)贼：抄袭。 ③ 一律：一样，一例。 ④ 惩：警戒。 ⑤"子曰"句：见《论语·卫灵公》。 ⑥"时子"二句：指时子托陈子把齐王要隆重地接待孟子的话转告孟子。见《孟子·公孙丑下》。时子：齐臣。陈子：孟子弟子陈臻。 ⑦"齐人"以下一段：见《孟子·离娄下》。 ⑧ 餍(yàn 厌)：饱。反：通"返"。 ⑨ 瞯(jiàn 见)：窥视，探视。之：往。

有馈生鱼于郑子产[①]，子产使校人畜之池[②]。校人烹之，反，命曰："始舍之，圉圉焉[③]，少则洋洋焉[④]，悠然而逝[⑤]。"子产曰："得其所哉，得其所哉！"校人出，曰："孰谓子产智？予既烹而食之，曰：'得其所哉，得其所哉！'"

此必须重迭而情事乃尽，此孟子文章之妙。使入《新唐书》[⑥]，于齐人则必曰其妻疑而瞷之。于子产则必曰校人出而笑之。两言而已矣。是故辞主乎达，不主乎简。

刘器之曰[⑦]："《新唐书》叙事好简略其辞，故其事多郁而不明[⑧]，此作史之病也，"且文章岂有繁简邪？昔人之论，谓如风行水上，自然成文。若不出于自然，而有意

---

① "有馈"以下一段：见《孟子·万章上》。馈(kuì 愧)：赠送。 ② 子产：春秋郑国人，名侨，字子产，又字子美，谥成子。校人：管理水池的小官。 ③ 圉圉(yǔ 语)焉：局促不舒展的样子。 ④ 少：不多时，一会儿。洋洋焉：安舒自得的样子。 ⑤ 悠然：从容、闲适的样子。 ⑥《新唐书》：宋欧阳修、宋祁等撰，二百二十五卷。 ⑦ 刘器之：北宋(魏治今河北大名东)人，名安世，字器之。中进士后，不就官，从学于司马光。后为司马光、吕公著推荐，历官左谏议大夫宝文阁待制。以言事激切，号为"殿上虎"。绍圣中为章惇所贬，安置梅州(治今广东梅州市)。徽宗即位重加起用，后又为蔡京所逐，卒谥忠定。 ⑧ 郁：阻滞，晦涩。

于繁简，则失之矣。当日《进〈新唐书〉表》云①："其事则增于前，其文则省于旧。"《新唐书》所以不及古人者，其病正在此两句也。（节录）

【翻译】

韩愈作《樊宗师墓铭》写道："古人写文章必定自己遣词造句，后来的人写文章不能自己创作于是就剽窃，后人总是向往前人公开相袭，从汉朝到现在都是一样的。"这话切中现在人作文的弊病。至于宗师墓铭这篇文章，那是警戒当时人的弊病，自己又犯了同样的毛病。著书需要作注，这在秦汉以前可以，至于今天，著书而不作注人们便不可理解，那是求简而得繁，两方面都产生差失。孔子说："言辞能够表达内容就可以了。"言辞以达意为主，不管它是繁还是简。繁简的空泛议论一产生，那文章也就不复存在了。《史记》繁的地方一定胜过《汉书》简的地方。《新唐书》的简，不在史事上简，而在行文上简，这就是它出现弊病的原因。

---

①"当日"句：指曾公亮《进〈新唐书〉表》。曾公亮：宋泉州晋江人，字明仲。曾公亮在进表中认为，《新唐书》比之于刘昫（xù序）的《旧唐书》，事增文简，如黄巢、高骈等传，较旧传详实，但因欧阳修、宋祁反对高骈，文字有意简，往往不免晦涩。

时子托陈子把话转告孟子，陈子把时子的话告诉了孟子！这里不需要重复出现而意已明。齐国有一个人，家里有一妻一妾，每次丈夫外出，一定饱餐酒肉然后回家。他的妻子问同他一起吃喝的是些什么人，就说都是一些富贵的人。他妻子便告诉他妾说："丈夫外出，一定饱餐酒肉然后回家；问他一起吃喝的都是什么人，就说都是一些富贵的人，但是我从来没见过有什么显贵人物到我们家里来。我准备偷偷地看一看丈夫所到的去处。"

有一个人送了一条活鱼给郑国的子产，子产叫主管池塘的人畜养起来。管池塘的人却把鱼煮来吃了，回来报告说："刚放在池塘里，它还是半死不活的，一会儿就安舒自得地活动起来了，然后从容地游走了。"子产说："它得到了应该去的地方呀，得到了应该去的地方呀！"管池塘的人出来后，说道："谁说子产聪明，我已经把那条鱼煮来吃了，他还说：'得到了应该去的地方呀，得到了应该去的地方呀！'"

这里必须把话重复地说才能把事情表达详尽，这正是孟子文章的妙处所在。如果把这两段内容放到《新唐书》里，那么对于齐人的那一段，一定只会说他的妻子怀疑他，因而偷偷地看一看他的去处。对于子产的那一段，一定只会说管池塘的人出来后而嘲笑子产。就这么两句话就说完了。因此，言辞主要在于表达清楚意义，而主要不在于是否简略。

刘器之说："《新唐书》叙事喜好简略词语，因而所叙述的事情很多是十分晦涩不明的，这就是写史的弊病。"况且文章怎能有固定的繁简呢？古人在论述这个问题时，认为写文章就如同风吹拂着水面，自然产生波纹。如果不是出于自然，却有意去规定繁简，那就会出现弊病了。当时曾公亮《进〈新唐书〉表》说："《新唐书》所叙的事情比《旧唐书》增多，而它的文字却比《旧唐书》简略。"《新唐书》之所以赶不上前人的原因，它的弊病就在这两句话上。

《古代文史名著选译丛书》编纂始末①

马樟根　安平秋

今年1月，《古代文史名著选译丛书》已经出到100种101册(其中《史记》为2册)。4月份，最后的33种也已交稿。这样，全书133种即将呈献在读者面前。② 一项服务当前、造福子孙的普及优秀古代文化、进行爱国教育的大工程将宣告完工了。回想

① 《古代文史名著选译丛书》由全国高校古籍整理研究工作委员会主持，古委会直接联系的18个古籍整理研究所为主要承担机构，章培恒、安平秋、马樟根任主编。本文于1992年4月，在《中国典籍与文化》杂志发表时题目是《衣带渐宽终不悔——〈古代文史名著选译丛书〉编纂始末》。这次将此文作为2011年修订版附录时，去掉原正标题，以原副标题为正式题目。 ② 至1994年4月最后定稿时，全书为135部。2011年修订版出版时，全书为134部。

这一套丛书动员18所院校，投入100余人，从1985年筹划，1986年起步，到今天已度过了六七年的岁月，个中甘辛令人难以忘怀。

一、北大·苏州·北大

——酝酿与筹划

编纂这样一套丛书，起因于1981年7月。当时陈云同志派人到北京大学召开了小型座谈会。来人告诉与会人员陈云同志最近在考虑两个问题：一个是粮食，一个是古籍整理。对古籍整理，特别讲到陈云同志说："整理古籍，为了让更多的人看得懂，仅作标点、注释、校勘、训诂还不够，要有今译，争取做到能读报纸的人多数都能看懂。有了今译，年轻人看得懂，觉得有意思，才会有兴趣去阅读。今译要经过选择，要列出一个精选的古籍今译的目录，不要贪多。"这就是后来收入《陈云文选》的那段话。1981年9月，中共中央关于整理我国古籍的文件中一字不差地强调了这段话。1983年，教育部成立了全国高校古籍整理研究工作委员会（简称古委会）。古委会主任周林同志根据中央和陈云同志意见，提出了组织力量今译古籍。但在当时，经过"文革”后的古籍整理工作百废待兴，加之一些学者对今译重要性的认识远非今日之深，这一工作一拖便是两年。

1985年5月，全国高校古委会在苏州召开了一届二次会议。周林同志在会上作了“人才培养和古代文化遗产普及问题”的专题发言，他分析了“解放三十多年来，由于‘左’的路线干扰，特别是‘文化大革命’，几乎使我们的民族文化到了中断的边缘，出现了对古代文化知之不多，或知之甚少的状况”，要教育界的同志“做好普及古代文化知识的工作”，搞好古籍的今注今译就是其中的一项重要任务，“高校古委会要在这方面多下功夫”，“高校古籍研究所无疑应担负起这个任务”。他针对当时一些人轻视古籍的今注今译思想，呼吁“我们对于选本、今译等有利于教育普及的东西，应承认它的学术价值”，“《昭明文选》、《唐诗三百首》、《古文观止》等是地道的选本，流传几百年，发生那么大的影响，能说没有水平？”“专家们深入浅出的在对古文献研究基础上的译注，对普及古代优秀文化作出重大贡献，算不算高水平的成果呢？”“古文既要译得恰当、准确，又要通畅易懂，难度是很大的”，“为了社会主义精神文明建设，古籍整理这方面也要作出应有的贡献”。一石激浪，沉寂了几年的今译古籍的话题又重新活跃起来。会上作了一番认真讨论。

经过这样的酝酿，1985年7月，全国高校古委会科研项目评审组的专家们聚集在北京大学勺园，筹划编纂一套古籍今译的精选本。初步定名为《古籍今译丛书》，议定了收书范围、内容，开列了65种书的选目。并决定由科研项目专家评审组召集人、复旦大学古籍所所长章培恒教授和参加过陈云同志在北大召开座谈会、当时古委会主管科研工作的副秘书长安平秋同志共同负责，与秘书处同志一起具体筹划。经几个月的筹备，决定由古委会直接联系的18个高校古籍研究所承担这一工作，组成编委会，并开列出89种书的选目，对选译的进度、规划亦作了设计。此时，几家出版社闻讯而至，表示愿意出版这套丛书。最早与我们联系的巴蜀书社的段文桂社长以其强烈的事业心和对古籍今译的高度重视感动了我们，于是决定邀请巴蜀书社编辑参加第一次编委会议。

二、从柳浪闻莺到桂子山上

——第一批书稿的产生

第一次编委会于1986年5月在杭州柳莺宾馆

召开。宾馆因位于西湖十景之一的柳浪闻莺而得名。全国高校18个研究所的24名学者和有关人员聚集在这风景胜地，无心观柳，亦无从闻莺，紧张地工作了三天。会上确定了这套普及读物的读者对象是具有中等以上文化程度的广大群众，收书范围是中国历代文史名著，在名著之中选精。所选书目，在原拟89种基础上，调整为116种，以形成系统性。书中选篇之下分提示、原文、今译、注释四部分，以译文为主，书前有一前言，书中加入必要的插图。每一种书约10—15万字。书名确定为《古代文史名著选译丛书》。即由到会的24位学者组成丛书编委会①，由章培恒、马樟根、安平秋三人任主编。于是，编委会立即分成三个工作小组，在会上分头拟出丛书《凡例》、《编写、审稿要求》和《文稿书写格式》，经讨论修改而形成了正式文字以供遵循。在

① 编委会成员按姓氏笔划排列为：
马樟根　平慧善　安平秋　刘烈茂　许嘉璐　李国祥
金开诚　周勋初　宗福邦　段文桂　董治安　倪其心
黄永年　章培恒　曾枣庄(以上为常务编委)
王达津　吕绍纲　刘仁清　刘乾先　李运益　杨金鼎
曹亦冰　常绍温　裴汝诚(以上为编委)

自报的前提下，会上确定了由18个研究所承担前40部书的今译任务，要求当年年底完成。古委会主任、丛书顾问周林同志对编委会的认真精神、紧张工作和显著效率十分赞赏，他说："有这样一个编委会，有这样一个阵容来做选译，使中国历史文化不成为专属于少数人的知识，使能看报纸的人都读懂自己民族的名著，从而树立爱国主义、建设有民族特色的精神文明，其意义之深远将会在今后愈益显露出来。"于是，有1000余万字的大工程便从这里开始了。

当年年底各研究所的今译书稿经作者完成后，由在该所的编委审改，到1987年5月和7月，先后在复旦大学、北京大学两次召开编委审稿会。这种审稿会，说是审稿，实际上是边审边改，字斟句酌，每部书稿必须经一位编委、一位常务编委审改把关，经过这样两道工序，汇总到主编手中，40部书稿通过了25部。其中部分书稿赶印了样稿征求意见。于是周林同志于7月6日在北大临湖轩邀请了在京十几位专家与正在审稿的编委一起研究样稿，探讨如何提高这套今译丛书的质量。

根据编委审稿发现的问题和在京专家们的意

见，从书亟需在已定体例的框架中条列细则；而出版单位巴蜀书社又希望所出版的第一批书为50种以便形成格局，需要布置各研究所承担新的今译任务。这样，1987年10月在华中师范大学再次召开了编委会，又请了詹锳、周振甫、刘乃和、郭预衡等先生到会指导。

这次编委会是在审看了40部书稿后，发现了一大批问题亟待解决，又是在需要布置下一步任务的状况下召开的，是一次承上启下的编委会。会议初期人们的心情和会上的气氛都带有一股子严峻与急切。会议从5日到8日开了三天半。但是在4日晚上开预备会的时候，主编章培恒先生尚未到会，亦无他是否已从上海出发的信息。5日上午就要开会了，主编不到怎么行呢？5日一早，我们还在沉睡之中，忽听有人敲门，进来的竟是章培恒！一向风神儒雅、衣装考究的章培恒先生，此时却是一身尘灰、满脸疲惫地站在我们面前。原来他从上海出发前，未能买到机票或船票，而上海到武汉又没有直达火车，只好先从上海坐火车到长沙，为了不误5日上午开会，他只好买了一张无座票，夜间从长沙出发一直站到武昌。一向走路辨不清方向的章培恒竟然在夜色未退之前一人从车站摸到了华中师大专家楼，也算是奇迹。

这次编委会，从体例的具体要求、书中选篇是否合适、每篇中的提示如何写、注释的繁简和语言的通俗性，到今译的信达雅如何把握，例如李白的"床前明月光，疑是地上霜，举头望明月，低头思故乡"这样通俗的诗是否要翻译，在在都有热烈的争论。感谢编委们的努力和学术判断力，最后终于形成了一个《细则》，一切争论都统一在这个《细则》之上。编委们在思想明确、分得新的任务之后，显出了少有的轻松与喜悦。会议结束正逢中秋节，华中师大的专家楼坐落在武昌桂子山上。入夜，桂子山上举行了赏月茶会，几张方桌，围坐着全体编委和特邀到会专家。天上明月如盘，清辉洒地，眼前桂树葱茏，桂花飘香，华中师大古籍研究所的青年们活跃席间，引得王达津先生即席赋诗，刘乃和先生清唱京戏。这气氛预示着《古代文史名著选译丛书》克服了当前的困难，第一批50种书稿有如母腹中的胎儿，快要降生了。

三、华清池畔的愁云与人民大会堂的欢欣

——第一批书出版的柳暗花明

1988年10月，编委们再一次聚会，审定第一批

50种中的最后十几部书稿、修改第二批50种中的大量书稿。这次审稿是在“东枕华山、西拒咸阳”的骊山脚下、华清池滨的一家招待所。这里古朴而不豪华，食宿低廉却又实惠，审稿之余，左近有风景可观，有古迹可寻，房内有43℃的温汤沐浴，编委们平日在校教学、科研工作劳累而生活清苦，如今有这样的环境与条件，感到少有的惬意。我们作为主编觉得这也是对编委们两年来辛勤编书的一点补偿。但这种适意之感很快就被两件事所驱散。一件事是书稿的质量。几十部书稿交来，一经审看，从注译到体例完全合格的只有寥寥可数的三四部，余下的，或需小改，或需大改，或根本不合格需退回重作。另一件事是出版发行成了问题。到会的巴蜀书社副社长黄葵同志向大家通报了即将印出的16本书征订情况，最多的为2000册，且只有一种，其他的只有800册、600册，甚至还有200余册。征订不佳，销路不畅，出书要赔钱，出版社为难，编委们又无计可施。此时哪还有心思去观赏“骊山云树郁苍苍，历尽周秦与汉唐”？也无心绪登上骊山，在烽火台前怀古。且正值“楼台八月凉”的节令，只有华清池畔秋雨飘零，秋风瑟瑟，落叶满地，不禁愁从中来。

愁则愁，还得面对现实。书稿质量不高，靠到会近20位编委十余天的逐字逐句修改，终于改定合格17部。至于出版发行问题，巴蜀书社的朋友费心经营，重新设计了封面，改进装帧，将第一批50种装成一个大礼品盒，成盒出售。从中又得到了国家新闻出版署、四川省出版局、国家教委有关司局和各省市教委的大力支持与帮助，发行面得以扩大，到了1990年下半年，首印的17000套书销售已尽，而问讯、索购者不绝，出版社决定再印30000套以供读者需要。中央领导了解到这套丛书受到读者欢迎，欣然为丛书题辞，江泽民总书记的题辞是“做好我国古代文史名著的传播普及工作，使其古为今用，以发扬爱国主义精神”，李鹏总理的题辞是“弘扬民族优秀文化，激励爱国主义精神”。李瑞环同志也为丛书题了辞。

1990年8月22日在北京人民大会堂召开了《古代文史名著选译丛书》出版座谈会。国家领导人李铁映、胡乔木、李德生、陈丕显、廖汉生、王汉斌、王光英出席，古委会主任周林同志主持会议，到会各阶层代表在发言中从不同角度肯定了这套书对促进青少年了解历史、了解国情、了解中华民族优秀传统文化、进行爱国主义教育的作用。时值盛夏，却逢喜雨，洗却了编委和出版社同志心中的忧虑，参加大会堂座谈会的13名常务编委会后又聚集在北京大学讨论深入认识编纂这套丛书的重大意义，研究审改好第二批书稿的具体措施。

四、从舜耕山庄耕作到乐山脚下

——第二批书稿审定之艰辛

第二批书稿50种50册，是1987年10月布置的。1988年10月在西安审改合格的17部书稿都已放入第一批中以替换原已通过的第一批中质量较差的书稿。这样，第二批书稿当时余下的已完成的有20余部，却都不合格，只能要求译注者和编委再行修改。一年之后，编委会汇总来重新改好和新译注交来的第二批书稿44部，1989年10月于济南千佛山下的舜耕山庄召开了常务编委审稿会。

这次审稿，发现的问题较多。有的选目不当，如有的史书重要人物的传不选却选入无关紧要而又无学习价值的人物传，有的名家的文章名篇不选却选入既无文学价值又无借鉴意义的篇章。有的选译所依据的底本不当，舍弃现有的精校本却用校勘不善的本子。有的虽有根据地改动正文却只在注释中说“原作……据别本改”，而不指明据何本改。有的注释过繁，不利于一般读者阅读；有的注释极简，该注释的地方不注，使广大读者看了译文仍无法理解全文的精妙；而更多的是注释不准确，对一字一词增字为训而歪曲了原意的毛病也较普遍。译文问题更多，有的语义不清，佶屈聱牙，把“三顾频烦天下计，两朝开济老臣心”译为“三顾茅庐频烦为天下大计，两朝事业开济尽老臣忠心”，有的为追求通俗生动把“君何往”中的“君”译为“老兄”。每篇的提示，有的写得很长变成了文章赏析，有的虽短却不中肯綮，用了类似“文革”期间的语言扣几顶大帽子了事。看这样的稿子都觉头痛，改这样的稿子更感艰难。审稿历时 12 天，参加审稿、当时 63 岁的黄永年先生向我们诉苦：“头发掉了一把!”有的编委说，千佛山古称历山，传说舜在这里开垦耕耘，十分艰辛，我们住在舜耕山庄，预示着我们为这套丛书垦荒笔耕，也要历尽千辛。这次审稿，经过审改之后，有 10 部书稿合格，有 11 部需会后再作小的修改方能通过，余下的均需作大的改动或另请人译注。

这次审稿还研究了所选戏曲部分的曲辞如何今译问题，如规定了念白中出现的诗句只注不译，上、下场诗只注不译，注而不译的文字在译文中应予保留以便参读。

到1990年12月，丛书常务编委在广州研究丛书如何体现批判继承精神、如何提高第二批书稿质量时，又有18部书稿完成交来。为了保证书稿质量，使1991年上半年召开的常务编委审稿会得以顺利进行，我们三个主编从广州匆匆赶到北京，用了一周时间审看了这18部书稿，通过了7部，11部退改。当我们看完最后一部书稿碰头研究时，已是12月31日。在1990年一年内，我们仅仅通过了这7部书稿。加上1989年在舜耕山庄通过的10部，也仅有17部，尚差33部方足第二批的50部。

1991年5月，常务编委来到古称嘉州的乐山市，在乐山山腰的八仙洞宾馆继续审改第二批书稿。改稿时间只有十天，要力争将50部推出，其繁重可知。我们在改稿过程中，不禁想到明万历年间嘉州知州袁子让的诗句“登临始觉浮生苦”，想到这套丛书从起步到这次审改已历时5年，当初怎么也没有想到完成这套丛书会是如此的艰辛，真是登临始觉笔耕苦啊!

这次乐山审稿,通过了13部书稿。好在余下的20部书稿只须小改即可在会后交稿,终于在1991年8月将这20部书稿全部改定交巴蜀书社。第二批50部历时近四年终于定稿了。

五、在金陵古都作光辉的一结

——第三批书稿的完成

1990年12月据出版社的要求,这套丛书出齐当为150种,到乐山会上又修正为110种至125种,最后数字的确定根据最后一次审稿结果而定,合格的即入选,不合格的不再修改选入。根据这一共识,今年4月中旬,我们一部分常务编委聚集到六朝古都南京,从已经交来的35部书稿中选择经小改合格的书稿。经过十一天的劳作,选择、改定33部,由到会的常务编委、巴蜀书社的段文桂总编和编委、巴蜀书社的刘仁清副编审带回成都,将经由他们的继续辛苦而使《古代文史名著选译丛书》以133部、1500万字之数呈献给热爱中华文化的读者。

这套丛书从1986年5月起步,历时整整六年,平日繁细工作不计,仅编委大小审稿会就开了12次之多。丛书的发起人、顾问、古委会主任周林同志先后参加了8次审稿会，每次都自始至终和大家在一起，听取审稿情况，了解遇到的问题；当我们遇到困难的时候他为我们鼓劲，当我们感到欣喜的时候他提醒我们不可大意。这次他又和我们一起来到虎踞龙蟠的石头城下，为我们督阵，看我们能否为这套丛书作出光辉的一结。

此时此刻，我们与这次会议的东道主、丛书常务编委、南京大学的周勋初先生漫步在中山陵旁，想到今译丛书已基本完成，自然感到如释重负，但理智却使我们不敢轻松，我们期待着全书133部出齐之后专家、读者的评头品足。

1992年4月26日

（原载《中国典籍与文化》1992年第1期）

古代文史名著选译丛书（修订版）总目

丛书主编：章培恒　安平秋　马樟根

书　名	译注者	审阅者	定价/元
老子注译	张玉春　金国泰	安平秋	16.00
庄子选译	马美信	章培恒	18.00
荀子选译	雪　克　王云路	董治安　许嘉璐	19.00
申鉴中论选译	张　涛　傅根清	董治安	18.00
颜氏家训选译	黄永年	许嘉璐	15.00
论语注译	孙钦善	宗福邦	28.00
孟子选译	刘聿鑫　刘晓东	黄　葵	20.00
墨子选译	刘继华	董治安	14.00
韩非子选译	刘乾先　张在义	黄　葵	19.00
新序说苑选译	曹亦冰	倪其心	25.00
论衡选译	黄中业　陈恩林	许嘉璐	22.00
管子选译	缪文远　缪　伟	董治安	18.00
列子选译	王丽萍	周勋初　倪其心	19.00
韩诗外传选译	杜泽逊　庄大钧	董治安	24.00
盐铁论选译	孙香兰　刘光胜	黄永年	13.00
诗经选译	程俊英　蒋见元	刘仁清	19.00
楚辞选译	徐建华　金舒年	金开诚	15.00
贾谊文选译	徐　超　王洲明	安平秋	17.00
司马相如文选译	费振刚　仇仲谦	安平秋	11.00
文心雕龙选译	周振甫	黄永年	17.00
庾信诗文选译	许逸民	安平秋	18.00

书　名	译注者		审阅者		定价/元
嵇康诗文选译	武秀成		倪其心		18.00
谢灵运鲍照诗选译	刘心明		周勋初		18.00
陈子昂诗文选译	王　岚		周勋初	倪其心	14.00
李白诗选译	詹　锳	等	章培恒		22.00
高适岑参诗选译	谢楚发		黄永年		23.00
元稹白居易诗选译	吴大逵	马秀娟	宗福邦		21.00
柳宗元诗文选译	王松龄	杨立扬	周勋初		18.00
李贺诗选译	冯浩菲	徐传武	刘仁清		20.00
杜牧诗文选译	吴　鸥		黄永年		14.00
李商隐诗选译	陈永正		倪其心		19.00
唐五代词选译	亦　冬		董治安		16.00
唐文粹选译	张宏生		周勋初		18.00
晚唐小品文选译	顾歆艺		平慧善		15.00
黄庭坚诗文选译	朱安群	等	倪其心		18.00
辛弃疾词选译	杨　忠		刘烈茂		24.00
元好问诗选译	郑力民		宗福邦		20.00
宋四家词选译	王晓波		倪其心		16.00
黄宗羲诗文选译	平慧善	卢敦基	马樟根		15.00
吴伟业诗选译	黄永年	马雪芹	安平秋		20.00
方苞姚鼐文选译	杨荣祥		安平秋		20.00
明代散文选译	田南池		马樟根		22.00
顾炎武诗文选译	李永祜	郭成韬	刘烈茂		23.00
张衡诗文选译	张在义 韩格平	张玉春	刘仁清		16.00
汉诗选译	张永鑫	刘桂秋	金开诚		19.00

书　名	译注者		审阅者		定价/元
阮籍诗文选译	倪其心		刘仁清		15.00
三曹诗选译	殷义祥		刘仁清		22.00
诸葛亮文选译	袁钟仁		董治安		16.00
陶渊明诗文选译	谢先俊	王勋敏	平慧善		16.00
杜甫诗选译	倪其心	吴　鸥	黄永年		17.00
王维诗选译	邓安生	等	倪其心		20.00
刘禹锡诗文选译	梁守中		倪其心		20.00
孟浩然诗选译	邓安生	孙佩君	马樟根		18.00
韩愈诗文选译	黄永年		李国祥		20.00
欧阳修诗文选译	林冠群	周济夫	曾枣庄		20.00
曾巩诗文选译	祝尚书		曾枣庄		19.00
苏轼诗文选译	曾枣庄	曾　弢	章培恒		23.00
李清照诗文词选译	平慧善		马樟根		15.00
陆游诗词选译	张永鑫	刘桂秋	黄　葵		24.00
朱熹诗文选译	黄　珅		曾枣庄		20.00
文天祥诗文选译	邓碧清		曾枣庄		20.00
袁枚诗文选译	李灵年	李泽平	倪其心		20.00
王安石诗文选译	马秀娟		刘烈茂	宗福邦	18.00
二程文选译	郭　齐		曾枣庄		25.00
范成大杨万里诗词选译	朱德才	杨　燕	董治安		26.00
萨都剌诗词选译	龙德寿		曾枣庄		28.00
王阳明诗文选译	吴　格		章培恒		18.00
徐渭诗文选译	傅　杰		许嘉璐	刘仁清	17.00
李贽文选译	陈蔚松	顾志华	李国祥	曾枣庄	17.00

书　名	译注者		审阅者	定价/元
三袁诗文选译	任巧珍		董治安	17.00
王士禛诗选译	王小舒	陈广澧	黄永年	13.00
龚自珍诗文选译	朱邦蔚	关道雄	周勋初	13.00
尚书选译	李国祥	刘韶军	宗福邦	14.00
	谢贵安	庞子朝		
礼记选译	朱正义	林开甲	宗福邦	22.00
左传选译	陈世铙		董治安	22.00
国语选译	高振铎	刘乾先	黄　葵	22.00
战国策选译	任　重	霍旭东	李国祥	21.00
吕氏春秋选译	刘文忠		董治安	17.00
吴越春秋选译	郁　默		倪其心	19.00
史记选译	李国祥	李长弓	安平秋	29.00
	张三夕			
汉书选译	张世俊	任巧珍	李国祥	22.00
后汉书选译	李国祥	杨　昶	许嘉璐	24.00
	彭益林			
三国志选译	刘　琳		黄　葵	18.00
晋书选译	杜宝元		许嘉璐	15.00
宋书选译	漆泽邦	孔　毅	李国祥	19.00
南齐书选译	徐克谦		周勋初	18.00
北齐书选译	黄永年		安平秋	16.00
梁书选译	于　白		周勋初	17.00
陈书选译	赵　益		周勋初	17.00
南史选译	漆泽邦		安平秋	22.00
北史选译	刁忠民		段文桂	20.00

书　名	译注者	审阅者	定价/元
周书选译	黄永年	安平秋	15.00
魏书选译	杨世文　郑　晔	周勋初	22.00
隋书选译	武秀成　赵　益	周勋初	20.00
新唐书选译	雷巧玲　李成甲	黄永年	16.00
旧唐书选译	黄永年	章培恒	16.00
新五代史选译	李国祥　王玉德 姚伟钧	周勋初	18.00
旧五代史选译	贾二强	黄永年	17.00
宋史选译	淮　沛　汤　墨	曾枣庄	20.00
辽史选译	郭　齐　吴洪泽	曾枣庄	21.00
金史选译	杨世文　祝尚书 李文泽　王晓波	曾枣庄	21.00
元史选译	樊善国　徐　梓	马樟根	25.00
明史选译	杨　昶	李国祥	20.00
清史稿选译	黄　毅	章培恒	22.00
贞观政要选译	裴汝诚　王义耀	黄永年	18.00
史通选译	侯昌吉　钱安琪	周勋初	16.00
资治通鉴选译	李　庆	黄永年	16.00
续资治通鉴选译	徐光烈	安平秋	24.00
通鉴纪事本末选译	谈蓓芳	章培恒	21.00
洛阳伽蓝记选译	韩结根	章培恒	22.00
梦溪笔谈选译	李文泽	曾枣庄	20.00
徐霞客游记选译	周晓薇　等	黄永年　马樟根	17.00
宋代笔记小说选译	朱瑞熙　程君健	金开诚等	19.00
关汉卿杂剧选译	黄仕忠	刘烈茂	24.00

书　名	译注者	审阅者	定价/元
明代文言短篇小说选译	黄　敏	章培恒	23.00
六朝志怪小说选译	肖海波　罗少卿	刘仁清	21.00
世说新语选译	柳士镇　钱南秀	周勋初	23.00
水经注选译	赵望秦　段塔丽　张艳云	许嘉璐	19.00
唐人传奇选译	周　晨	曾枣庄	24.00
唐五代笔记小说选译	严　杰	周勋初	21.00
大慈恩寺三藏法师传选译	贾二强	黄永年	18.00
宋代传奇选译	姚　松	周勋初	22.00
聊斋志异选译	刘烈茂　欧阳世昌	章培恒	22.00
阅微草堂笔记选译	黄国声	安平秋	16.00
清代文言小说选译	王火青	周勋初	23.00
历代名画记图画见闻志选译	周晓薇　赵望秦	黄永年	17.00
容斋随笔选译	罗积勇	宗福邦	20.00
唐才子传选译	张　萍　陆三强	黄永年	24.00
西厢记选译	王立言	董治安	20.00
元代散曲选译	彭久安	刘烈茂　金开诚	21.00
日知录选译	张艳云　段塔丽	黄永年	22.00
桃花扇选译	张文澍	章培恒　段文桂	15.00
牡丹亭选译	卓连营	章培恒	14.00
长生殿选译	戚海燕	董治安	20.00